हिन्द पॉकेट बुक्स

वाल्मीकि रामायण

विश्वप्रकाश दीक्षित 'बटुक' लेखक, अनुवादक और संपादक थे। आपने प्राचीन सभ्यता और संस्कृति पर जमकर लिखा और भारत के इतिहास को अपनी रचनाओं में खंगालते हुए अनेक नए निष्कर्ष निकाले जो ऐतिहासिक घटनाओं के मूल्यांकन को पुनः एक बार फिर करने को विवश करते हैं। आपने दर्जनों मौलिक पुस्तकें लिखीं और हिन्द पॉकेट बुक्स में लंबे समय तक संपादक के पद को सुशोभित किया।

वाल्मीकि रामायण

विश्वप्रकाश दीक्षित 'बटुक'

हिन्द पॉकेट बुक्स
पेंगुइन रैंडम हाउस इम्प्रिंट

हिन्द पॉकेट बुक्स

यूएसए | कैनेडा | यूके | आयरलैंड | ऑस्ट्रेलिया
न्यू ज़ीलैंड | भारत | साउथ अफ़्रीका | चीन | सिंगापुर

हिन्द पॉकेट बुक्स, पेंगुइन रैंडम हाउस ग्रुप ऑफ़ कम्पनीज़ का हिस्सा है,
जिसका पता global.penguinrandomhouse.com पर मिलेगा

पेंगुइन रैंडम हाउस इंडिया प्रा. लि.,
चौथी मंजिल, कैपिटल टावर -1, एम जी रोड,
गुड़गांव 122 002, हरियाणा, भारत

पेंगुइन
रैंडम हाउस
इंडिया

प्रथम हिन्दी संस्करण हिन्द पॉकेट बुक्स द्वारा 1985 में प्रकाशित
यह हिन्दी संस्करण हिन्द पॉकेट बुक्स में पेंगुइन रैंडम हाउस द्वारा 2022 में प्रकाशित

10 9 8 7 6 5 4 3 2

इस पुस्तक में व्यक्त विचार लेखक के अपने हैं, जिनका यथासंभव तथ्यात्मक
सत्यापन किया गया है, और इस संबंध में प्रकाशक एवं सहयोगी
प्रकाशक किसी भी रूप में उत्तरदायी नहीं हैं।

ISBN 9789353491024

मुद्रकः रेप्रो इंडिया लिमिटेड

www.penguin.co.in

MIX
Paper from
responsible sources
FSC® C047271

This is a legitimate digitally printed version of the book and therefore might not have certain extra finishing on the cover.

निवेदन

राम-कथा आपके लिए नई नहीं है। आपने इसे कई बार अनेक पुस्तकों के माध्यम से पढ़ा है, अनेक लोगों के मुख से सुना है और अनेक स्थलों पर होने वाली रामलीलाओं में इसे देखा भी है। आदिकवि महर्षि वाल्मीकि से लेकर आज तक अनगिन कवियों, नाटककारों और कथाकारों ने अपनीअपनी भाषाओं में राम-कथा को अपने-अपने ढंग से लिखा है। प्रश्न उत्पन्न होता है कि राम-कथा से संबंधित इतनी अधिक सामग्री के होते हुए इस पुस्तक की क्या आवश्यकता है?

यह तो सर्वविदित ही है कि 'हिन्द पॉकेट बुक्स' द्वारा प्रकाशित साहित्य की अपनी निजी विशेषताएं होती हैं। उसी निजी विशेषता की परम्परा में इस राम-कथा का लेखन हुआ है। अनेक लोगों द्वारा अपनी-अपनी रूचि और दुष्टि के अनुसार लिखे जाने के कारण मूल राम-कथा में बहुत अन्तर आता चला गया। अनेक शंकाएं उत्पन्न होती चली गईं और अनेक प्रक्षिप्त अंश जुड़ते चले गये। परिणाम यह हुआ कि महर्षि वाल्मीकि की राम-कथा अपने वास्तविक और ऐतिहासिक महत्त्व को गंवा बैठी। लोग या तो राम-कथा से विरक्त होने लगे या उसकी घटनाओं और चरित्रों पर टीका-टिप्पणी करने लगे। इससे अनास्था, अविश्वास और अश्रद्धा ने जन्म लिया। किसी समाज़ में इन बातों का जन्म लेना इसके लिए बहुत ही अहितकर होता है। साहित्य वही सच्चा और उपयोगी है, जो समाज के लिए हितकारी हो। यही सब सोच-विचारकर इस पुस्तक की रचना की गई है।

प्रस्तुत पुस्तक में राम-कथा अपने मूल रूप में है। इस कथा को बहुत ही सरल और रोचक भाषा में लिखा गया है। लेखक ने अपनी रुचि और दृष्टि को कहीं भी लादने का प्रयत्न नहीं किया है। वाल्मीकि की राम-कथा कोरा मन-घड़न्त कल्पित उपन्यास नहीं है। यह एक ऐतिहासिक काव्य है। राम के समकालीन होने के कारण वाल्मीकि द्वारा लिखी गई राम-कथा अधिक प्रामाणिक और विश्वसनीय है। इस पुस्तक को लिखते समय इस बात का ध्यान रखा गया है कि राम के समय के भारत का सच्चा और सही रूप पाठकों के सामने उपस्थित हो जाये। उस समय की राजनीतिक, धार्मिक, सामाजिक दशा से पाठक परिचित हो जाएं। तत्कालीन आचारव्यवहार, रीति-रिवाज का ज्ञान भी हो जाए और यह भी पता चल जाए कि उस समय की युद्ध-प्रणाली, युद्ध-सामग्री कैसी थी, हमारा सैन्य-विज्ञान कितना समृद्ध था। कोरी कहानी कहना हमारा उद्देश्य नहीं है, उससे तो सभी परिचित हैं। हमारा उद्देश्य रामायण काल में ले जाकर उस समय के विभिन्न पहलुओं से परिचित कराना है, ताकि हम अपनी गौरवशाली परम्परा से जुड़ सकें।

इस पुस्तक में उन प्रसंगों को मूल रूप में रखने का पूरा प्रयत्न किया गया है, जिनके प्रति जन-साधारण तो क्या पढ़े-लिखे लोगों में भी भ्रम और शंकाएं फैली हैं। उदाहरण के लिए हनुमान और शूर्पणखा के प्रसंगों को लें। प्रायः लोग हनुमान को वानर (पशु) मात्र मानकर उनके कार्यों पर उंगली उठाते हैं, इसका कारण है, हनुमान से संबंधित मूल प्रसंग को छोड़ जाना। महर्षि वाल्मीकि ने स्पष्ट कहा है कि हनुमान वेद-शास्त्रों तथा व्याकरण के पंडित थे और योग-विद्या के धनी होने के कारण इच्छानुसार चाहे जैसा रूप धारण कर सकते थे। राजनीति-कुटनीति के जानने वाले गुप्तचरों के गुणों से भलीभांति परिचित होते हैं। वाल्मीकि भी परिचित थे, तभी उन्होंने हनुमान का सही रूप प्रस्तुत किया है। हमने भी इस पुस्तक में उन बातों को ज्यों-का-त्यों रखा है। यही बात शूर्पणखा और अन्य प्रसंगों के संबंध में है। शुर्पणखा का वास्तविक रूप और उसके प्रति हास-परिहास का परिणाम दिखाया गया है। राम ने इस अवसर पर लक्ष्मण को जो उपदेश दिया वह हमारे व्यावहारिक जीवन के लिए जरूरी और उपयोगी है।

राम-कथा को लिखने वाले लेखकों ने वाल्मीकि-रामायण के उत्तर-काण्ड को प्रायः नहीं लिया है। कुछ ने कहा कि यह प्रक्षित अंश है और कुछ ने कहा कि इसमें या तो बातें दोहराई गई हैं या बहुत-से अनावश्यक प्रसंग भर दिये गये हैं। हमने उत्तर-काण्ड भी लिया है। इस बात की सावधानी रखी है कि कोई बात दोहराई न जाये और अनावश्यक प्रसंग भी न आयें। वाल्मीकि रामायण में तो उस सामग्री की नितान्त आवश्यकता थी। महान् ग्रन्थों के लिखने का यह ढंग होता है कि अंतिम अध्याय में पहले अध्यायों में कही गई बात को संक्षेप में कह दिया जाता है और वे प्रसंग भी रख लिये जाते हैं, जिनका मूलकथा और उनके चरित्रों से संबंध होता है। रामायण के उत्तर कांड का अपना अलग महत्व है।

अन्त में एक बात और। आज राम के जीवन और उनकी कथा की और भी आवश्यकता बढ़ गई है। वाल्मीकि का आरंभिक जीवन जैसा था, वैसा ही जीवन हमारे समाज का है। वाल्मीकि ने अपने जीवन को शुद्ध और पवित्र बनाने के लिए ऐसे चरित्र की खोज और उसकी रचना करनी चाही थी, जो सर्वगुणसम्पन्न हो। उनके समय के ऋषि-मुनियों और मनीषियों ने वाल्मीकि से राम की महिमा बताते हुए कहा था कि राम सर्वगुणसम्पन्न चरित्र हैं। राम में शीलवान, गुणवान, यशस्वी, तेजस्वी, दानी, इन्द्रियजित, राजनीति-विशारद, अनुशासनप्रियता, लोकारोधकता आदि सभी गुण विद्यमान हैं। राम से बढ़कर आदर्श लोकप्रिय पुरुष दूसरा नहीं है, अतः आप उनके चरित्र को लेकर ही महाकाव्य की रचना करें। रामकथा की रचना कर वाल्मीकि महान् बने। आओ, हम भी राम-कथा को पढ़-गुन कर सन्मार्ग पर चलने का प्रयत्न करें।

ए—२६, लाजपतनगर,
साहिबाबाद—२०१००५ **—विश्वप्रकाश दीक्षित 'बटुक'**

बालकांड

अयोध्या: ईसा से लगभग सात हजार वर्ष पहले सरयू नदी के किनारे कोसल नाम का एक विशाल राज्य था। यह राज्य धन-धान्य से भरपूर, सुखी और हर प्रकार से समृद्धिशाली था। सारे संसार में प्रसिद्ध अयोध्या नगरी कोसल राज्य की राजधानी थी। इसको स्वयं प्रजापति मनु ने बनवाया था। मनु का वंश ही आगे चलकर इक्ष्वाकु, सूर्यवंश, रघुवंश आदि नामों से पुकारा गया।

अयोध्या नगरी बहुत ही शोभाशाली और महान् थी। यह बारह योजन लम्बी और तीन योजन चौड़ी थी। एक योजन में चार कोस अर्थात लगभग पांच किलोमीटर होते हैं। इस प्रकार आज के हिसाब से अयोध्या ६० किलोमीटर लम्बी और १५ किलोमीटर चौड़ी थी। नगरी के चारों ओर ऊंची दीवार और गहरी खाई थी। यह पुरी बड़े-बड़े फाटकों और किवाड़ों से सुशोभित थी। उसके भीतर तरह-तरह की सामग्री से भरपूर बाजार थे। वहां सब प्रकार के यंत्र और अस्त्र-शस्त्र उपलब्ध थे। यहां सभी कलाओं के शिल्पी निवास करते थे। नगरी के ऊंचे-ऊंचे महलों पर ध्वजाएं फहराती रहती थीं। वह सैंकड़ों तोपों द्वारा सुरक्षित थी। बाहर के लोगों के लिए अयोध्यापुरी बहुत ही दुर्गम और अजेय थी। इसीलिए इसका नाम अयोध्या पड़ा। जिसे कोई युद्ध में जीत न सके वही अयोध्या है।

वेदों के विद्वान्, अभिनय, संगीत और नृत्य में कुशल कलाकार अयोध्या की शोभा थे। गुप्तगृहों और स्त्रियों के क्रीड़ाभवनों से सुसज्जित थी। बाहर से आनेवाले वाले व्यापारी भी नगरी की शोभा थे। हजारों महारथी शूरवीरों के लिए अयोध्या प्रसिद्ध थी।

खाद्यान्न की कोई कमी नहीं थी, चावल मुख्य भोजन था, दुध-दही का कोई अभाव न था। पानी इतना मीठा था, जैसे गन्ने का रस। लोग हृष्ट-पुष्ट और

दीर्घजीवी होते थे। संयम-सदाचार में नागरिक लोग महर्षियों की तुलना करते थे।

राजा दशरथ: अयोध्या के राजा थे दशरथ। वे वेदों के विद्वान, दूरदर्शी और महान् तेजस्वी थे। वे महावीर थे, दस हज़ार महारथियों के साथ अकेले ही युद्ध करने की सामर्थ्य रखने के कारण उन्हें 'अतिरथी' कहते थे। वे महर्षियों के समान दिव्य गुण धारण करने वाले, धर्मात्मा और जितेन्द्रिय थे। धन और दूसरी वस्तुओं के संग्रह की दृष्टि से वे इन्द्र और कुबेर के समान थे। उनकी तीनों लोकों में ख्याति थी। दशरथ प्रजापालक थे, इसलिए नगर और जनपद की प्रजा भी उनसे बहुत प्रेम करती थी। नगर के सभी मनुष्य प्रसन्न, धर्मात्मा, लोभहीन, अनेक बातों के जानकार, सत्यवादी और अपने ही धन में सन्तुष्ट रहने वाले थे। कोई भी ऐसा नागरिक नहीं था जिसके पास गाय-बैल, घोड़े, धन-धान्य आदि की कमी हो। इस समृद्ध नगरी का शासन राजा दशरथ उसी प्रकार करते थे जैसे नक्षत्रलोक का शासन चन्द्रमा करता है।

महाराज दशरथ के आठ मन्त्री थे जो सब प्रकार के गुणों से पूर्ण थे। मनुष्य की बाहरी चेष्टा को देखकर ही उसके मन के भाव को ताड़ लेनेवाले मन्त्री राजा के प्रिय थे और राज्य के हित में ही लगे रहते थे। आठ मन्त्रियों के नाम इस प्रकार हैं — धृष्ट, जयन्त, विजय, सुराष्ट्र, राष्ट्रवर्धन, अकोप, धर्मपाल और सुमंत्र। इनमें सुमंत्र बहुत प्रसिद्ध थे और वे अर्थशास्त्र के भी ज्ञाता थे।

वशिष्ठ और वामदेव ये दो महर्षि राजा दशरथ के पुरोहित थे। इनके अतिरिक्त सुयज्ञ, जाबालि, कश्यप, गौतम, मार्कण्डेय, कात्यायन भी महाराज के मंत्री थे। और भी अनेक मंत्री परम्परा से चले आ रहे थे। इन सभी मंत्रियों की यह विशेषता थी कि अपने या शत्रुपक्ष के राजाओं की कोई बात उनसे छिपी नहीं रहती थी। दूसरे राजा क्या करते हैं, क्या कर चुके हैं और क्या करना चाहते हैं, ये सभी बातें गुप्तचरों द्वारा उन्हें मालूम रहती थीं। वे इतने न्यायप्रिय थे कि अवसर पड़ने पर अपने पुत्र को भी दण्ड देने से नहीं हिचकिचाते थे।

इस प्रकार कोसल-नरेश दशरथ हर दृष्टि से ऐश्वर्यशाली थे और सुखपूर्वक राज्यलक्ष्मी का उपभोग कर रहे थे। राजा दशरथ की तीन प्रमुख रानियां थीं, कौशल्या, कैकेयी और सुमित्रा। किन्तु राजा का जीवन फिर भी सूना था। उन्हें सारा वैभव नीरस मालूम होता। इसका मुख्य कारण था राजा दशरथ का सन्तानहीन होना। वे धीरे-धीरे वृद्ध हो चले थे, पर उनकी कोई सन्तान नहीं थी। सम्पूर्ण धर्मों को जाननेवाला महात्मा राजा दशरथ अत्यन्त प्रभावशाली होते हुए

भी पुत्र के लिए सदा चिन्तित रहते। उनके वंश को चलानेवाला कोई भी पुत्र नहीं था। उसके लिए चिन्ता करते-करते एक दिन राजा दशरथ के मन में विचार हुआ कि मैं पुत्र-प्राप्ति के लिए अश्वमेध यज्ञ का अनुष्ठान क्यों न करूं? मन में यह विचार आते ही उन्होंने अपने मंत्रियों, पुरोहितों और गृहजनों से विचार-विमर्श किया। राजा का यह विचार सबको भला लगा और उन्होंने इसका समर्थन किया। किन्तु यह कार्य किसी महान् तेजस्वी, तपस्वी और कर्मकांडी विद्वान् के द्वारा ही पूरा हो सकता था।

पुत्रेष्टि-यज्ञ और रामादि का जन्मः भली प्रकार विचार-विमर्श और सोच-विचार के बाद राजमन्त्री सुमंत्र ने राजा दशरथ से कहा, आप अंगदेश जाइए, अंगराज से आपकी अच्छी मित्रता भी है। उनकी कन्या शान्ता मुनिवर ऋष्यश्रृंग से विवाही गई है। मुनिवर ही पुत्रेष्टि-यज्ञ कराने में समर्थ हैं। अत: आप अंगराज की सहायता से मुनिवर ऋष्यश्रृंग को यज्ञ के लिए लिवा लाइए। सुमंत्र की सलाह मानकर राजा दशरथ ने मुनिवर वशिष्ठ की आज्ञा ली और रनिवास की रानियों और मंत्रियों के साथ अंगदेश जा पहुंचे। ऋष्यशृंग उन दिनों अंगदेश में ही रह रहे थे, अतः राजा दशरथ को उन्हें अयोध्या लाने में कोई कठिनाई नहीं हुई।

वसन्त ऋतु के आरंभ में शुभ मुहूर्त देखकर यज्ञ का आरंभ हुआ। मुनिवर ऋष्यश्रृंग के आदेशानुसार सरयू नदी के उत्तर तट पर यज्ञभूमि का निर्माण कराया गया। यज्ञ-सम्बन्धी सभी आवश्यक सामग्री एकत्र की गई। पत्र और दूत भेजकर राजा दशरथ ने देश-विदेश के राजा और सम्मानित व्यक्तियों को यज्ञ के लिए आमंत्रित किया। निश्चित समय पर अनेक राजा, विद्वान्, ऋषि-मुनि आ गये। सबके आ जाने पर विधिपूर्वक यज्ञ आरंभ हुआ। वेदमंत्रों की मंगल ध्वनि दसों दिशाओं में फैल गई। पहले तो अश्वमेध यज्ञ किया गया। नियमानुसार मंत्रों से पवित्र किया गया अश्व सभी के द्वारा पूजा गया। राजा ने इस यज्ञ की समाप्ति पर अपार धनराशि, पृथ्वी आदि का दान किया। यज्ञ समाप्त होने पर राजा दशरथ ने ऋष्यश्रृंग से कहा, अब आप कृपा कर मेरी कुल-परम्परा को बढ़ाने वाले कार्य को पूरा करें।

ऋष्यश्रृंग ने राजा से कहा, अब मैं आपको पुत्र की प्राप्ति कराने के लिए अथर्ववेद के मंत्रों से पुत्रेष्टि-यज्ञ करूंगा। अब विधिपूर्वक पुत्रेष्टियज्ञ आरंभ हुआ। अग्नि में आहुतियां डाली जाने लगीं। राजा दशरथ ने जब अंतिम आहुति डाली तो अग्निकुंड से एक विशालकाय पुरुष प्रकट हुआ। ये स्वयं अग्निदेव थे। राजा को

बड़ा आश्चर्य साथ ही प्रसन्नता भी हुई। वे बोले—'भगवन् , आपका स्वागत है। कहिए, मैं आपकी क्या सेवा करूं?'

अग्निदेव ने कहा—'राजन्! यह देवताओं की बनाई हुई खीर है, जो सन्तान की प्राप्ति कराने वाली है। तुम इसे ग्रहण करो और अपनी पत्नियों को इसे खाने के लिए दो। इस खीर के खाने से पुत्रों की प्राप्ति होगी, जिसके लिए तुम यह यज्ञ कर रहे हो।'

राजा ने 'जो आज्ञा' कहकर सोने का वह थाल जो खीर से भरा था अग्निदेव के हाथ से ले लिया। अग्निदेव को प्रणाम कर राजा ने उनकी परिक्रमा की। तदनन्तर अग्निदेव अन्तर्धान हो गये।

यज्ञ की समाप्ति पर प्रसन्नचित्त राजा दशरथ खीर का थाल लेकर रनिवास में गये और खीर का आधा भाग महारानी कौशल्या को खिला दिया। बचे हुए आधे भाग का आधा सुमित्रा को दे दिया। उन दोनों को देने के बाद जितनी खीर बच रही उसका आधा भाग कैकेयी को खिला दिया। फिर भी जो भाग शेष रहा था वह उन्होंने दुबारा सुमित्रा को ही दिया। खीर खाने के बाद रानियां गर्भवती हुईं। रानियों को गर्भवती देख राजा दशरथ परम प्रसन्न हुए।

सभी अतिथियों, राजाओं, मुनियों और ऋष्यश्रृंग को आदरपूर्वक विदा देकर राजा दशरथ राज करने लगे। धीरे-धीरे समय बीतने लगा। छहों ऋतुओं के बीत जाने पर बारहवें मास में चैत्र मास के शुक्ल पक्ष की नवमी तिथि को कौशल्या ने पुत्र को जन्म दिया। पुत्र का नाम रखा गया राम । तदनन्तर क्रमश: कैकेयी को एक पुत्र की और सुमित्रा को दो पुत्रों की प्राप्ति हुई। कैकेयी के पुत्र का नाम भरत रखा गया और सुमित्रा के पुत्रों के नाम हुए लक्ष्मण तथा शत्रुघ्न । पुत्रों की उत्पत्ति पर अयोध्या नगरी में बहुत आनंद मनाया गया। राजा ने सभी वर्गों के लोगों को अपार धन-राशि आदि का दान दिया।

शिक्षा-दीक्षा: महर्षि वशिष्ठ ने समय-समय पर राजा दशरथ से उन चारों पुत्रों के जातकर्म आदि सभी संस्कार करवाये। राजा के चारों पुत्र पढ़-लिखकर परम विद्वान् बने। वे वेदों के ज्ञाता और शुरवीर हुए। सबके सब लोकहितकारी कार्यों में लगे रहने लगे। जैसे-जैसे बड़े होने लगे वेदों के स्वाध्याय और धनुर्विद्या के अभ्यास में लगे रहने लगे। जन्म से ही समझदार थे, अत: सारे सद्गुणों से पूर्ण हो गए। चारों भाई लज्जाशील, यशस्वी, सर्वज्ञ और दूरदर्शी थे। उन सब में बड़े होने के साथ ही राम अपने कुल के यश को बढ़ाने वाले सिद्ध हुए। राम सबसे अधिक

तेजस्वी और सबके प्रिय थे। वे निष्कलंक,चन्द्रमा के समान शोभावाले थे। धनुर्वेद का अभ्यास करने के साथ-साथ राम ने हाथी के कंधे और घोड़े की पीठ पर बैठने तथा रथ हांकने की कला में भी सम्मानपूर्ण स्थान प्राप्त किया था। लक्ष्मण लक्ष्मी की वृद्धि करने वाले थे और वे सदा ही राम की सेवा में जुटे रहते, वे राम को बहुत प्यार करते थे और सदा ही उनका भला चाहते थे। राम-लक्ष्मण वास्तव में दो देह एक प्राण थे। राम को भी लक्ष्मण के बिना नींद नहीं आती थी। वे लक्ष्मण को खिलाये बिना स्वयं भोजन नहीं करते थे। जब राम घोड़े पर चढ़कर शिकार खेलने जाते तो लक्ष्मण धनुष लेकर उनके शरीर की रक्षा करते हुए उनके पीछे-पीछे चलते। इसी प्रकार लक्ष्मण के छोटे भाई शत्रुघ्न भरतजी को प्राणों से भी अधिक प्रिय थे और वे भी भरतजी को सदा प्राणों से भी अधिक प्रिय मानते थे।

विश्वामित्र के साथ वन-गमन: राम, लक्ष्मण, भरत और शत्रुघ्न पढ़-लिखकर जब हर प्रकार से सर्वगुणसम्पन्न हो गये और शस्त्रास्त्र में भी निपुण हो गये तो उनके बड़े हो जाने पर राजा दशरथ को उनके विवाह की चिन्ता हुई। एक दिन राजा दशरथ पुरोहित तथा बंधुबांधवों के साथ बैठे पुत्रों के विवाह के बारे में विचार कर रहे थे। उसी समय द्वारपालों ने परम तेजस्वी महर्षि विश्वामित्र के पधारने की सूचना दी। राजा सावधान हो गये और उन्होंने पुरोहित को साथ लेकर बड़ी प्रसन्नता से विश्वामित्र की अगवानी की। विधिपूर्वक अर्घ्य आदि से ऋषि का सत्कार कर उन्हें आसन पर विराजमान किया गया। कुशल-मंगल जानने के पश्चात् विश्वामित्र ने अपने आने का प्रयोजन बताया। विश्वामित्र ने कहा, राजन्! आपने बातों-ही-बातों में मेरा कार्य करने की जो प्रतिज्ञा की है, उसे पूरा करके दिखाइए। मैं सिद्धि के लिए एक नियम का अनुष्ठान कर रहा हूं, उसमें इच्छानुसार रूप धारण करने वाले दो राक्षस विघ्न डाल रहे हैं। मेरे इस नियम का अधिकांश कार्य पूरा हो चुका है, अब उसकी समाप्ति के समय मारीच और सुबाहु नाम के दो राक्षस आ धमके हैं। वे दोनों बहुत ही बलवान् हैं। उन्होंने मेरी यज्ञ की वेदी पर रक्त और मांस की वर्षा कर दी है। यों तो उन्हें शाप देकर उनका नाश कर सकता हूं, पर वह नियम ही ऐसा है कि जिसके आरंभ करने पर शाप नहीं दिया जा सकता। अत: आप उन राक्षसों का वध करने के लिए अपने बड़े पुत्र राम को मुझे दे दें। राम के सिवाय उन्हें दूसरा कोई वीर मार नहीं सकता। आप मोह त्याग दें और पुत्र में आसक्ति का ध्यान न करें। वशिष्ठ जी से अनुमति लेकर राम को मेरे साथ भेज दें। मेरे पास समय बहुत कम है, इसका भी ध्यान करें।

विश्वामित्र का वचन दशरथ को तीर की तरह लगा और वे पुत्र-वियोग की कल्पना से बेहोश हो गये। थोड़ी देर बाद जब उन्हें होश आया तो वे व्यथित होने लगे। दशरथ ने विनयपूर्वक विश्वामित्र से कहा, मुनिवर। राम अभी बालक है। इसने अभी तक युद्ध की विद्या भी नहीं सीखी है। अभी तो राम पन्द्रह वर्ष के ही हैं, राक्षसों के छल-कपट को ये क्या जानें ? मैं अपनी अक्षौहिणी सेना के साथ स्वयं आपके साथ चलता हूं। मैं स्वयं उन राक्षसों से युद्ध करूंगा। प्राण रहते मैं आपके यज्ञ की रक्षा करूंगा,आप राम को न ले जाइए। राम मुझे प्राणों से भी प्रिय हैं। राम के वियोग में मेरा जीना संभव नहीं। इस बुढ़ापे में बड़ी कठिनाई से मुझे पुत्र की प्राप्ति हुई है, अत: आप राम को न ले जाएं। फिर यह भी तो पता नहीं है कि उन राक्षसों का रक्षक कौन है ? उनका डील-डौल कैसा है ? राक्षस तो वैसे भी मायाधारी होते हैं, इसलिए आप मुझे बताइए कि मैं और मेरे सैनिक उन राक्षसों का मुकाबला कैसे करें।

विश्वामित्र ने दशरथ को समझाया—महर्षि पुलस्त्य के कुल में उत्पन्न महाप्रतापी राक्षसराज रावण मारीच और सुबाहु का रक्षक है। वह साक्षात कुबेर का भाई है और विश्रवा मुनि का औरस पुत्र है। ब्रह्मा से उसे मुंहमांगा वरदान प्राप्त है, इसलिए वह निर्भय होकर राक्षसों के साथ मिलकर तीनों लोकों के निवासियों को कष्ट पहुंचा रहा है। राम ही उसका प्रतिकार कर सकते हैं।

विश्वामित्र की यह बात सुनकर दशरथ बहुत कातर होकर बोले—मुनिवर! मैं स्वयं रावण के सामने युद्ध में नहीं ठहर सकता, फिर बालक राम की तो बात ही क्या है। आप मुझपर और मेरे पुत्र पर कृपा कीजिए। युद्ध में रावण का वेग तो । देवता, दानव, गंधर्व, यक्ष, गरुड़ और नाग भी सहन नहीं कर सकते, फिर मनुष्यों की तो बात ही क्या है। मैंने सुना है कि मारीच और सुबाहु सुप्रसिद्ध दैत्य सुन्द और उपसुन्द के पुत्र हैं, ये दोनों युद्ध में यमराज के समान हैं, यदि वे ही आपके यज्ञ में विघ्न डालने वाले हैं तो मैं उनका सामना करने के लिए अपने पुत्र को नहीं दूंगा।

दशरथ की यह बात सुनकर विश्वामित्र आग-बबूला हो गये। उन्होंने क्रोध में भरकर कहा—राजन्! यदि आपको अपना वचन निभाना नहीं था तो प्रतिज्ञा ही क्यों की थी ? आपका इंकार करना रघुवंशियों के अनुकूल नहीं है। अब तुम अपनी प्रतिज्ञा झूठी करना चाहते हो तो मैं जैसे आया था वैसे ही लौट जाऊंगा।

विश्वामित्र के क्रोध को वशिष्ठजी अच्छी तरह जानते थे, उन्होंने दशरथ को

समझाया—महाराज! आप इक्ष्वाकुवंशी राजाओं के कुल में उत्पन्न हुए हैं। आप रघुवंशी हैं, अपना वचन आपको अवश्य निभाना चाहिए। ये अस्त्रविद्या जानते हों या न जानते हों, राक्षस इनका सामना नहीं कर सकते। विश्वामित्र से सुरक्षित राम का राक्षस कुछ भी नहीं बिगाड़ सकेंगे। राम और विश्वामित्र दोनों ही बलवानों में श्रेष्ठ हैं। विश्वामित्र तीनों लोकों में प्रसिद्ध नाना प्रकार के अस्त्रशस्त्रों के जानकार हैं। जो अस्त्र अब तक उपलब्ध नहीं हुए हैं, उनको भी उत्पन्न करने की इनमें अपूर्व क्षमता है। ऐसी दशा में राम को विश्वामित्र के साथ भेजने में किसी प्रकार संकोच न करें। राम को भेजने में राम का ही कल्याण है।

वशिष्ठ की बात सुनकर दशरथ का मन खिल उठा। उन्होंने स्वयं ही लक्ष्मण सहित श्रीराम को अपने पास बुलाया। फिर माता कौशल्या, पिता दशरथ और पुरोहित वशिष्ठ ने स्वस्तिवाचन करने के पश्चात् यात्रा-सम्बन्धी मंगलकार्य सम्पन्न किया। मंगलसूचक मंत्रों से अभिषिक्त करके दशरथ ने पुत्रों का मस्तक सूंघकर अत्यन्त प्रसन्नचित्त से उन्हें विश्वामित्र को सौंप दिया।

विद्या की प्राप्ति और ताड़का का वधः महर्षि विश्वामित्र राम और लक्ष्मण को लेकर प्रसन्नता के साथ अपने लक्ष्य की ओर बढ़ चले। आगे-आगे विश्वामित्र, उनके पीछे राम और राम के पीछे लक्ष्मण। दोनों भाई तरकस और धनुष-बाण से सुसज्जित थे। दोनों के हाथों में गोह के चमड़े के दस्ताने थे और कमर में तलवारें लटक रही थीं।

अयोध्या से डेढ़ योजन दूर जाकर सरयू नदी के दक्षिण तट पर विश्वामित्र ने राम से कहा—अब तुम सरयू के जल का आचमन करो। मैं तुम्हें बला और अतिबला नाम की विद्या प्रदान करूंगा। इसके प्रभाव से तुम्हें कभी थकावट नहीं होगी, कोई रोग नहीं होगा और तुममें किसी प्रकार का विकार भी उत्पन्न नहीं होगा। सोते समय अथवा असावधानी की अवस्था में भी राक्षस तुम्हारे ऊपर आक्रमण नहीं कर सकेंगे। इस भूतल पर बाहुबल में तुम्हारी कोई समानता नहीं कर सकेगा। बला और अतिबला के प्रभाव से सौभाग्य, चतुराई, ज्ञान और बुद्धिसम्बन्धी निश्चय में तथा किसी के प्रश्न का उत्तर देने में भी कोई तुम्हारी तुलना नहीं कर सकेगा।

राम ने विश्वामित्र के ये वचन सुनकर तुरन्त सरयू के जल का आचमन किया। फिर मुनि से दोनों विद्याएं ग्रहण की। इससे उनका मुख प्रसन्नता से खिल उठा।

सरयू के तट पर रात बिताकर अगले दिन तीनों ही नित्यकर्म से निवृत्त होकर सरयू और गंगा के संगम पर पहुंचे। संगम के पास ही पवित्र आश्रम था। उसके दर्शन कर वे प्रसन्न हुए। विश्वामित्र ने बताया कि यह पुण्य आश्रम भगवान् शिव का है, यहीं शिवजी ने कामदेव पर विजय पाई थी। यहीं कामदेव को जलाया था, तभी से वह 'अनंग' कहलाने लगा। कामदेव देह से दिखाई नहीं देता है, वह मन में वास करता है। तीनों ने इस आश्रम में रात बिताई। मुनि विश्वामित्र ने रामलक्ष्मण को अनेक प्रकार की कथाएं सुनाईं।

प्रात: काल नाव में सवार होकर गंगा पार करने लगे। गंगा की बीच धारा में पहुंचने पर राम-लक्ष्मण को बहुत भारी आवाज सुनाई दी। राम ने उस आवाज के बारे में जानना चाहा तो विश्वामित्र ने बताया कि कैलास पर्वत पर एक सुन्दर सरोवर है। उसे ब्रह्माजी ने अपने मानसिक संकल्प से प्रकट किया था। मन के द्वारा प्रकट होने के कारण ही उस उत्तम सरोवर को 'मानस' कहते हैं। इस सरोवर से एक नदी निकली है जो अयोध्या से सटकर बहती है, यह सरयू है। उसी का जल गंगाजी में मिल रहा है। दो नदियों के जलों के टकराने से यह आवाज़ आ रही है, जिसकी कहीं तुलना नहीं है।

दोनों भाइयों ने संगम को प्रणाम किया और नाव से उतरकर गंगा के दक्षिण किनारे पर आगे पैर बढ़ाये। चलते-चलते उन्हें अपने सामने एक भयंकर वन दिखाई दिया, जिसमें मनुष्यों के आने-जाने का कोई चिह्न नहीं था। वह वन भांति-भांति के भयंकर और हिंसक जन्तुओं की चीत्कारों से गूंज रहा था। राम के पूछने पर विश्वामित्र ने बताया कि बहुत पहले यहां दो समृद्धिशाली जनपद थे—मलय और करुष। इनका निर्माण देवजाति ने किया था। दोनों नगर बहुत समय तक धन-धान्य से सम्पन्न और सुखी रहे। कुछ समय बीतने पर यहां इच्छानुसार रूप धारण करने वाली ताटका (ताड़का) नामक यक्षिणी आई। वह बहुत ही बलशाली है। ताटका सुन्द की पत्नी और मारीच की माता है। वह जब से यहां आई है तब से दोनों जनपदों का विनाश करने में लगी है। ताड़का छ: कोस के मार्ग को घेरकर रहती है, वह स्थान ताड़का-वन कहलाता है। हम लोग उधर ही चलते हैं। मैं चाहता हूं कि तुम उस राक्षसी ताड़का का वध कर डालो।

तुम स्त्री-हत्या का विचार करके इसके प्रति दया मत दिखाना। राजधर्म कहता है कि चारों वर्णों की रक्षा के लिए यदि स्त्री का वध करना पड़े तो उससे मुंह नहीं मोड़ना चाहिए। प्रजापालक नरेश को प्रजा की भलाई के लिए क्रूरकर्म भी करने

तड़का बध

पड़ते हैं। प्राचीन काल में भी अनेक महामनस्वी श्रेष्ठ पुरुषों ने पापात्मा स्त्रियों का वध किया है।

विश्वामित्र के उत्साह भरे वचन सुनकर राम आगे बढ़े। उन्होंने कहा—मुनिवर! मैं आपकी आज्ञा का पालन करता हुआ अवश्य ही पापात्मा ताड़का का वध करूंगा। निश्चित स्थान पर पहुंचकर राम ने धनुष के मध्य भाग में मुट्ठी बांधकर उसे जोर से पकड़ा और उसकी डोरी पर जोर से टंकार की। उस टंकार से सारी दिशाएं गूंज उठीं। ताड़का ने भी उस आवाज़ को सुना। वह क्रोध में भर उठी। आवाज की दिशा में रोषपूर्वक दौड़ी। राम के निकट पहुंचकर एक भुजा उठाकर गर्जना करती हुई राम की ओर झपटी। वह अपनी माया का सहारा लेकर दोनों भाइयों पर पत्थरों की वर्षा करने लगी। कुछ देर तो दोनों भाई माया के मोह जाल में फंस गये। फिर राम ने अपने बाणों की वर्षा से उसके पत्थरों को रोका और फिर ताड़का के दोनों हाथ काट डाले। दोनों हाथ कट जाने पर वह जोर से गर्जन करने लगी। इस पर क्रोध से भरे हुए लक्ष्मण ने उसके नाक-कान काट डाले। पर वह तो इच्छानुसार रूप धारण करने वाली यक्षिणी थी। वह अदृश्य होकर आकाश में विचरती हुई फिर दोनों भाइयों पर पत्थरों की वर्षा करने लगी। राम ने विश्वामित्र की प्रेरणा से उस पर शब्दवेधी बाण चलाया। विवश होकर ताड़का राम-लक्ष्मण पर टूट पड़ी। राम ने झपटकर उसकी छाती में एक बाण मारा, जिससे उसकी छाती फट गई और वह चीत्कार करती हुई पृथ्वी पर गिर पड़ी और मर गई।

ताड़का-वध के पश्चात् रात को वे तीनों वहीं रहे। अगले दिन प्रातः स्नान-ध्यान से निवृत्त होकर विश्वामित्र ने राम को दण्डचक्र, धर्मचक्र, कालचक्र, विष्णुचक्र, ऐन्द्रचक्र, वज़ास्त्र, त्रिशूल, ब्रह्मशिरास्त्र, ऐषीवास्त्र, ब्रह्मास्त्र, मोदकी और शिखरी नामक गदाएं, धर्मपाश, कालपाश, वरूणपाश आदि अनेकाअनेक दिव्यास्त्र प्रदान किये और उनके प्रयोग की विधि भी बताई। प्रसन्न होकर राम ने विश्वामित्र को प्रणाम किया। फिर उन्होंने आगे की यात्रा आरंभ की। रास्ते में विश्वामित्र ने राम को शस्त्रास्त्रों की संहार-विधि का विस्तार से वर्णन किया, साथ ही अनेकानेक ऐसे शस्त्रास्त्र भी प्रदान किये जो इच्छानुसार रूप धारण करने वाले और परम तेजस्वी थे।

मार्ग में जाते हुए उन्हें सामने एक पर्वत दिखाई दिया, जिसके पास सघन वृक्षों से भरा एक स्थान था। वहां नाना प्रकार के पक्षी और मृग विहार कर रहे थे।

यग की रक्षा और राक्षसों का संहारः राम के पूछने पर विश्वामित्र ने बताया कि यह स्थान सिद्धाश्रम कहलाता है। यहां विष्णु ने घोर तपस्या की थी, जिससे उन्हें सिद्धि प्राप्त हुई थी। यहीं वामन रूप में विष्णु ने राजा बलि का अभिमान भंग किया था। यह आश्रम बहुत पवित्र है और सब प्रकार के दुःखों का नाश करने वाला है। उन्हीं वामन भगवान् में भक्ति होने के कारण मैं इसी स्थान का उपयोग करता हूं। इसे तुम अब मेरा ही आश्रम समझो। इसी आश्रम पर मेरे यज्ञ में विघ्न डालने वाले राक्षस आते हैं। तुम्हें यहीं उनका वध करना है।

मुनि विश्वामित्र दोनों भाइयों को उस आश्रम में ले आये। आश्रमवासी उन्हें देखकर प्रसन्न हो उठे। स्वागत-सत्कार और विधिपूर्वक उनका पूजन किया गया। दो घड़ी विश्राम करने के बाद राम और लक्ष्मण ने विश्वामित्र से प्रार्थना की कि वे आज ही यज्ञ की दीक्षा ग्रहण करें। विश्वामित्र ने विधिपूर्वक दीक्षा ग्रहण की। दोनों राजकुमार भी सावधानी के साथ रात बिताकर सुबह उठे और नित्यकर्म आदि से निपटकर मुनि से बोले—कृपया, हमें बताएं कि किस समय उन दोनों राक्षसों का आक्रमण होता है ? विश्वामित्र तो दीक्षा लेने के कारण मौनव्रत धारण किये बैठे थे, अत: दूसरे मुनियों ने दोनों भाइयों को बताया कि आप दोनों रघुंवशी वीर सावधान होकर आज से छ: रातों तक यज्ञ की रक्षा करते रहें। मुनियों के कथनानुसार दोनों भाई छ: दिन और छ: रात उस तपोवन की रक्षा करते रहे। इस बीच उन्होंने नींद भी नहीं ली।

छठा दिन आने पर राम लक्ष्मण से सावधान हो जाने को कह ही रहे थे, राक्षसों के आगमन की सूचना देने वाली यज्ञ की वेदी सहसा भभक उठी। तभी वेद-मंत्रों के उच्चारण के बीच आकाश में बड़े जोर का भयानक शब्द हुआ। मारीच और सूबाहु राक्षसों के साथ अपनी माया फैलाते हुए यज्ञ-मंडप की ओर बढ़े चले आ रहे थे। उन्होंने आते ही वहां रक्त की धाराएं बहाना आरंभ कर दिया। राम ने यज्ञ-भूमि को रक्त से सनी देखकर आकाश की ओर देखा। मारीच और सुबाहु को देखते ही उन्होंने लक्ष्मण को सावधान किया और धनुष-बाण संभाल लिये। मानवास्त्र के प्रहार से मारीच दुर जा गिरा। राम ने उस पर कसकर प्रहार किया था, अत: वह प्राणों का भय जानकर वहां से भाग खड़ा हुआ। पिय्र राम ने आग्नेयास्त्र से सुबाहु को मार गिराया। उसके बाद राम ने अपने दिव्यास्त्र से सभी राक्षसों को मार डाला। राक्षसों के मारे जाने पर यज्ञ निर्विघ्न समाप्त हो गया। विश्वामित्र ने राम की बहुत प्रशंसा की। राम और लक्ष्मण रात को यज्ञशाला में ही

सोये।

मिथिला की यात्रा और अहल्या का उद्धारः प्रातः काल अपने कार्यों से निवृत्त होकर राम लक्ष्मण के साथ मुनियों के मध्य बैठे विश्वामित्र के पास गये। राम ने प्रणाम कर मधुर वाणी में निवेदन किया, हम दोनों सेवक सेवा में उपस्थित हैं। अब हमें क्या आज्ञा है? विश्वामित्र ने बताया कि मिथिला के राजा जनक एक धर्ममय यज्ञ कर रहे हैं, उसमें हम सब लोगों को जाना है। तुम दोनों भाई भी हमारे साथ चलोगे। वहां एक बहुत अद्भुत धनुष है। मनुष्यों की तो बात ही क्या, देवता, गन्धर्व, असुर आदि भी उसकी प्रत्यंचा नहीं चदा पाते। वहां चलकर तुम उस धनुष को और राजा जनक के यज्ञ को देखना।

विश्वामित्र के साथ दोनों भाई मिथिला के लिए चल पड़े। रास्ते में मुनिवर ने दोनों भाइयों को अनेकानेक कथा-वार्ताएं सुनाईं। उनमें मुनिवर ने अपने वंश की कथा भी सुनाई। शिव-पार्वती के अच्छे प्रसंगों के साथ गंगा के भूमि पर आने की कथा भी विस्तार के साथ सुनाई। समुद्र-मंथन, समुद्र से चौदह रत्नों की उत्पत्ति, देवासुर-संग्राम आदि अनेक प्रसंग सुनकर दोनों भाई परम प्रसन्न हुए।

अनेक राजाओं की कथाएं सुनाते हुए वे लोग विशाला नगरी आ पहुंचे। विशाला के राजा सुमति ने उन लोगों का बड़ा स्वागत-सत्कार किया। एक रात वहां रहकर सवेरे सभी लोग मिथिला की ओर चल दिए।

मिथिला पहुंचकर जनकपुरी की शोभा देखकर सब परम प्रसन्न हुए और नगरी की भांति-भांति से प्रशंसा करने लगे। मिथिला के उपवन में एक पुराना-आश्रम था, जो बहुत सुंदर होते हुए भी सुनसान था। राम की जिज्ञासा देखकर मुनि विश्वामित्र ने बताया, पूर्वकाल में यह महर्षि गौतम का आश्रम था। वे अपनी पत्नी अहल्या के साथ रहकर यहां तपस्या करते थे। एक दिन गौतम की अनुपस्थिति में देवराज इन्द्र गौतम का रूप धारण कर आश्रम आये और अहल्या से समागम की इच्छा प्रकट की। अहल्या इन्द्र की बातों में आ गई। जब इन्द्र अहल्या का सतीत्व भंग कर आश्रम से निकल रहे थे तभी गौतम आ पहुंचे। गौतम सब कुछ समझ गये और उन्होंने इन्द्र को शाप दे डाला। उसी के साथ अहल्या को भी शाप दिया। शाप से दुः खी अहल्या की दशा देखकर गौतम ने यह अवश्य कहा कि राम के दर्शन से तेरा उद्धार हो जायेगा। तभी से यह अभागी नारी पत्थर की मूर्ति बनी अपने भाग्योदय के दिन की प्रतीक्षा में पड़ी है। अब तुम यहां आ गये हो तो इस अभागिनी का भी उद्धार करो।

महर्षि की बात मानकर राम लक्ष्मण सहित विश्वामित्र को आगे कर आश्रम में प्रविष्ट हुए। दोनों भाइयों ने आगे बढ़कर अहल्या के चरणों का स्पर्श किया। महर्षि गौतम के वचनों का स्मरण कर अहल्या ने दोनों भाइयों का आदर-सत्कार किया। अहल्या की सारी जड़ता जाती रही। वह अपना भाग्य सराहने लगी। तभी गौतम ऋषि ने आकर उसे अपना लिया। गौतम ने भी राम का सत्कार किया। उसके पश्चात् वे लोग मिथिला की ओर रवाना हो गये।

मिथिला में स्वागत: राम, लक्ष्मण और विश्वामित्र महर्षि गौतम के आश्रम से ईशान कोण की ओर चले और मिथिला-नरेश के यज्ञ-मण्डप में आ पहुंचे। मण्डप की सजावट और भीड़भाड़ देखकर राम बहुत प्रसन्न हुए। राम के कहने पर विश्वामित्र ने पानी की सुविधा से युक्त एक उपयुक्त स्थान में डेरा डाला।

राजा जनक को जैसे ही विश्वामित्र के पधारने का समाचार मिला वे तुरन्त अपने पुरोहित शतानन्द को लेकर विश्वामित्र के स्वागत के लिए आये। जनक के साथ और भी अनेक मुनि, उपाध्याय और पुरोहित आये थे। स्वागत-सत्कारकुशल-क्षेम के पश्चात विश्वामित्र ने राम का पूरा परिचय जनक को दिया और उनकी शूरवीरता तथा अब तक के सत्कार्यों की कथा सुनाई, जिसे सुनकर सभी प्रसन्न हुए। राजा जनक ने बताया कि उनकी यज्ञ दीक्षा के बारह दिन ही शेष रह गये हैं। आप यज्ञ समारोह में शामिल हों। मैं आपके निवास आदि की व्यवस्था कराये देता हूं।

यज्ञभूमि के निकट ही रमणीय स्थान में उन लोगों के ठहरने की व्यवस्था करा दी गई। दूसरे दिन राजा जनक ने राम, लक्ष्मण और विश्वामित्र को आदरपूर्वक बुलाया और राम की जिज्ञासा जानकर धनुष-यज्ञ का विस्तार से प्रयोजन बताया। राजा जनक ने कहा, यह धनुष शिवजी का है और मेरे पूर्वज राजा देवरात के पास धरोहर रूप में रखा था। उनके बाद क्रमश: यह मेरे पास सुरक्षित रहा। यह धनुष बहुत भारी और अद्भुत है। इसे न तो कोई उठा सकता है, न ही कोई इसकी प्रत्यंचा चढ़ा सकता है। एक दिन मैं यज्ञ के लिए भूमिशोधन करते समय खेत में हल चला रहा था। उसी समय हल के अग्रभाग से जोती गई भूमि से एक कन्या प्रकट हुई। हल को सीत भी कहते हैं, इसलिए मैंने हल द्वारा जोती गई भूमि से उत्पन्न होने के कारण उस कन्या का नाम सीता रखा। कन्या जैसे-जैसे बड़ी होती गई, उसके अद्भुत गुण प्रकट होते गये। सीता के सद्गुणों को देखकर मैंने प्रतिज्ञा की कि जो व्यक्ति अपने पराक्रम से इस धनुष की प्रत्यंचा चढ़ा देगा मैं

राम-सीता विवाह

सीता के साथ उसी का विवाह कर दूंगा।

मेरी प्रतिज्ञा का समाचार सुनते ही अनेका अनेक राजा लोग यहां आये। मैंने उनके सामने धनुष रखा, परन्तु कोई भी राजा इस धनुष को उठाना तो दूर हिला तक नहीं सका। सब राजा अपमानित होकर लौट गये। उन्होंने एक वर्ष तक मिथिला पर आक्रमण जारी रखा, किन्तु ईश्वर की कृपा से वे सभी परास्त हुए। अब मैंने यज्ञ का आयोजन किया है। मैं वह धनुष राम-लक्ष्मण को दिखाऊंगा। यदि श्रीराम इस धनुष की प्रत्यंचा चढ़ा दें तो मैं सीता को श्रीराम के हाथ में सौंप दूंगा।

धनुर्भंग: राजा जनक की बात सुनकर मुनि विश्वामित्र ने कहा, राजन्! आप श्रीराम को अपना धनुष दिखाइए। तुरन्त ही धनुष मंगाया गया। शिवजी का वह धनुष आठ पहियों वाले लोहे के बड़े सन्दूक में रखा हुआ था। अनेक सेवक उसे ठेलकर वहां तक लाये थे। धनुष को दिखाते हुए राजा जनक ने बड़े गर्व के साथ कहा, समस्त देवता, असुर, राक्षस, गन्धर्व, यक्ष, किन्नर, नाग आदि भी इस धनुष की प्रत्यंचा नहीं चढ़ा सके, फिर इस धनुष को खींचने, चढ़ाने, इस पर बाण संधान करने, इसकी प्रत्यंचा पर टंकार देने तथा इसे उठाकर इधर-उधर हिलाने में मनुष्य कैसे समर्थ हो सकता है ?

राजा जनक की बात सुनकर विश्वामित्र ने राम से कहा, वत्स राम! इस धनुष को देखो। राम विश्वामित्र की आज्ञा पाकर आगे बढ़े और उन्होंने उस धनुष को बीच से पकड़कर लीलापूर्वक उठा लिया और खेल-सा करते हुए प्रत्यंचा चढ़ा दी। प्रत्यंचा चढ़ाकर राम ने ज्यों ही उस धनुष को कान तक खींचा त्यों ही उसके टुकड़े-टुकड़े हो गये। धनुष-भंग होने पर दशों दिशाओं में भारी गर्जन हुआ।

राम की वीरता और धनुष भंग होने से सभी लोग बहुत प्रसन्न हुए। राजा जनक ने पुलकित होकर विश्वामित्र से कहा, मैंने राम का शौर्य और पराक्रम आज अपनी आंखों से देख लिया। मेरी पुत्री सीता राम को पति रूप में पाकर जनकवंश की कीर्ति का विस्तार करेगी। यदि आप आज्ञा दें तो आज ही राजा दशरथ की सेवा में राम-सीता के विवाह का निमन्त्रण भिजवा दिया जाय। मुनि विश्वामित्र की सहमति देखकर राजा जनक ने दल-बल सहित राजा दशरथ को संदेश भिजवा दिया और दशरथ को पूरी तैयारी के साथ मिथिला लिवा लाने के लिए कह दिया।

राजा जनक की आज्ञा पाकर उनके दूत रास्ते में विश्राम करते हुए चौथे दिन अयोध्या पहुंचे। राजा दशरथ की सेवा में उपस्थित होकर जनकजी का पत्र दिया

और सन्देश सुनाया। दशरथ जी सारी बातें समझकर बहुत प्रसन्न हुए और उन्होंने अगले दिन सवेरे ही बारात ले चलने की तैयारी की आज्ञा दी।

राम-सीता का विवाह: अपनी चतुरंगिणी सेना सजाकर राजा दशरथ वशिष्ठ, वामदेव, जाबालि, कश्यप, मार्कण्डेय, कात्यायन, मंत्रि-गण तथा राज परिवार के अन्य लोगों सहित चार दिन का मार्ग तय करके पांचवें दिन जनकपुरी जा पहुंचे। राजा जनक ने उनका यथोचित स्वागत-सत्कार किया। और राजा दशरथ से विनम भाव से कहा, आपके कुल के साथ सम्बन्ध होने से मेरा सम्मान बढ़ा है। कल सवेरे आप सभी महर्षियों, मंत्रियों आदि के साथ उपस्थित होकर मेरे यज्ञ की समाप्ति के बाद श्रीराम के शुभ विवाह का कार्य सम्पन्न करें।

दूसरे दिन यज्ञ-कार्य सम्पन्न हुआ और विवाह-सम्बन्धी आरम्भिक कार्यों का सम्पादन भी हुआ। राजा दशरथ की सहमति पाकर जनकजी ने अपने भाई कुशध्वज को सांकाश्या नगरी से बुलवाया और उनकी कन्याएं भरत तथा शत्रुघ्न को देने का संकल्प किया। इन कन्याओं के नाम मांडवी और श्रुतिकीर्ति थे। इसी अवसर पर जनकजी ने अपनी दूसरी कन्या उर्मिला लक्ष्मण को देने का संकल्प किया। राजा दशरथ ने इस प्रस्ताव को भी स्वीकार कर लिया।

शुभ लग्न और मुहूर्त देखकर विधिवत् चारों भाइयों का विवाह सम्पन्न हुआ। राम सीता से, लक्ष्मण उर्मिला से, भरत माण्डवी से और शत्रुघ्न ऋतिकीर्ति से विवाहे गये। इस अवसर पर मंगलवाद्यों और मंत्रों तथा गीतों से नगरी गूंज उठी। तरह-तरह के दान दिये गये और आशीर्वाद तथा मंगलकामनाओं से सभी को सन्तुष्ट किया गया।

इसी अवसर पर भरत के सगे मामा केकयराज कुमार युधाजित् भी वहां पहुंचे। उन्होंने दशरथ से कहा, केकय नरेश मेरे भानजे भरत को देखना चाहते हैं अत: इन्हें लेने के लिए ही मैं अयोध्या गया था, वहां पता चला कि आप विवाह सम्बन्ध के लिए जनकपुरी गये हैं तो मैं यहां चला आया, क्योंकि मेरे मन में भी अपने भानजे को देखने की बड़ी लालसा थी।दशरथ ने उनका स्वागत-सत्कार किया और अपने साथ ही उन्हें भी ले लिया।

विवाह सम्पन्न होने पर महर्षि विश्वामित्र जनक तथा दशरथ से स्वीकृति लेकर हिमालय की शाखा उत्तर पर्वत पर अपने आश्रम को चले गये। उनके चले जाने पर महाराज दशरथ भी जनक जी से अनुमति लेकर अयोध्या जाने की तैयारी करने लगे। राजा जनक ने कन्याओं को बहुत भारी दहेज दिया और साथ

में अनेक दास-दासी भी दिये।

विदा लेकर राजा दशरथ दल-बल सहित अयोध्या की ओर चले।

परशुराम से भेंटः मार्ग में जाते हुए तरह-तरह के शुभ और अशुभ शकुन होने लगे। दशरथ ने अपने मन की चिन्ता वशिष्ठजी पर प्रकट की। वशिष्ठजी ने उनका समाधान किया। ये लोग आपस में बातें कर ही रहे थे कि सहसा बड़े जोर की आंधी आई, जिससे चारों ओर घोर अंधकार छा गया। तभी राजा दशरथ ने देखा कि सामने से मस्तक पर बड़ी-बड़ी जटाएं धारण किये, भयानक आकृति वाला, कंधे पर परशु (फरसा) तथा हाथ में धनुष-बाण धारण किये एक शूरवीर चला आ रहा है। ये परशुराम थे। इन की गतिविधियों से सभी परिचित थे, अत: सभी भयभीत हो गये। परशुराम क्षत्रियों के परम शत्रु थे और कई बार पृथ्वी से उनका संहार कर चुके थे। परस्पर विचार-विमर्श के बाद ऋषियों ने परशुराम को अर्घ्य आदि दिया और उन्हें आदरपूर्वक प्रणाम किया। इस पूजा को स्वीकार करने के बाद परशुराम राम से कहने लगे—सुना है कि तुम अद्भुत पराक्रमी हो, शिवधनुष तोड़े जाने की बात भी मैं सुन चुका हूं। अब मैं एक उत्तम धनुष लेकर आया हैं । तुम इस विशाल और भयंकर धनुष को खींचकर इस पर बाण चढाओ। यदि तुमने इस पर बाण चढ़ा दिया तो मैं तुम्हारे बल की परीक्षा के लिए तुम्हारे साथ द्वन्द्वयुद्ध करूंगा। राजा दशरथ परशुराम की बात सुनते ही घबरा गये और विनयपूर्वक उनसे कहने लगे—आप बहुत तपस्वी और ब्रह्मज्ञानी हैं। आपने इन्द्र के निकट प्रतिज्ञा करके शस्त्र का परित्याग कर दिया है। अब आप मेरे इन बालकों पर कृपा करें। परशुराम ने दशरथ की बात की कोई परवाह नहीं की और राम से बोले, शिव का धनुष शिथिल हो चुका था, अत: तुमने उसे आसानी से तोड़ डाला। यह मेरा धनुष विष्णु का है और बहुत शक्तिशाली है, इस पर बाण चढाओ, फिर मेरे साथ द्वन्द्व युद्ध करो।

राम अपने पिता के गौरव का ध्यान कर संकोचवश कुछ बोल नहीं रहे थे, परन्तु परशुराम की गर्वभरी बातें सुनकर चुप न रह सके और परशुराम से बोले—आपकी वीरता की कहानियां मैंने बहुत सुनी हैं। क्षत्रिय होने के नाते मैं आपका आदर करता हूं, अत: कुछ कह नहीं रहा। लेकिन आप मुझे असमर्थ मानकर मेरा तिरस्कार कर रहे हैं। अत: आप मेरा तेज और पराक्रम देखें। ऐसा कहकर राम ने परशुराम के हाथ से धनुष-बाण ले लिए और प्रत्यंचा चढ़ाकर उस पर बाण रखा, फिर परशुराम से कहा—आप मेरे पूज्य हैं, अतः मैं यह बाण आप पर नहीं छोड़ सकता; किन्तु यह दिव्य विष्णु-बाण व्यर्थ नहीं जा सकता।

मेरा विचार है कि आपको जो सर्वत्र शीघ्रतापूर्वक आने-जाने की शक्ति प्राप्त हुई है उसे, और आपने अपने तपोबल से जिन अनुपम पुण्यों को प्राप्त किया है, उन्हीं को नष्ट कर डालता हूं।

राम के इस प्रकार कहने पर परशुराम ने राम से कहा—आपने धनुष पर बाण चढ़ाया इसी से आपकी शक्ति का ज्ञान हो गया। आप मेरी गमन शक्ति का नाश न करें, चाहें तो तपोबल से प्राप्त पुण्यो-लोकों की विजय का हरण कर लें। अब आप यह बाण छोड़ें, इसके छूटने के बाद ही मैं महेन्द्र पर्वत पर चला जाऊंगा।

राम ने बाण छोड़ दिया। परशुराम निस्तेज हो गये। राम ने इसके बाद परशुराम का पूजन किया। परशुराम राम की परिक्रमा कर अपने स्थान को चले गये।

राम ने अपने पिता दशरथ को आकुल देखकर उन्हें सचेत करते हुए। कहा—पिताजी, परशुराम जी चले गये हैं। अब आप निश्चिंत होकर अयोध्या चलने की तैयारी कीजिए। राम की ये बातें सुनकर दशरथ ने राम को दोनों भुजाओं से खींचकर अपनी छाती से लगा लिया और उनका मस्तक सूंघा। उन्हें लगा कि पुत्र का पुनर्जन्म हुआ है।

इसके बाद दशरथ ने सब लोगों को अयोध्या की ओर चलने की आज्ञा दी। बड़ी शीघ्रता से चलकर सब अयोध्या पहुंचे। अयोध्या को तरह-तरह से सजाया गया था। इन लोगों के नगर में पहुंचने पर जयघोष और वाद्य-ध्वनि से वातावरण गूंज उठा। नगरवासियों का उल्लास और स्वागत स्वीकार करने के बाद राजा राजमहल में पहुंचे। वहां उनकी पूजा की गई। कौशल्या, सुमित्रा, कैकेयी तथा अन्य रानियां बहुओं को रथों से उतारने लगीं। मंगलगान के साथ चारों बहुएं घर लाई गईं। बहुओं से देवताओं का पूजन कराया गया। सास-ससुर के चरणों की वन्दना कर चारों बहुएं अपने-अपने पतियों के साथ एकान्त में निवास करने चली गईं।

चारों भाई अस्त्रविद्या में निपुण और विवाहित होकर धन-धान्य और मित्रों के साथ पिता की सेवा करने लगे। कुछ समय बीत जाने पर दशरथ ने भरत से कहा, बेटा! ये तुम्हारे मामा युधाजितू तुम्हें लेने आये हैं, नानाजी तुम्हें देखने को आतुर । हैं। पिता की आज्ञा पाकर भरत शत्रुघ्न के साथ अपनी ननिहाल चले गये।

राम-लक्ष्मण पिता की सेवा करते और राज-काज संचालन में उनकी सहायता करते। सीता का राम के चरणों में बहुत अनुराग था। वे अद्भुत पतिव्रता थीं, उन्होंने अपनी सेवा से सास-ससुर का मन मोह लिया। राज-परिवार सुख-सौभाग्य का उदय जानकर सुखपूर्वक दिन बिताने लगा।

अयोध्या कांड

महिमाशाली रामः भरत और शत्रुघ्न के अपने ननिहाल जाने के बाद दशरथ को उनकी याद सताने लगी। चारों पुत्र दशरथ को अपनी चार भुजाओं के समान प्रिय थे। सब पुत्रों के प्रति प्रेम रखते हुए भी श्रीराम दशरथ को अधिक प्रिय थे। इसके अनेक कारण थे। राम सबकी अपेक्षा अधिक तेजस्वी, गुणवान् और ब्रह्मा की भांति प्रजा का पालन करनेवाले थे। वे परम प्रचण्ड राक्षसराज रावण का वध करने के लिए जन्मे थे। राम बड़े ही रूपवान् और सद्गुणों के भण्डार थे। वे किसी के दोष नहीं देखते थे। भूमण्डल में उनकी समता करने वाला कोई न था। वे सदा शान्तचित्त रहते और सान्त्वनापूर्वक मीठे वचन बोलते थे, यदि उनसे कोई कठोर बात भी कह देता तो उसका उत्तर नहीं देते थे। उपकार को मानने वाले, जितेन्द्रिय और क्षमाशील थे। मधुरभाषी और शालीन थे, महान् पराक्रमी होते हुए भी उन्हें अपने बल का गर्व नहीं था। सत्यवादी, गुरुजनों का आदर करने वाले और प्रजानुरागी थे। अच्छे वक्ता तथा देश-काल के अनुसार काम करने वाले थे। धनुर्विद्या में वे अपने पिता से भी बढ़कर थे। सम्पूर्ण विद्याओं में कुशल और छहों अंगों सहित वेदों के विद्वान् थे। धर्म, अर्थ, काम और मोक्ष के तत्त्व जानने वाले थे। उनकी स्मरणशक्ति अद्भुत थी। लोक-व्यवहार में कुशल और समयानुसार काम करने में दक्ष थे। वस्तुओं के त्याग और संग्रह की महिमा को जाननेवाले और अपने आकार को गुप्त रखने वाले थे। उनका क्रोध और हर्ष कभी निष्फल नहीं जाता था। वे प्रमाद और आलस्य से रहित पूर्ण स्थितप्रज्ञ थे। निग्रह और अनुग्रह में चतुर और अर्थशास्त्र के पंडित थे। संगीत, वाद्य, चित्रकला, नाटक आदि में कुशल थे। साथ ही अनेक भाषाओं के ज्ञाता थे। वे बुद्धि में बृहस्पति और बल में इन्द्र के समान थे।

इस प्रकार के सर्वगुण सम्पन्न राम को प्रजा अपना राजा बनाना चाहती थी और अपनी आयु का विचार करते हुए राजा दशरथ भी राम को राजगद्दी पर बिठाना चाहते थे।

राजतिलक का प्रस्ताव: अनेक प्रकार से सोच-विचार कर राजा दशरथ ने मन्त्रियों के साथ सलाह करके राम को युवराज बनाने का निश्चय कर लिया। उपयुक्त समय पाकर उन्होंने मंत्रियों को राज्याभिषेक की तैयारियां करने की आज्ञा दी। भिन्न-भिन्न नगरों में निवास करने वाले प्रधान-प्रधान पुरुषों तथा दूसरे जनपदों के राजाओं, सामंतों और मंत्रियों को बुलवा लिया गया। जल्दबाजी में राजा दशरथ केकय-नरेश और मिथिलापति को निमन्त्रण नहीं दे पाये।

समस्त भद्रजनों के उपस्थित हो जाने पर राजा दशरथ ने उनके सामने विनम्रतापूर्वक प्रस्ताव रखा, 'मैं लम्बे समय से शासन का भार संभालते हुए थक गया हूं, मैं वृद्ध भी बहुत हो गया हूं, इसलिए यहां पास बैठे सम्पूर्ण श्रेष्ठ विद्वानों की अनुमति लेकर प्रजाजनों के हित के कार्य में अपने पुत्र राम को नियुक्त करके अब मैं राजकार्य से विश्राम लेना चाहता हूं। आप लोग राम के गुणों से भलीभांति परिचित हैं। आप लोगों की आज्ञा हो तो मैं कल प्रात: काल राम का राजतिलक कर दूं। दशरथ के प्रस्ताव का सभी ने ऊंची आवाज़ में समर्थन किया, जिससे सारा वायुमंडल गूंज उठा। सभी ने राम के अनेकानेक गुणों का वर्णन किया और राजतिलक कर डालने की स्वीकृति दे दी।

सबकी स्वीकृति पाकर राजा दशरथ ने वशिष्ठ और वामदेवजी से राज्याभिषेक की तैयारियां करने के लिए कहा। उन्होंने भी तदनुसार सेवकों को. निर्देश दे दिये। राजा की आज्ञा पाकर मंत्री सुमंत्र राम को राजसभा में बुला लाये। दशरथ ने राम को राजनीति की अनेक हितकर बातें बताईं। राम पिता से आज्ञा लेकर माता कौशल्या के पास गये और उन्हें यह शुभ समाचार सुनाया। इसके बाद वे अपने भवन में चले गये।

मुरवासियों के चले जाने पर राजा दशरथ ने विचार किया कि कल पुष्य नक्षत्र है। इसी मुहूर्त्त में राजतिलक कर देना चाहिए; अत: एक बार फिर राम को बुला भेजा। सामने आने पर राजा ने राम से कहा, बेटा! मैं तुम्हें शीघ्र ही राजगद्दी पर बिठाना चाहता हूं। आजकल मुझे बड़े बुरे सपने दिखाई देते हैं, मेरे जीवन का भी कोई ठिकाना नहीं । वैसे भी प्राणियों की बुद्धि बड़ी चंचल होती है, शुभ कार्य में अनेक विघ्न डालने वाले उत्पन्न हो जाते हैं। मेरा मन यही सब सोचकर इस काम

में शीघ्रता करने को कह रहा है। अत: कल मैं अवश्य ही तुम्हारा राजतिलक करे दूंगा। तुम इस समय से लेकर सारी रात इन्द्रिय-संयम पूर्वक वधू सीता के साथ उपवास करो और कुश की शय्या पर सोओ। जब तक भरत इस नगरी से बाहर अपने मामा के यहां निवास करते हैं, तब तक ही तुम्हारा अभिषेक हो जाना मुझे उचित जान पड़ रहा है। इसमें सन्देह नहीं कि भरत सत्पुरुषों का आचरण करने वाले हैं, बड़े भाई का आदर करते हैं, फिर भी विभिन्न कारणों से सत्पुरुषों के मन में भी राग-द्वेष पैदा हो जाता है।

पिता की बातें सुनकर राम ने उनके चरणों में प्रणाम किया और माता तथा भाई लक्ष्मण को सब समाचार सुनाया। सीता भी कौशल्या के निकट थीं, अत: उन्होंने भी यह शुभ समाचार सुना।

राजा दशरथ के अनुरोध से वशिष्ठजी ने राम को सीता सहित उपवास आदि की दीक्षा दी। सारी नगरी में इस समाचार से अपार हर्ष छा गया। लोगों ने राजा के प्रति कृतज्ञता प्रकट की। पुरी को भांति-भांति से सजाया गया। अयोध्यापुरी और आसपास के लोग प्रसन्नता के कारण फूले नहीं समा रहे थे। अयोध्या में जनपदवासी लोगों की भीड़ इकट्ठी होने लगी। नर-नारी, युवा, बाल, वृद्ध सभी प्रसन्नता से नाच उठे। घर-घर मंगलगान गाये जाने लगे।

मंथरा का कुचक्र: एक ओर तो यह सब हो रहा था, दूसरी ओर कैकेयी इस सबसे बेखबर अपने महल में सुख से लेटी हुई थी। रानी कैकेयी की एक दासी थी मंथरा, जो रानी के मायके से आई थी और बहुत मुंह लगी थी। वह अपना मन बहलाने के लिए रानी के महल की छत पर चढ़ी। उसने चारों ओर नजर दौड़ाई तो नगरी की सजावट और लोगों का उल्लास देखकर हैरान रह गई। उसने पास के ही कोठे पर राम की धाय को खड़े देखा, वह भी बड़ी सजी-धजी खड़ी थी। मंथरा ने धाय से इस प्रसन्नता का कारण पूछा। धाय ने सहज स्वभाव से बताया कि कल राम का राजतिलक होने वाला है, उसी से यह सजावट, कोलाहल और उत्सव मनाया जा रहा है। धाय के मुख से यह सुनकर मंथरा मन-ही-मन कुढ़ गई, उसे इसमें कैकेयी का अनिष्ट दिखाई देने लगा। वह क्रोध में भरी हुई कैकेयी के पास पहुंची। कैकेयी महल में सुख से लेटी हुई थी। मंथरा रानी को सम्बोधित कर कहने लगीः ।

'मूर्खे! उठ! क्या पड़ी सो रही है ? तुझ पर बड़ा भारी विपत्ति का पहाड़ टूटने वाला है, और तू है कि तुझे इसका ज्ञान नहीं। तेरे प्रियतम तेरे सामने ऐसी

चेष्टा बनाकर आते हैं, जैसे सारा सुख-सौभाग्य तुझे ही अर्पित कर देंगे, लेकिन पीठपीछे वे तेरा अनिष्ट ही करते हैं। तू बड़े प्रेम की डींग हांकती है, पर तेरा सुखसौभाग्य शीघ्र ही नष्ट होने वाला है।'

मंथरा यह कहकर उदास मुख बनाए खड़ी रही। कैकेयी को मंथरा की उदासी और उसकी बातों पर हैरानी हुई। उसने इसका कारण पूछा। मंथरा कुटिल तो थी ही, रानी के मन की दुर्बलता ताड़ गई और कहने लगीः

'रानी! तुम राजाओं के कुल में उत्पन्न हुई हो और एक महाराज की महारानी हो, फिर भी राजधर्मों की उग्रता को कैसे नहीं समझ रही हो? तुम्हारे स्वामी धर्म की बातें तो बहुत करते हैं, परन्तु हैं बड़े शठ। मुंह से चिकनी-चुपड़ी बातें करते हैं। परन्तु हृदय से बड़े क्रूर हैं। तुम समझती हो कि वे सारी बातें शुद्ध भाव से ही कहते हैं, पर आज तुम उनके द्वारा बुरी तरह ठगी गई हो। राजा तुम्हें तो झूठा विश्वास दिलाते रहते हैं, लेकिन कौशल्या को बहुत बड़ा वैभव देने जा रहे हैं। राजा का हृदय इतना दूषित है कि भरत को तो उन्होंने तुम्हारे मायके भेज दिया और कल सवेरे ही अवध के निष्कंटक राज्य पर राम का अभिषेक करेंगे। यह समाचार पाकर मैं दु: ख के सागर में डूबी जा रही हूं। तुम्हारी भलाई में मेरी भलाई और तुम्हारी बुराई में मेरी बुराई है, इसी से मैं परेशान हो उठी हूं।'

मंथरा की बातें सुनकर कैकेयी शय्या से उठ बैठी और मंथरा को पुरस्कार रूप में आभूषण देती हुई प्रसन्नता से बोली, 'मन्थरे! तूने यह बहुत ही प्रिय समाचार सुनाया। मेरे लिए भरत और राम एक ही हैं। राम के राज्याभिषेक से बड़ी खुशी और क्या होगी? इस सुन्दर संवाद के बदले तू मुझसे कोई अच्छा-सा वर मांग, मैं अवश्य ही दूंगी।'

यह सुनते ही मंथरा क्रोध से जल उठी। उसने कैकेयी का दिया आभूषण दूर फेंक दिया और पीड़ा-भरे स्वर में कहने लगी:

'मुझे बड़ी हैरानी है कि दु: ख के समुद्र में पड़ने पर भी तुम खुशियां मना रही हो। मुझे तुम्हारी बुद्धिहीनता पर तरस आता है। सौत का बेटा शत्रु के समान होता है, उसकी उन्नति पर कौन मूर्ख होगा जो खुशियां मनाएगा ? राज्य पर राम और भरत दोनों का ही एक समान अधिकार है। इसीलिए राम को भरत से खतरा है। गद्दी पर बैठते ही राम भरत को जड़ से उखाड़ फेंकेंगे। तुम्हारे बेटे के साथ जो दुर्व्यवहार होगा उसकी कल्पना करके ही मैं कांप उठती हूं। वह समय आने वाला है। जब तुम कौशल्या के आगे और भरत के आगे हाथ बांधकर खड़े रख करोगे।'

मंथरा की बहकी-बहकी बातें सुनकर कैकेयी ने राम के गुणों की प्रशंसा करते हुए मंथरा से कहा, 'राम धर्म के ज्ञाता, गुणवान्, जितेन्द्रिय, कृतज्ञ, सत्यवादी और पवित्र हैं। वे ज्येष्ठ पुत्र हैं, अतः राज्य के अधिकारी हैं। वे राजा बनकर सबका कल्याण ही करेंगे, तू उनके राज्याभिषेक की बात सुनकर इतनी जल क्यों रही है? श्री राम के राज्यप्राप्ति के सौ वर्ष बाद भरत को भी परम्परागत राज्य मिलेगा।'

मंथरा को इससे बड़ी निराशा हुई। वह लम्बी-लम्बी गरम सांसें लेकर कहने लगी, 'रानी! तुम मूर्खतावश अनर्थ को भी अर्थ समझ रही हो। तुमको अपनी तथा सही स्थिति का ज्ञान नहीं है। राम के राजा हो जाने पर उनके पुत्र को राज्य मिलेगा, न कि भरत को। भरत तो राजपरम्परा से अलग हो जाएंगे। याद रखो, अगर राम को निष्कंटक राज्य मिल गया तो वे भरत को अवश्य ही देश-निकाला दे देंगे। इतना ही नहीं उन्हें राम परलोक भी पहुंचा सकते हैं।'

मंथरा ने इसी तरह के अनेक तर्क दिये, कई राजनीतिक कथाएं सुनाई और कैकेयी को राजा दशरथ तथा राम के विरुद्ध सोचने के लिए विवश कर दिया।

कैकेयी का कोपभवन में जाना: मंथरा की बातों में कुछ सार जानकर कैकेयी को क्रोध आ गया। लम्बी और गरम सांस लेकर वह मंथरा से बोली, 'कुब्जा! तू ठीक कहती है। मैंने फैसला कर लिया है, मैं शीघ्र ही राम को वन भेजूंगी और भरत का युवराज के पद पर अभिषेक कराऊंगी। लेकिन प्रश्न यह है कि यह सब मनचाहा किस प्रकार होगा ?"

मंथरा प्रसन्न होकर बोली, 'देवि! क्या तुम्हें याद नहीं है? या मेरे ही मुख से सुनना चाहती हो ? तो सुनो, पहले किसी समय राजा दशरथ का जब देवासुर-संग्राम के समय इन्द्र की सहायता करते हुए अनिष्ट हो गया था तो तुमने उनकी सहायता की थी। उससे सन्तुष्ट होकर राजा ने तुमसे दो वरदान मांगने के लिए कहा था, तब तुमने कहा था कि जब मेरी इच्छा होगी, मैं ये वरदान मांग लूंगी। याद है कि नहीं?

कैकेयी बोली, 'हां, याद हो आई सारी बात। तब फिर क्या किया जाय ?'

मंथरा ने कहा, 'तुम अब वे दो वरदान अपने स्वामी से मांग लो। एक वरदान से भरत का राज्याभिषेक और दूसरे से राम का चौदह वर्ष तक का वनवास मांग लो।'

कैकेयी शय्या त्यागकर उठ बैठी और मंथरा की सराहना करने लगी। मंथरा

ने कहा, 'वरदान इतनी आसानी से मिलने वाले नहीं हैं। तुम एक काम करो। इस समय सभी श्रेष्ठ वस्त्राभूषण उतार दो और मैले-कुचैले वस्त्र पहन लो। कोपभवन में जाओ और क्रुद्ध होकर भूमि पर लेट जाओ। जब राजा वहां आएं तो उनकी ओर आंख उठाकर भी मत देखना। रोती हुई शोकमग्न होकर भूमि पर लेटने लगना। राजा तुम्हें बहुत प्यार करते हैं, वे तुम्हारी दशा देखकर तुम्हें बहुत कुछ प्रलोभन देने और तुम्हारी बात न टालने को भी कहेंगे। तुम आसानी से उनकी बातों में मत आ जाना। जब वे भली प्रकार तुम्हारे वश हो जाएं तो दो वरदानों की उन्हें याद दिलाना।'

कैकेयी ने मंथरा के रूप-गुण की तरह-तरह से प्रशंसा की और कोप-भवन को चली गई।

दशरथ से दो वरदानों की मांग: राजा दशरथ मंत्री आदि को राम के राज्याभिषेक की तैयारी करने की आज्ञा दे सबको यथासमय उपस्थित होने के लिए कहकर रनिवास में गये। सबसे पहले वे यह शुभ समाचार परमप्रिय रानी कैकेयी को देना चाहते थे, अत: उसी के महल में गये। लेकिन कैकेयी को वहां न पाकर उन्हें बड़ा आश्चर्य हुआ। पूछने पर पता चला कि रानी कोपभवन में हैं। राजा वहां पहुंचे तो कैकेयी की स्थिति देखकर उन्हें भारी क्लेश हुआ। सभी अनुपम पुष्पहार और दिव्य वस्त्राभूषण धरती पर इधर-उधर बिखरे पड़े थे। मलिन वस्त्र पहनकर सारे बालों को एक ही वेणी में मजबूती से बांधकर कैकेयी भूमि पर पड़ी बिलख रही थी। राजा ने उसे देखा और भांति-भांति की कल्पना करते हुए कैकेयी के शरीर पर प्यार से हाथ फेरते हुए बोले, 'तुम्हारा क्रोध मुझ पर है, ऐसा तो मुझे विश्वास नहीं होता। फिर तुम्हारा किसने तिरस्कार किया है ? किसने तुम्हारी निन्दा की है ? तुम अपना रोग बताओ, मैं अभी कुशल चिकित्सकों को बुलाता हूं।'

रानी के कुछ भी न बोलने पर राजा ने उसे प्राणप्रिये, भामिनी, कल्याणी, सुन्दरी, देवि आदि अनेक सम्बोधनों से पुकारा। बहुत प्रकार खुशामद करते हुए बोले, 'कहो किसने तुम्हारा अप्रिय किया है या किसका प्रिय करना है? तुम्हारे किस उपकारी को पुरस्कार या किस अपकारी को दण्ड दिया जाये ? न तो तुम रोओ और न अपनी देह को सुखाओ। मुझे बताओ कि किसे प्राणदण्ड दिया जाये अथवा किस अपराधी को मुक्त कर दिया जाए ? किस दरिद्र को धनवान् और किस धनवान् को दरिद्र बना दूं ? मैं अपने सत्कर्मों की शपथ खाकर कहता हूं कि

दशरथ कैकेयी संवाद

जिससे तुम्हें प्रसन्नता हो मैं वही करूंगा।

'जहां तक सूर्य का चक्र घूमता है, वहां तक सारी पृथ्वी मेरे अधिकार में है। द्रविड़, सिन्धु-सौवीर, सौराष्ट्र, दक्षिण भारत के सारे प्रदेश तथा अंग, बंग, मगध, मत्स्य, काशी और कोसल सभी समृद्धिशाली देशों पर मेरा आधिपत्य है। उनमें पैदा होने वाले भांति-भांति के द्रव्य, धन-धान्यादि जो भी तुम मांगना चाहो मांग लो, मैं तुम्हें दूंगा।"

राजा के ऐसा कहने पर कैकेयी को कुछ-कुछ विश्वास जमा। वह राजा को और भी विवश करती हुई बोली, 'देव! आपकी कृपा से मुझे कोई कष्ट नहीं है। मेरा एक मनोरथ है, मैं आपके द्वारा उसकी पूर्ति चाहती हूं। यदि आप उस मनोरथ को पूरा करना चाहते हों तो प्रतिज्ञा कीजिए। तभी मैं अपना मनोरथ कहूंगी।'

दशरथ तो काम के अधीन हो रहे थे। वे कैकेयी की बात सुनकर कुछ मुस्कराये, फिर उसका सिर अपनी गोद में रखकर बोले, 'प्रिये, तुम मुझे बहुत प्रिय हो और राम तुमसे भी अधिक प्रिय हैं, इसलिए मैं राम की शपथ खाकर कहता हूं कि तुम्हारा मनोरथ अवश्य पूरा करूंगा, तुम कहो तो सही। मैं अपने सत्कर्मों की शपथ खाकर कहता हूं कि तुम्हारा प्रिय कार्य मैं अवश्य पूरा करूंगा।'

राजा को अपने वश में देखकर कैकेयी प्रसन्न हो उठी और बोली, 'राजन्! उस पुरानी बात को याद कीजिए जब युद्धभूमि में सारी रात जागकर मैंने आपके प्राण बचाए थे। उसीसे सन्तुष्ट होकर आपने मुझे दो वरदान देने को कहा था। आज उन्हीं वरदानों के देने का समय आ गया है। आप धर्मपूर्वक प्रतिज्ञाबद्ध हैं। यदि आप मेरे उन वरों को नहीं देंगे तो मैं समझूंगी कि आप मेरा अपमान कर रहे हैं। वैसी दशा में मैं तुरन्त ही अपने प्राणों का परित्याग कर दूंगी।'

राजा को काम-मोहित और वर देने के लिए तैयार देखकर रानी बोली, 'एक वरदान द्वारा मैं भरत का राज्याभिषेक मांगती हूं और दूसरे के द्वारा राम को चौदह बरस का बनवास।'

कैकेयी की यह वाणी दशरथ को वज्रपात की तरह घातक लगी और वे राम के बनवास की बात सुनकर अचेत हो गये। राजा को कुछ क्षण बाद चेत आया और वे पुन: अचेत हो गये। अन्त में उन्हें जब पुन: होश आया तो वे कैकेयी को फटकारते हुए कहने लगे, 'नीच, दयाहीन, दुराचारिणी कैकेयी! तू इस कुल का नाश करने वाली डाइन है। बता मैंने और राम ने तेरा क्या बिगाड़ा है ? मैं नहीं जानता था कि राजकन्या के रूप में तू तीखे विषवाली नागिन है। राम तो तुझे

बड़ी माता के समान आदर देते हैं और तू भी राम को भरत से अधिक प्यार किया करती थी। फिर तुझे आज यह क्या हो गया है ? याद रख, मैं सब कुछ छोड़ सकता हूं, पर राम को नहीं छोड़ सकता। राम के बिना मेरा जीवित रहना संभव नहीं है। मैं भरत को राजतिलक करने को तैयार हूं, पर राम को वन नहीं भेज सकता। राम सर्वगुणसम्पन्न हैं, उन्होंने कभी किसी को कोई अप्रिय वचन नहीं कहा। कैकेयी! मैं बूढ़ा हूं, मौत के किनारे बैठा हूं। मेरी अवस्था सोचने योग्य है। मैं दीनभाव से तेरे आगे गिड़गिड़ा रहा हूं। मैं हाथ जोड़ता हूं और तेरे पैरों पड़ता हूं। तुझे मुझ पर दया करनी चाहिए।'

राजा की किसी भी अनुनय-विनय से रानी का दिल नहीं पीसजा। वह और भी कठोर होकर कहने लगी 'राजन! यदि दो वरदान देकर आप फिर उनके लिए पश्चात्ताप करते हैं तो इस भूमंडल में आप अपनी धार्मिकता का ढिंढोरा कैसे पीट सकते हैं ? अपनी बात से मुकरकर क्यों वंश पर कलंक लगाते हैं ? मैं अधिक कुछ नहीं कहना चाहती, मेरी दो टूक बात है कि इसे धर्म कहो या अधर्म, झूठ कहो या सच, जिस बात के लिए आपने मुझसे प्रतिज्ञा कर ली है, उसमें कोई परिवर्तन नहीं हो सकता। मैं आपके सामने अपनी और भरत की शपथ खाकर कहती हूं कि श्री राम को इस देश से निकाल देने के सिवा दूसरे किसी वर से मुझे सन्तोष नहीं होगा। और श्रीराम का राज्याभिषेक होगा तो मैं आपके सामने देखते-देखते विष खाकर प्राण त्याग दूंगी।'

इतना कहकर कैकेयी चुप हो गई। राजा बहुत रोये-गिडगिडाये पर उसने उनकी किसी बात का कोई उत्तर नहीं दिया। निराश होकर दशरथ 'हा राम' कहकर लम्बी सांस खींचते हुए कटे पेड़ की भांति पृथ्वी पर गिर पड़े। उनकी चेतना लुप्त हो गई। वे उन्माद-ग्रस्त रोगी-से दिखाई देने लगे। कुछ देर बाद किसी प्रकार अपने को संभालकर पुन: कैकेयी से बोले, 'तुझे अनर्थ भी अर्थ-सा लग रहा है, यह उपदेश तुझे किसने दिया है। पिशाचग्रस्त नारी की भांति इस तरह की बात कहते हुए तुझे लज्जा क्यों नहीं आती ? क्रूर स्वभाव और पापपूर्ण विचार वाली दुराचारिणी! अगर तू पति का, भरत का और सारे जगत् का भला चाहती है तो यह पापपूर्ण विचार त्याग दे। राम को वन भेजकर प्रजा, गुरूजनों तथा अन्य लोगों को मैं क्या मुंह दिखाऊंगा?

'प्रियवादिनी कौशल्या दासी, सखी, पत्नी, बहिन और माता की भांति मेरा भला चाहती रही है, उसे मैं कैसे मुंह दिखाऊंगा, सुमित्रा भी इस बात का कैसे

विश्वास करेगी और बेचारी सीता को भी एक ही साथ दो दुःखद एवं अप्रिय समाचार सुनने पड़ेंगे—राम का बनवास और मेरी मृत्यु ? राम के वन जाने पर जब मेरी मृत्यु हो जाएगी तब तू विधवा होकर अनन्त काल तक राज्य करना।'

राजा दशरथ इसी प्रकार की अनेक बातें कहते और प्रलाप करते रहे। कैकेयी को तरह-तरह के मधुर संबोधन से पुकारते रहे, पर वह अपने इरादे से टस-सेमस नहीं हुई। राम के वन जाने की बात का बार-बार स्मरण करते हुए दशरथ , सुध-बुध खोकर बेहोश होकर भूमि पर गिर पड़े। राजा की वह रात रोते-कलपते तड़पते ही बीती।

राजाज्ञा से सुमंत्र का राम को बुलाना: रात के अन्तिम क्षणों में दशरथ ने एक बार पुन: कैकेयी से कहा, 'रात बीत गई है। सूर्योदय होते ही सब लोग निश्चय ही राम का राज्याभिषेक करने के लिए मुझे शीघ्रता करने को कहेंगे। उस समय जो सामान राम के अभिषेक के लिए जुटाया गया है, उसके द्वारा मेरे मरने के बाद राम के हाथ से मुझे जलांजलि दिलवा देना, परन्तु अपने पुत्र सहित तू मुझे जलांजलि मत देना।'

कैकेयी पर इसका कोई प्रभाव नहीं हुआ। रात समाप्त हो गई और प्रभातकाल आ गया। रानी ने कहा, 'राम को तुरन्त यहां बुलाइये। भरत का राज्याभिषेक कीजिए और राम को वन भेजकर मुझे निष्कंटक कीजिए, तभी आप कृतकृत्य होंगे।'

उधर जब रात बीती और राजतिलक का मुहूर्त्त आ गया तो चारों ओर उत्सव का उत्साह छा गया। भांति-भांति के मंगलवाद्य बजने लगे। राजभवन के आस पास दर्शकों की भीड़ बढ़ने लगी। श्रेष्ठ महर्षियों से घिरे हुए वशिष्ठजी अन्त:पुर पहुंचे और सुमंत्र से कहा कि राजा की सेवा में उपस्थित होकर उनसे कहो कि । राज्याभिषेक की सारी सामग्री आ गई है और हम लोग आपके दर्शन करना चाहते हैं। सुमंत्र तुरंत ही राजा के निकट गये। उन्हें अभी तक किसी बात का पता न था।

सुमंत्र राजा के निकट जाकर बोले, 'महाराज, रात बीत गई है, उठिए और मंगल कार्य की तैयारी कीजिए। आपकी आज्ञानुसार सारी सामग्री आदि आ चुकी है और सभी कार्य पूरे किये जा चुके हैं। महर्षि वशिष्ठ भी आपके दर्शनों को उपस्थित हैं। आप राम के राज्याभिषेक का कार्य करने की शीघ्र आज्ञा दीजिए।'

सुमंत्र की बात सुनकर राजा दशरथ शोक में मग्न हो गये। पुत्र के वियोग की

कल्पना से दुः खी राजा करुण दृष्टि से सुमंत्र की ओर देखते हुए बोले, 'तुम ऐसी बात सुनाकर मेरे मर्मस्थलों पर और अधिक आघात क्यों कर रहे हो ?'

राजा के ये करुण वचन सुनकर और उनकी दीनदशा पर दृष्टि डालकर सुमंत्र हाथ जोड़े हुए ही उस स्थान से कुछ पीछे हट गये। जब दुः ख और दीनता के कारण राजा स्वयं कुछ भी न कह सके तो कैकेयी ने सुमंत्र से कहा, 'रात-भर जागते रहने के कारण राजा थक गये हैं, इसलिए इस समय इन्हें नींद आ रही है। तुम्हारा भला हो, तुम तुरन्त जाओ और राम को बुला लाओ।'

सुमंत्र ने राजा की ओर देखा, उनकी सहमति पाकर वे राम को बुलाने चले गये। राम राज्याभिषेक के लिए सज-धजकर तैयार बैठे थे। वे सीता से अनुमति लेकर लक्ष्मण के साथ पिता की सेवा में चल पड़े। मार्ग में जनसमूह ने उनका स्वागत-सत्कार किया। राम सबके अभिवादन का उत्तर देते हुए राजा की सेवा में उपस्थित हुए।

राजभवन में जाकर राम ने पिता को कैकेयी के साथ एक सुन्दर आसन पर बैठे देखा। वे विषाद में डूबे थे, उनका मुख सूख गया था और वे बड़े दयनीय दिखाई दे रहे थे। राम ने पिता और माता दोनों के चरणों में क्रमशः मस्तक झुकाया। दशरथ के मुख से उस समय केवल 'राम' शब्द निकला। उनके नेत्रों में आंसू भर आये। न तो वे राम की ओर देख सके, न ही उनसे कुछ बात कर सके। राम पिता की यह दशा देखकर चिन्ता और आश्चर्य में डूब गये। दीन, शोकातुर और विषाद में डूबे राम ने कैकेयी को प्रणाम कर उससे पूछा, 'मां! मुझसे अनजाने में कोई अपराध तो नहीं हो गया, जिससे पिताजी मुझसे नाराज हैं? महाराज को असंतुष्ट करके अथवा इनकी आज्ञा न मानकर इन्हें नाराज़ करके मैं दो घड़ी भी जीवित रहना नहीं चाहूंगा। आप महाराज के दुः ख का कारण बताएं।

कैकेयी बोली, 'राम! तुम राजा को बहुत प्रिय हो, अतः अप्रिय बात करने में इन्हें संकोच हो रहा है। बात शुभ हो या अशुभ, अगर तुम इनकी प्रतिज्ञा का पालन कर सको तो तुमसे सारी बात बता दूंगी।'

राम ने कहा, 'आप कहिए तो मैं महाराज के कहने से आग में भी कूद सकता हूं, तीखा विष भी खा सकता हूं, समुद्र में भी गिर सकता हूं। पिता मेरे सर्वस्व हैं, इनके कहने से मैं क्या नहीं कर सकता ! राम दो तरह की बातें नहीं करता है। आप बताएं, मैं प्रतिज्ञा करता हूं कि मैं राजा की आज्ञा का अवश्य ही पालन करूंगा।'

राम के ऐसा कहने पर कैकेयी ने सारी बातें बता दीं। अप्रिय और मृत्यु के समान कष्टदायक बातें सुनकर भी राम व्यथित नहीं हुए। वे शांतचित्त होकर कैकेयी से बोले—'मैं पिता की आज्ञा से शीघ्र ही वन को चला जाऊंगा। आप दूत भेजकर शीघ्र ही भरत को बुला लीजिए, मैं उन्हें सर्वस्व समर्पण कर चौदह वर्ष के लिए वन को चला जाऊंगा।'

कैकेयी ने कहा, 'राम! देर करना ठीक नहीं है। भरत बाद में आता रहेगा। जितना शीघ्र हो सके तुम्हें वन को चला जाना चाहिए। जब तक तुम वन को नहीं जाओगे तुम्हारे पिता स्नान, भोजन आदि नहीं करेंगे।'

कैकेयी की यह बात सुनकर दशरथ के मुंह से निकला—'धिक्कार है। हाय, बड़ा कष्ट हुआ।' और वे मूर्च्छित होकर गिर पड़े।

सबसे विदा होकर राम का वन-गमन: राम पिता को सान्त्वना देकर उन्हें बिठाकर माता कौशल्या के पास आये। अन्य रानियां भी इस समाचार को पा चुकी थीं अत: वे भी हाहाकार कर उठीं। राम ने लक्ष्मण को भी साथ ले लिया था। जब वे कौशल्या के भवन में पहुंचे तो माता ने राम का अधीरता से स्वागत किया और उन्हें बैठने के लिए आसन देकर भोजन करने को कहा। राम विनयपूर्वक माता से बोले, 'माता! निश्चय ही तुम्हें मालूम नहीं है, तुम पर महान् आपत्ति आने वाली है। इस समय मैं जो बात कहने जा रहा हूं उसे सुनकर तुम्हें, सीता को और लक्ष्मण को भी दु: ख होगा। फिर भी मैं कहूंगा। मैं चौदह वर्ष के लिए बनवास करूंगा, अत: अब मुझे बहुमूल्य आसन के बजाय कुशा की चटाई चाहिए। भरत का राज्याभिषेक होगा और मैं पिता की आज्ञा से वन को जा रहा हूं।'

यह कठोर बात सुनते ही कौशल्या कटे पेड़ की भांति भूमि पर गिर पड़ीं। थोड़ा होश आने पर वे बोलीं—'बेटा! तुम्हारे निकट रहते हुए चाहे मुझे कितने ही कष्ट मिलते थे, मैं परवाह नहीं करती थी। न तो मुझे कभी राजा ने ही स्नेह और आदर दिया, न सौतों ने ही, फिर तुम्हारे परदेस चले जाने पर मेरी क्या दशा होगी ? उस दशा में तो मेरा मरण ही निश्चित है। 'इसी तरह की अनेक बातें कहती हुई कौशल्या विलाप करने लगीं।

कौशल्या को अत्यन्त दु: खी देखकर लक्ष्मण ने कहा, 'महाराज इस समय स्त्री की बातों में आ गये हैं, अत: उनकी बुद्धि उलटी हो गई है। एक तो वे बूढे हैं, दूसरे विषयों ने उन्हें वश में कर लिया है, इसलिए कैकेयी जैसी स्त्री के वश में

होकर वे क्या कुछ नहीं कर सकते! ...... भैया, आप तुरन्त अभिषेक कराइये, मैं हर प्रकार से आपकी रक्षा करूंगा। अगर नगर के लोग विरोध में खड़े होंगे तो मैं अपने तीखे बाणों से सारी अयोध्या को मनुष्यों से सूनी कर दूंगा। जो-जो भरत का पक्ष लेगा या केवल उन्हीं का भला चाहेगा, मैं उन सभी का वध कर डालूंगा। अगर किसी कारण पिताजी हमारे शत्रु बन रहे हैं तो हमें भी मोह-ममता छोड़कर इन्हें कैद कर लेना या मार डालना चाहिए।'

लक्ष्मण की बातें सुनकर कौशल्या बोलीं—'बेटा! तुमने अपने भाई लक्ष्मण की बातें सुन ली हैं, इसलिए अब तुम्हें जो ठीक जान पड़े वही करो। मैं तो इतना ही कहूंगी कि मैं तुम्हें वन जाने की आज्ञा नहीं दे रही, अत: तुम्हें बनवास की आवश्यकता नहीं है। यदि तुम वन को चले गये तो मैं अपने प्राण दे दूंगी।'

राम ने माता की दीनता देखी और बताया कि मैं आपकी बात समझता हूं किन्तु पिता की आज्ञा का उल्लंघन करना मेरे लिए संभव नहीं है। फिर राम ने अनेक पुराने उदाहरण दिये और लक्ष्मण को भी धर्म-पालन का उपदेश दिया। लक्ष्मण से उन्होंने यह भी कहा कि जीवन में इस प्रकार के उलट-फेर तो होते ही रहते हैं। तुम अभिषेक की सारी सामग्री को अलग करवा दो और वन-गमन की तैयारी करो। प्रारब्ध को कौन मिटा सकता है भला!'

इस पर लक्ष्मण ने अपनी ओजस्वी वाणी से प्रारब्ध अथवा देव पर भरोसा रखने का जोरदार खंडन किया और पुरुषार्थ को बड़ा बताया। एक बार पुन: विरोधियों का डटकर मुकाबला करने की बात कही । राम ने उन्हें समझाया और अपनी बात पर दृढ़ रहे । विलाप करती हुई कौशल्या राम से लिपट गईं और राम के साथ वन जाने का हठ करने लगीं। इस पर राम ने उन्हें भांति-भांति से समझाया और स्वयं वन जाने की आज्ञा मांगी। आखिरकार कौशल्या ने राम की वनयात्रा के लिए मंगलकामना-पूर्वक स्वस्ति-वाचन किया। राम भी उनके चरणों में प्रणाम कर, सीता के भवन की ओर चले गये। जब राम सीता के पास पहुंचे तो राम की भाव-भंगिमा देखकर सीता ने शंका प्रकट की, राम ने सब कुछ उन्हें बता दिया। सीता को इससे अपार कष्ट हुआ। वे भी राम के साथ वन चलने का हठ करने लगीं। राम ने उनसे सास-ससुर की सेवा करते हुए राजभवन में । रहने का आग्रह किया। सीता ने राम से कहा, 'आयपुत्र ! स्त्रियों के लिए पाते ही एकमात्र गति है। अत: अगर आप दुर्गम वन की ओर आज ही जा रहे हैं तो मैं रास्ते के कुश-कंटकों को कुचलती हुई आपके आगे-आगे चलूंगी। अपने माता-पिता द्वारा

दिये गये उपदेश को मैं अच्छी तरह समझती हूं। मुझे कुछ भी नहीं करना है, केवल आपके साथ रहना ही मेरा धर्म है। मैं वन में आपको किसी प्रकार का कष्ट नहीं दूंगी और कंद-मूल खाकर धरती पर ही सो रहूंगी। मैं आपके साथ रहकर वन की शोभा देखना चाहती हूं।'

राम ने सीता का हठ देखा तो उन्हें बनवास के दुःख-कष्टों से परिचित कराया। तरह-तरह की आपत्तियों और हिंसक जन्तुओं का भय दिखाया, पर सीता अपने हठ पर अड़ी रहीं। राम से वन साथ चलने की अनुमति न मिलती देख सीताजी बहुत प्रकार से विलाप करने लगीं। जब राम ने सीता का आग्रह देखा, उनकी घबराहट देखी और विलाप सुना तो वे उन्हें साथ ले चलने को विवश हो गये। राम ने सीता को पुन: पिता-माता और गुरुजनों की सेवा का महत्त्व बताया। अन्त में साथ चलने की स्वीकृति दे दी और कहा कि घर की सभी वस्तुओं का दान कर दो और वन चलने की तैयारी करो।

राम-सीता को वन जाने की तैयारी करते देख लक्ष्मण से न रहा गया। उनका मुख-मंडल आंसुओं से भीग गया। भाई के विरह का शोक आज उनके लिए असहनीय को उठा। उन्होंने राम के दोनों चरण कसकर पकड़ लिये और उनके साथ वन चलने का आग्रह करने लगे। लक्ष्मण के हठ के आगे राम को विवश होना पड़ा। राम की आज्ञा पाकर लक्ष्मण ने गुरुजनों और सुहृदों से पूछा, उनकी अनुमति ली, दिव्य शस्त्रास्त्र लाकर वन जाने के लिए तैयार हो गये। राम ने सीता तथा लक्ष्मण को साथ लेकर वशिष्ठ के पुत्र सुयज्ञ को बुलाया और उनके द्वारा अपनी, सीता की तथा लक्ष्मण की सभी आवश्यक धन-सम्पदा आदि विभिन्न लोगों को दान करा दी।

अब राम सीता और लक्ष्मण को साथ लेकर पिता दशरथ कें दर्शन के लिए कैकेयी के महल में आये। दशरथ ने अब तक सभी रानियों को वहां बुलवा लिया था। दूर से अपने पुत्र को हाथ जोड़े आते देखकर दशरथ सहसा ही अपने आसन से उठ खड़े हुए और बड़े वेग से राम की ओर दौड़े, किंतु उनके पास पहुंचने से पहले ही दु: ख से व्याकुल होकर पृथ्वी पर गिर पड़े और मूर्च्छित हो गये। राम-लक्ष्मण ने बड़ी तेजी से झपटकर पिता को उठाया। सभी रानियां भी आर्त्तनाद कर उठीं और 'हा राम' हा राम! 'पुकारने लगीं। दोनों भाई सीता सहित रो पड़े और उन तीनों ने महाराज को दोनों भुजाओं से उठाकर पलंग पर बिठा दिया।

जब राजा को थोड़ी देर बाद होश आया तो राम ने उनसे हाथ जोड़कर वन

राम का वन गमन

जाने की आज्ञा मांगी। यह भी विनती की कि मैंने सीता और लक्ष्मण को भांति-भांति से समझाया, पर ये नहीं माने और मेरे साथ वन जा रहे हैं, अत: आप इन दोनों को भी मेरे साथ वन जाने की आज्ञा दें।

दशरथ ने कातर दृष्टि से राम की ओर देखा और बोले, 'राम! कैकेयी ने मेरी बुद्धि भ्रष्ट कर डाली है। मैं चाहता हूं कि तुम मुझे पकड़कर कारागार में डाल दो और स्वयं अयोध्या के राज-सिंहासन पर बैठो।'

राम ने विनयपूर्वक कहा, 'पिताजी, मुझे किसी प्रकार का भी लोभ नहीं है। मैं आपकी आज्ञा से चौदह वर्ष वनवास के पूरे करके फिर आपके चरणों में लौटूंगा। अब आप मुझे जाने की आज्ञा दें।'

राम के ऐसा कहने पर पुत्र-वियोग के संकट में पड़े हुए राजा ने राम को छाती से लगाया और अचेत होकर पृथ्वी पर गिर पड़े। कैकेयी को छोड़ सभी रानियां हाहाकार कर उठीं। सुमंत्र भी रोते-रोते मूर्च्छित हो गये। चेत आने पर सुमंत्र ने कैकेयी को अनेक तरह से समझाया, उससे अनुनय-विनय की, पर वह नहीं मानी और राम को शीघ्र वन भेजने के लिए कहने लगी।

दशरथ ने सुमंत्र को आदेश दिया कि राम के साथ चतुरंगिणी सेना और सम्पूर्ण राजकोष भी वन को रवाना कर दो। सभी योद्धा, सेवक, मुख्य-मुख्य शस्त्रास्त्र, नगरवासी आदि भी राम के पीछे-पीछे वन को जाएं। महाबाहु भरत अयोध्या का पालन करेंगे।

कैकेयी दशरथ की आज्ञा सुनकर भयभीत हो उठी, उसका मुख सूख गया। वह पीड़ित स्वर में राजा से बोली, 'जब सब कुछ आप राम के साथ वन में भेज रहे हैं, तो इस सारहीन सूने राज्य को लेकर भरत क्या करेगा ? राम को तपस्वी के वेश में वन जाना चाहिए। वन में इस सामग्री और सेवा आदि का क्या प्रयोजन ?'

कैकेयी की इस बात से चारों ओर से 'धिक्कार है' की आवाजें आने लगीं। राम ने विनयपूर्वक पिता से कहा, 'राजन्! मैं भोगों का परित्याग कर चुका हूं। मुझे जंगल के फल-फूलों से जीवन-निर्वाह करना है। जब मैं सब ओर से ही आसक्ति छोड़ चुका हूं, तब मुझे सेवा, धन आदि लेकर क्या करना है ? ये सब सामग्री मैं भरत को अर्पित करता हूं। मेरे लिए तो चिथड़े या वल्कल वस्त्र ही मंगवा दें।'

कैकेयी लाज-संकोच छोड़ चुकी थी। वह स्वयं जाकर चीर आदि ले आई। राम से उन्हें पहनने को कहने लगी। राम-लक्ष्मण ने अपने राजसी वस्त्र उतारकर

उन चीर आदि को पहन लिया। सीता इस प्रकार के वस्त्र पहनने की आदी नहीं थीं, अत: बार-बार इधर-उधर देखते हुए उन्होंने एक वल्कल गले में डाल लिया। और दूसरा हाथ में लेकर खड़ी हो गई। सीता की विवशता देखकर राम सीता के पास गये और उन्होंने स्वयं अपने हाथों से रेशमी वस्त्रों के ऊपर वल्कल बांधने आरंभ कर दिये। इस दृश्य को देखकर चारों ओर से हाहाकार और कैकेयी को धिक्कार है' के शब्द गूंजने लगे। राजा दशरथ को भी धिक्कारा जाने लगा। सभी रानियां सीता को गले लगाकर रोने लगीं। कुल-गुरू वशिष्ठ की आंखों में भी आंसू आ गये।

राजा दशरथ तरह-तरह से विलाप करने लगे। आखिरकार विवश होकर उन्होंने सुमंत्र को रथ लाने की आज्ञा दी। दशरथ के आदेश पर कोषाध्यक्ष ने सीता को बहुमूल्य वस्त्र और आभूषण लाकर दिये। कौशल्या ने सीता को पति-सेवा का उपदेश दिया, सीता ने उन्हें हर प्रकार से आश्वासन दिया। राम ने कौशल्या से विनती की कि वे पिता के प्रति रोष न करें। तदनन्तर राम ने उनसे तथा अन्य माताओं से विदा मांगी। सीता, राम और लक्ष्मण ने दशरथ की परिक्रमा की और सभी माताओं से आज्ञा मांगी। सुमित्रा ने लक्ष्मण को विदा करते हुए बहुत तरह से उपदेश दिया। सुमित्रा ने कहा, 'बेटा, जाओ, तुम्हारा मार्ग मंगलमय हो। राम को ही तुम अपना पिता और सीता को अपनी माता समझना। वन ही तुम्हारे लिए अयोध्या है।'

इसके पश्चात् राम, सीता और लक्ष्मण तीनों रथ पर सवार हो गये। सुमंत्र ने रथ को आगे बढ़ाया। उन लोगों को वन की ओर जाते देख सभी सैनिकों, पुरवासियों और बाहर से आये हुए दर्शकों को भी मुर्च्छा आ गई। उस समय सारी अयोध्या में कोलाहल मच गया। हाथी-घोड़े आदि भी व्याकुल होकर चिंघाड़ने और हिनहिनाने लगे। सभी स्त्री-पुरुष, बूढे, बालक पीड़ित होकर राम के रथ के पीछे दौड़ने लगे। अनेक तो रथ के पीछे तथा आस-पास लटक गये। सभी की आंखों से आंसुओं की धारा बह रही थी और वे क्रम-क्रम से सीता, लक्ष्मण तथा राम का नाम ले-लेकर विलाप कर रहे थे।

दशरथ तथा कौशल्या के कष्ट का तो आर-पार ही नहीं था। वे कभी मूर्च्छित होते और पृथ्वी पर गिर पड़ते, कभी रथ के पीछे दौड़ने को आतुर हो उठते।

राम ने सहसा पीछे घूमकर देखा तो उन्हें विषाद-ग्रस्त माता-पिता मार्ग पर अपने पीछे आते दिखाई दिये। 'हा राम, हा सीते! हा लक्ष्मण!' की रट लगाती

और रोती हुई कौशल्या राम के रथ के पीछे दौड़ने लगीं। राजा दशरथ चिल्लाकर कह रहे थे, 'सुमंत्र ठहरो, रथ रोको।'

राम ने सुमंत्र से कहा, 'यहां अधिक देर करना मेरे और पिताजी के लिए दुः ख ही नहीं, बल्कि महान् दुः ख का कारण होगा। इसलिए रथ आगे बढ़ाओ। लौटने पर महाराज उलाहना दें तो कह दीजिएगा, मैंने आपकी बात नहीं सुनी।'

राम की आज्ञा पाकर सुमंत्र ने तेजी के साथ रथ आगे बढ़ा दिया।

राम के पश्चात् अयोध्या: राम के रथ के आगे बढ़ जाने पर कुछ लोग तो दशरथ आदि के साथ नगर लौट आये और कुछ लोग रथ के साथ-साथ आगे चले गये। मंत्रियों ने राजा दशरथ् को समझाते हुए कहा, 'राजन्! जिसके लिए यह इच्छा की जाए कि वह पुःन शीघ्र लौट आये, उसके पीछे दूर तक नहीं जाना चाहिए।'

उस समय रानियों और नगरवासियों की अवस्था देखीं नहीं जाती थी। दशरथ की दशा बड़ी शोचनीय थी। वन की ओर जाते हुए राम के रथ की धूलि जब तक दिखाई देती रही, तब तक दशरथ ने उधर से अपनी आंखें नहीं हटाईं। जब धूलि भी दिखाई देनी बन्द हो गई तब दशरथ आर्त्तनाद करते हुए भूमि पर गिर पड़े। कौशल्या और कैकेयी ने उन्हें सहारा देकर उठाया। दशरथ ने कैकेयी को देखा तो उसे फटकारा और उसे अपने पास आने से रोक दिया। एक प्रकार से उसका उन्होंने परित्याग ही कर दिया। सेवक और कौशल्या सहारा देकर राजा को कौशल्या के भवन तक ले आये। राम के वियोग में दशरथ यहां भी आंसू बहाते रहे। आधी रात होने पर दशरथ ने रोते हुए कौशल्या से कहा, 'मेरी दृष्टि राम के साथ ही चली गई, मैं तुम्हें भी नहीं देख पा रहा हूं। एक बार अपने हाथ से मेरे शरीर का स्पर्श तो करो।'

दशरथ की दशा देख कौशल्या विलाप करने लगीं। सुमित्रा ने उन्हें आश्वासन देते हुए समझा-बुझाकर शान्त किया, 'देवि! तुम्हें शोक नहीं करना चाहिए, क्योंकि तुम्हें रघुकुल-नन्दन राम जैसा बेटा मिला है। राम से बढ़कर समाज में स्थिर रहने वाला मनुष्य संसार में दूसरा कोई नहीं है। तुम्हारे वरदायक पुत्र पुनः शीघ्र ही अयोध्या में आकर तुम्हारी सेवा करेंगे।' सुमित्रा के इन बोलों से कौशल्या और दशरथ दोनों को धीरज मिला।

उधर वन में जाते हुए राम ने अपने पीछे आते हुए अयोध्यावासियों से लौट जाने की प्रार्थना की। राम ने कहा, 'आप लोगों को महाराज दशरथ और

भाई भरत के प्रति आदर तथा प्रेमभाव रखकर उनकी सेवा करनी चाहिए। अयोध्यावासियों का मेरे प्रति जो प्रेम और आदर है, वह मेरी ही प्रसन्नता के लिए भरत के प्रति और भी अधिक रूप में होना चाहिए।' किन्तु किसी ने राम के अनुरोध पर ध्यान नहीं दिया और वे लोग राम से अयोध्या लौटने का आग्रह करते हुए उनके पीछे-पीछे चलते रहे।

चलते-चलते सब लोग तमसा नदी के तट पर पहुंचे। सुमंत्र ने रथ रोक दिया। घोड़े खोल दिये गये। रात को सब लोगों ने वहीं विश्राम किया। रात में जागते हुए राम, सीता और लक्ष्मण बातें करते रहे, तीनों ही माता-पिता और अयोध्या के लिए चिन्तित रहे। बहुत तड़के ही राम सोकर उठे। उन्होंने देखा कि उनसे कुछ ही दूर पर अयोध्यावासी सोये हुए हैं। लक्ष्मण से बोले, 'लक्ष्मण, देखो; वक्षों की जड़ों से सटकर सोये हुए इन पुरवासियों को देखो। हमें लौटा ले चलने के लिए ये जैसा उद्योग कर रहे हैं, इससे जान पड़ता है, ये अपने प्राण दे देंगे, पर अपनी हठ नहीं छोड़ेंगे। इसलिए जब तक ये लोग सो रहे हैं, हमें रथ पर सवार होकर शीघ्र ही यहां से निकल चलना चाहिए।' लक्ष्मण को राम की यह बात जंच गई और राम, लक्ष्मण, सीता सहित सुमंत्र रथ को आगे बढ़ा ले चले।

तमसा नदी पार कर जाने पर राम ने सुमंत्र से कहा, 'मंत्रिवर! हम लोग तो यहीं उतर जाते हैं, लेकिन रथ को पहले उत्तर दिशा की ओर ले जाइए। दो घड़ी तक तेजी से उत्तर जाकर फिर दूसरे मार्ग से रथ को यहीं लौटा लाइए। जिस तरह भी पुरवासियों को मेरा पता न चले, वैसी ही कोशिश कीजिए।' राम की आज्ञा पाकर सुमंत्र ने वैसा ही किया और लौटकर पुन: राम की सेवा में रथ लेकर आ गये। वहां से वे लोग तपोवन की ओर चल दिये।

इधर रात बीतने पर जब सवेरा हुआ, तब अयोध्यावासी राम, सीता, लक्ष्मण को वहां न पाकर बहुत दु: खी हुए। उन्होंने इधर-उधर उनकी बहुत खोज की, पर कोई भी स्पष्ट चिह्न पाकर निराश हो गये। भांति-भांति से विलाप करते हुए सब लोग अयोध्या की ओर लौट चले। नगरनिवासिनी स्त्रियों ने जब पुरुषों को अकेले लौटते देखा तो वे भी राम के वियोग में विलाप करने लगीं।

सारी नगरी की हंसी-खुशी छिन गई थी। हाट-बाजार सब बन्द रहे। किसी के घर में चूल्हा तक नहीं जला। किसी प्रकार का स्वाध्याय और कथावार्ता तक नहीं हुई। सारी नगरी अन्धकार से पुती हुई जान पड़ी।

निषादराज गुह से राम की भेंट: राम रास्ते-भर ग्रामवासियों की तरह -

तरह की बातें सुनते हुए आगे बढ़ते गये। क्रम-क्रम से उन्होंने कोसल जनपद को पारकर वेदश्रुति, गोमती और स्यन्द्रिका नदियों को भी लांघ दिया। मार्ग में राम सुमंत्र से अनेक प्रकार की बातें करते रहे।

कोसल देश की सीमा को लांघने के बाद राम ने हाथ जोड़कर अयोध्या से वनवास की आज्ञा मांगी। चलते-चलते वे लोग गंगा के तट पर बसे श्रृंगवेरपुर आ पहुंचे। वहां गुह नाम का राजा राज्य करता था। उसका जन्म निषाद कुल में हुआ था। वह सैन्य-बल और शरीर-बल से बहुत ही शक्तिशाली था। उसने अपने वयोवृद्ध मंत्रियों और बन्धु-बान्धवों सहित राम का स्वागत-सत्कार किया। राम-लक्ष्मण भी आगे बढ़कर प्रीतिपूर्वक उन लोगों से मिले। राम ने गुह को भुजाओं में भर लिया। फिर वन में आने का कारण बताया। सब सुनकर दुखित गुह ने उन सब लोगों के निवास तथा भोजन आदि की व्यवस्था की। राम ने तो लक्ष्मण का लाया हुआ जल मात्र ही ग्रहण किया। रात को वे सीता सहित तृणों की शय्या पर ही सोये। राम-सीता की चरण वन्दना कर लक्ष्मण कुछ दूर हटकर बैठ गये। गुह भी सावधानी के साथ धनुष धारण करके सुमंत्र के साथ बैठकर लक्ष्मण से बातचीत करता हुआ राम की रक्षा के लिए रात-भर जागता रहा।

गुह के साथ बातें करते हुए लक्ष्मण ने पिता-माता के प्रति आदर-प्रेम प्रकट किया और राम के प्रति अपार भक्ति तथा स्नेह का भाव लिये उनके प्रति चिन्ता प्रकट करते रहे। लक्ष्मण की विषादपूर्ण बातें सुनते हुए गुह भी सारी रात रोते रहे।

राम का गंगा पार करना और सुमंत्र का लौटना: रात बीत गई। सवेरा होने पर राम ने गंगा पार करने की इच्छा प्रकट की। राम की आज्ञा पर गुह ने एक नाव मंगाई। नाव आने पर लक्ष्मण और सीता सहित राम उस पर सवार होने की तैयारी करने लगे। तब राम ने सुमंत्र से अयोध्या लौट जाने का आग्रह किया, राम ने कहा, 'इतनी दूर तक महाराज की आज्ञा से मैंने रथ-द्वारा यात्रा की है, अब हम लोग रथ छोड़कर पैदल ही महावन की यात्रा करेंगे, अत: आप रथ सहित अयोध्या लौट जाइए।

राम की आज्ञा सुनते ही सुमंत्र उदास हो गये और देर तक रोते रहे। राम ने उन्हें समझाते हुए कहा, 'सुमंत्र! आप हमारे हितैषी हैं, इसीलिए मैं आपसे बूढे पिता की देखभाल का आग्रह करता हूं। आप आदरपूर्वक पिताजी की आज्ञा का पालन करें यही मेरा अनुरोध है। आप मेरी ओर से महाराज से प्रणाम करके उनसे निवेदन कीजिएगा कि हमें वनवास का रत्ती-भर भी क्लेश नहीं है। चौदह

वर्ष समाप्त होने पर हम फिर से अयोध्या लौट आएंगे और आप सीता तथा लक्ष्मण सहित मुझे पुनः देख सकेंगे। राजा से ऐसा निवेदन करने के बाद माताओं से प्रणामपूर्वक हमारी कुशल कहना। महाराज से कहिएगा कि वे शीघ्र भरत को बुलाकर उनका राज्याभिषेक करें। भरत से भी हमारा यह संदेश कह दीजिएगा कि महाराज के प्रति जैसा तुम्हारा बर्ताव है, वैसा ही समान रूप से सभी माताओं के प्रति होना चाहिए। कैकेयी, सुमित्रा और माता कौशल्या में किसी प्रकार का अन्तर मत रखना।'

राम की बातें सुनकर सुमंत्र रोने लगे और राम के साथ आगे चलने का हठ करने लगे। राम ने अनेक प्रकार की युक्तियां देकर सुमंत्र को अयोध्या लौट जाने के लिए विवश कर दिया। फिर राम ने अपनी जटाएं ठीक करने के लिए गुह से वटवृक्ष का दूध मंगाया। उस दूध से राम ने अपनी तथा लक्ष्मण की जटाएं बनाईं। जटा धारण कर दोनों भाई ऋषियों के समान शोभा पाने लगे।

राम सुमंत्र तथा गुह से विदा लेकर लक्ष्मण और सीता सहित नाव पर सवार हुए। गंगा पार कर वे तीनों वत्सदेश पहुंचे और सायंकाल होने पर एक वृक्ष के नीचे अपना आसन जमाया। उधर सुमंत्र राम को उस समय तक देखते रहे जब तक वे आंखों से ओझल नहीं हो गये। अन्त में वे दुः खी चित्त से राम, लक्ष्मण और सीता के बिना ही अयोध्या की ओर लौट चले।

वत्सदेश में वृक्ष के नीचे विश्राम करते राम को अयोध्या तथा माता-पिता की याद आई। वे लक्ष्मण से कहने लगे, 'भाई, आज महाराज निश्चय ही बड़े दुः खी हो रहे होंगे, लेकिन कैकेयी सफल मनोरथ होने के कारण बहुत सन्तुष्ट होंगी। महाराज का कोई रक्षक भी नहीं है, वे अनाथ और बूढ़े हैं और इस समय उन्हें हम लोगों के वियोग का भी सामना करना पड़ रहा है। माता सुमित्रा और माता कौशल्या भी दुः ख उठा रही होंगी। ऐसी दशा में तुम्हें यहीं से कल प्रातः काल होते ही अयोध्यापुरी को रवाना हो जाना चाहिए।' राम की व्यथा को लक्ष्मण ने समझा किन्तु उन्होंने अयोध्या लौटने से इंकार कर दिया और राम के बिना अपना जीवन ही व्यर्थ बताया। राम फिर कुछ न कह सके। उसी वृक्ष के नीचे उन तीनों ने रात बिताई।

सुबह होने पर नित्यकर्म से निपटकर वे तीनों आगे बढ़े और दिन-भर यात्रा करने के बाद गंगा-यमुना के संगम प्रयाग में समीप ही भरद्वाज मुनि के आश्रम जा पहुंचे। मुनि के शिष्यों से उन्होंने महर्षि भरद्वाज के दर्शनों की इच्छा प्रकट की।

उन्हें पर्णशाला में प्रवेश कराया गया, जहां महर्षि शिष्यों से घिरे बैठे हुए थे। तीनों ने महर्षि के चरणों में प्रणाम किया।

राम ने तीनों का परिचय दिया और वन आने का कारण बताया। महर्षि ने उन तीनों का अनेक प्रकार से सत्कार किया और उनके ठहरने की व्यवस्था कर दी। सुबह होने पर राम ने महर्षि से विदा मांगी और आगे का मार्ग पूछा। भरद्वाज मुनि ने स्वस्तिवाचन कर राम को विदा किया और उन्हें चित्रकूट का मार्ग बताते हुए कहा, 'मैं तुम्हारे लिए चित्रकूट पर्वत को ही उपयुक्त स्थान मानता हूं, अतः तुम्हें वहीं जाना चाहिए।'

वे तीनों वहां से चल दिये। अपने हाथ से बनाई लघु नौका द्वारा यमुना पार किया। यमुना के तट पर एक कोस वन में घूमते-फिरते रहे, फिर रात में नदी के समतल तट को पाकर वहीं विश्राम किया। प्रातः काल होने पर तीनों उठे, यमुना के शीतल जल में स्नान किया और चित्रकूट की ओर चल दिये।

चित्रकूट पर्वत पर महर्षि वाल्मीकि का आश्रम था। राम, लक्ष्मण और सीता चित्रकूट पहुंचे और वहीं रहने का निश्चय कर वाल्मीकि ऋषि की सेवा में गये। अहर्षि के चरणों में सिर झुकाकर तीनों ने प्रणाम किया। महर्षि ने उनका परिचय प्राप्त किया और स्वागत-सत्कार कर उन्हें बैठने को आसन दिये।

महर्षि की आज्ञा पाकर राम ने लक्ष्मण से वहीं पर्णकुटी बनाने की इच्छा प्रकट की। राय का आदेश पाकर लक्ष्मण नो वृक्षों की डालियों और पत्तों से एक बहुत ही सुन्दर और सुरक्षित कुटिया तैयार कर दी।

स्नान-ध्यान आदि से निवृत्त होकर देवताओं का पूजन कर, वास्तुयज्ञ की विधिवत् पूर्ति करके वे तीनो पर्णकुटी के भीतर गये। इस प्रकार पर्णकुटी बनाकर वे चित्रकूट पर्वत पर निवास करने लगे। पर्वत बहुत ही मनोहारी था। उसके निकट ही मन्दाकिनी नदी बहती थी। कन्द-मूल, फल-फूल और जल की वहां कोई कमी नहीं थी। उस पर्वत और नदी की समीपता पाकर राम को बड़ा हर्ष और आनन्द हुआ। वे सारे कष्ट और श्रम को भूल गये तथा वहां आनन्दपूर्वक रहने लगे।

अयोध्या पर विषाद के बादल और वज्रपातः राम, लक्ष्मण और सीता के आगे बढ़ जाने पर सुमंत्र गुह के साथ उसके निवास स्थान पर चले आये थे। उधर गुह ने अपने दूत छोड़ दिये थे। वे राम की अब तक की यात्रा का समाचार ले आये। राम, लक्ष्मण, सीता तीनों चित्रकूट पर्वत पर सुरक्षित हैं, यह समाचार पाने के बाद सुमंत्र ने गुह से विदा ली और खाली रथ लेकर अयोध्या की ओर

लौट चले।

श्रृंगवेरपुर से लौटने के दूसरे दिन सायंकाल में अयोध्या पहुंचकर सुमंत्र ने देखा सारी अयोध्या में जैसे मातम छाया हुआ है। वे अनेक प्रकार की चिन्ताओं से व्याकुल हो उठे। नगरवासियों ने जब सुमंत्र को खाली रथ में अकेले बैठे देखा तो वे विषाद से भरकर हाहाकार कर उठे। सुमंत्र से लोगों की दुर्दशा नहीं देखी गई। राजमार्ग के बीच से जाते हुए उन्होंने कपड़े से अपना मुंह ढ़क लिया। वे रथ लेकर राजा दशरथ के भवन की ओर गये। राजमहल के पास पहुंचकर रथ से उतरे और सात ड्योढ़ियों को पार कर राजभवनों की स्त्रियों की वेदनापूर्ण बातें सुनते आठवीं ड्योढ़ी पर पहुंचे।

भीतर जाकर उन्होंने दीन-दुः खी राजा को देखा। उन्हें प्रणामकर रामादि का समाचार दिया और सभी बातें ज्यों-की-त्यों उन्हें सुना दीं। सब सुनकर राजा मूर्च्छित हो गये। कौशल्या ने उन्हें भूमि से उठाया और उन्हें होश में लाते हुए दुःखभरी वाणी में उनसे बोलीं, 'सुमंत्र लौट आए हैं, आप इनसे बातें क्यों नहीं करते ?'

चेतना लौटने पर दशरथ ने सुमंत्र से राम-लक्ष्मण का सन्देश सुनाने को कहा। राम ने जैसा कहा था, सुमंत्र ने वैसा बता दिया। उसके बाद वे बोले, 'परंतु लक्ष्मण उस समय क्रोध में थे और उन्होंने कहा था कि वनवास देकर राजा ने पाप किया है। इस समय मुझे राजा में पिता का भाव नहीं दिखाई दे रहा। और तपस्विनी सीता तो लम्बी सांस खींचती हुई निश्चेष्ट खड़ी थीं। वे पति के दुः ख में दुखी होकर रो रही थीं। उन्होंने मुझसे कुछ भी नहीं कहा।'

सुमंत्र ने अयोध्यावासियों की दशा का भी वर्णन किया। सब कुछ सुनकर दशरथ दुः खी हुए और विलाप करने लगे। दीन वाणी में सुमंत्र से बोले, 'यदि मैंने तुम्हारा कभी कुछ थोड़ा-सा भी उपकार किया हो तो तुम मुझे शीघ्र ही राम के पास पहुंचा दो। हो सके तो राम को शीघ्र लौटा लाओ। मैं राम के बिना जीवित नहीं रह सकता। राम तो बहुत दूर निकल गये होंगे, तुम मुझे रथ पर बिठाकर उनके पास ले चलो। मैं राम, लक्ष्मण, सीता को तुरंत ही देखना चाहता हूं।'

दशरथ की स्थिति देखकर कौशल्या भी विलाप करने लगीं। सुमंत्र ने उन्हें बहुत समझाया। पर वे रोती हुई राम, सीता और लक्ष्मण को याद करती हुई राजा दशरथ को उलाहना देने लगीं। अनेक प्रकार की कठोर बातों के साथ कौशल्या ने कहा, 'आपने राम को वन में भेजकर इस राष्ट्र का तथा आसपास के अन्य राज्यों

श्रवणकुमार बध

का भी नाश कर डाला, मंत्रियों सहित सारी प्रजा का वध कर डाला। आपके द्वारा पुत्र सहित मैं भी मारी गई और इस नगर के निवासी भी नष्ट जैसे हो गये। केवल आपके पुत्र भरत और पत्नी कैकेयी दो ही प्रसन्न हुए हैं।'

कौशल्या के इन कठोर शब्दों से राजा को बहुत पीड़ा हुई। वे 'हा राम' कहकर मूर्च्छित हो गये। होश में आने पर राजा दशरथ ने शोक करते हुए अपनी वह पाप-कथा कौशल्या को सुनाई, जिसके द्वारा उन्होंने श्रवण कुमार का वध किया था और उसके माता-पिता ने उन्हें पुत्र-शोक में मर जाने का शाप दिया था। सब कथा सुनकर कौशल्या को भी पीड़ा हुई, उन्होंने रोते हुए दशरथ से अपने कठोर शब्दों के लिए क्षमा मांगी।

दशरथ ने रोते हुए कौशल्या से कहा, 'वही शाप अब सफल होने जा रहा है। अब मैं पुत्र-शोक से अपने प्राणों का त्याग करूंगा। अब मेरी आंखें तुम्हें नहीं देख पा रहीं। मेरी स्मरणशक्ति भी लुप्त होती जा रही है। उधर देखो, ये यमराज के दूत मुझे ले जाने के लिए उतावले हो उठे हैं। इसके पश्चात् 'हा राम! हा राम! हा पुत्र! हा मेरे नाथ! हा सीते! हा लक्ष्मण! हा कौशल्या! हा सुमित्रे!' कहते हुए राजा दशरथ ने प्राण त्याग दिये। आधी रात बीतते न बीतते अयोध्या पर यह अनभ वज्रपात हुआ। रनिवास के साथ-साथ सारी नगरी में हाहाकार मच गया।

भरत का अयोध्या लौटना: शोकाकुल कौशल्या राजा दशरथ के मस्तक को गोद में रखकर बिलख-बिलखकर रोने लगीं। कैकेयी की क्रूरता पर प्रहार करते हुए कौशल्या ने कहा, 'नारी धर्म को त्याग देने वाली कैकेयी के सिवा संसार में दूसरी कौन ऐसी स्त्री होगी, जो अपने लिए आराध्य देवता स्वरूप पति का परित्याग करके जीना चाहेगी।'

मंत्रियों ने दूसरी महिलाओं द्वारा कौशल्या को वहां से हटवाया। फिर उन्होंने महाराज के मृत शरीर को तेल से भरे हुए कड़ाह में रखकर वशिष्ठ आदि की आज्ञा के अनुसार शव की रक्षा तथा अन्य सब राजकीय कार्यों की संभाल आरंभ कर दी।

अयोध्या में लोगों की वह रात रोते-कलपते बीती। सूर्योदय होने पर राज्य का प्रबन्ध करने की दृष्टि से सभा जुड़ी। मार्कण्डेय आदि मुनियों और मंत्रियों ने राजा के बिना देश की दुर्दशा का वर्णन किया और वशिष्ठजी से अनुरोध किया कि वे किसी को राजा नियुक्त करने की कृपा करें।

वशिष्ठजी ने भरत और शत्रुघ्न को बुलाने के लिए पांच दूत केकयदेश भेज

दिये। जिस रात में भरत को बुलाने के लिए दूत गये थे उसी रात में भरत ने भी एक दुः स्वप्न देखा था। चिन्तित भरत ने अपने मित्रों आदि को वह स्वप्न सुनाया, मित्रों ने भरत को समझाया कि स्वप्नों की बातों पर नहीं जाना चाहिए।

दूतों ने जाकर भरत के नाना-मामा आदि को उपहार में लाई वस्तुएं प्रदान की और कहा कि आपको वशिष्ठजी का आदेश है कि शीघ्र अयोध्या आवें । भरत सबसे आज्ञा लेकर शत्रुघ्न के साथ अयोध्या को चल पड़े।

रथ और सेनापति सहित विभिन्न स्थानों को पार करते हुए भरत-शत्रुघ्न उज्जिहाना नगरी के उद्यान में पहुंचे। वहां से सेना को धीरे-धीरे आने का आदेश दे स्वयं रथ द्वारा तेजी से आगे बढ़ते हुए सालवन को पार करके अयोध्या के निकट पहुंचे तो उन्हें सारी नगरी सुनसान और उजाड़-सी दिखाई दी। सारथी से इसका कारण पूछते और अपना दुःखपूर्ण विचार प्रकट करते भरत बहुत ही दीन हृदय से पिता के भवन में प्रविष्ट हुए। वहां पिता को न पाकर भरत माता कैकेयी के भवन में पहुंचे।

पुत्र को घर आया देख कैकेयी हर्ष से भर उठी और अपना स्वर्णजटित आसन छोड़कर खड़ी हो गई। भरत ने माता के चरणों में प्रणाम किया। कैकेयी ने पुत्र को आशीर्वाद दिया और पिता तथा भाई आदि का कुशलक्षेम पूछा। भरत ने सब समाचार सुनाये और अयोध्या की तथा राजभवनों की उदासी का कारण जानते हुए पूछा, 'पिताजी कहां हैं ? वे अपने भवन में नहीं हैं। शीघ्र बताओ, मैं उनके चरणों में अभिवादन कर आशीर्वाद ग्रहण करना चाहता हूं।'

कैकेयी ने अप्रिय समाचार को प्रिय-सा बनाकर इस प्रकार भरत से कहा, 'बेटा! तुम्हारे पिता महाराज दशरथ बड़े महात्मा, तेजस्वी, यशशील और सत्पुरुषों के आश्रयदाता थे। एक दिन समस्त प्राणियों की जो गति होती है, उसी गति को वे भी प्राप्त हुए हैं।'

धार्मिक कुल में उत्पन्न संस्कार सम्पन्न शुद्ध हृदय वाले भरत सब कुछ समझ गए और पितृ-शोक से पीड़ित होकर पृथ्वी पर गिर पड़े। 'हाय! मैं मारा गया।' कहते हुए रोने लगे। हाथ-पैर पटकते, गिरते-पड़ते और पृथ्वी पर लोटते दुः खी पुत्र को कैकेयी ने उठाया। शोकाकुल भरत ने कैकेयी से कहा, 'मैंने तो यह सोचा था कि महाराज श्रीराम का राज्याभिषेक करेंगे और स्वयं यज्ञ का अनुष्ठान करेंगे—यही सोचकर मैंने बड़े हर्ष के साथ वहां से यात्रा की थी। किन्तु यहां आने पर सारी बातें मेरी आशा के विपरीत हो गईं। पिता को न देख पाने

के कारण मेरा हृदय फटा जा रहा है। मां! महाराज को ऐसा कौन-सा रोग से गया था, जिससे वे मेरे आने से पहले ही चल बसे ? राम-लक्ष्मण धन्य हैं, जिन्होंने स्वयं उपस्थित रहकर पिताजी का अपने हाथों अन्त्येष्टि संस्कार किया। अब बड़े भाई राम ही मेरे पिता हैं, वे कहां हैं, उन्हें शीघ्र ही मेरे आने की सूचना दो। मैं उनके चरणों में प्रणाम करूंगा। अन्तिम समय में पिताजी ने मेरे लिए जो संदेश दिया हो उसे मैं सुनना चाहता हूं।'

कैकेयी ने भरत से कहा, 'बेटा! बुद्धिमानों में श्रेष्ठ तुम्हारे महात्मा पिता महाराज ने 'हा राम! हा सीते! हा लक्ष्मण! 'इस प्रकार विलाप करते हुए परलोक की यात्रा की थी और अन्तिम वचन इस प्रकार कहे थे—जो लोग सीता के साथ पुनः लौटकर आए हुए राम और लक्ष्मण को देखेंगे, वे ही कृतार्थ होंगे।'

कैकेयी की यह अप्रिय बात सुनकर भरत का विषाद और भी गहरा हो गया और उन्होंने पूछा कि राम, लक्ष्मण और सीता इस समय कहां चले गए हैं ?

कैकेयी ने भरत को आदि से लेकर अन्त तक की सारी बातें विस्तार से बता दीं। सब कुछ सुन-समझकर भरत शोक-सन्तप्त हो उठे और क्षोभ, करूणा तथा घृणा से भरकर बोले, 'हाय! तूने मुझे मार डाला। अपने प्रिय और हितैषी जनों के बिना में राज्य लेकर क्या करूंगा ? तू तो घाव पर नमक छिड़क रही है। तू इस कुल का विनाश करने के लिए कालरात्रि बनकर आई थी।'

भरत ने कैकेयी को कुलकलंकिनी, पापिनी, क्रूर आदि अनेक संबोधनों से पुकारा और कहा कि तू राम के प्रति मेरे आदर-भाव को नहीं जानती थी, राजनियमों को भी नहीं जानती थी, इसीलिए तूने यह विनाश-लीला रची। लेकिन याद रख में तेरी इच्छा कदापि पूरी नहीं होने दूंगा। समझ ले कि मैं इसी क्षण से तेरा अप्रिय करने पर तुल गया हूं। मैं शीघ्र ही वन में जाकर राम को लौटा लाऊंगा और उनका दास बनकर स्वस्थचित से जीवन बिताऊंगा।'

भरत ने कैकेयी को कड़ी फटकार देते हुए कहा, 'राज्य के लोभ में पड़कर क्रूरतापूर्वक कर्म करने वाली दुराचारिणी पतिघातिनी! तु माता के रूप में मेरी शत्रु है। तुझे मुझसे बात नहीं करनी चाहिए। पुरवासी आंसू बहाते हुए अवरुद्ध कण्ठ से मेरी ओर देखें और मैं तेरे किए हुए इस पाप का बोझ ढोता रहूं, यह मुझसे नहीं हो सकता। अब तू जलती आग में कूद पड़ या वन में चली जा अथवा गले में रस्सी बांधकर प्राण दे दे।'

यह कहकर भरत मूर्च्छित होकर भूमि पर गिर पड़े। उनके नेत्र क्रोध से लाल

कैकयी पर भरत का क्षोभ

हो गये थे, वस्त्र ढीले पड़ गए थे और सारे आभूषण टूटकर बिखर गये थे।

बहुत देर के बाद होश में आने पर जब भरत उठे तो उन्होंने पास बैठे मंत्रियों सो कहा, 'मैं राज्य नहीं चाहता और न मैंने कभी माता से इसके लिए बात ही की है। महाराज किसका अभिषेक करना चाहते थे, मुझे इसकी भी जानकारी नहीं है। मैं राम, सीता और लक्ष्मण के वन जाने की बात से भी अपरिचित हूं।'

भरत जब इस प्रकार कह रहे थे तो कौशल्या और सुमित्रा ने उनकी आवाज पहचान ली और उनसे मिलने के लिए चल पड़ीं। इधर से भरत और शत्रुघ्न माता कौशल्या से मिलने के लिए चले। मार्ग में ही इन लोगों की भेंट हो गई। दोनों भाइयों को देखकर कौशल्या अचेत होकर भूमि पर गिर पड़ीं। भरत दौड़कर उनके अंक से लग गये और फूट-फूटकर रोने लगे।

कौशल्या के उपालंभ देने पर भरत ने शपथ खाकर कौशल्या से कहा, 'माता! यदि राम को वन भेजने में मेरी कुछ भी सम्मति हो तो संसार के समस्त पाप मुझे लगें और मैं जन्म-जन्मान्तरों में भी शान्ति न पा सकूं।' भरत की बातें सुनकर कौशल्या का गला भर आया और उन्होंने भरत को हृदय से लगा लिया। सारी रात इसी तरह रोते-कलपते बीती।

अगले दिन सुबह होने पर महर्षि वशिष्ठ ने भरत को समझाया-बुझाया और पिता के दाह-संस्कार का आदेश दिया। महर्षि की आज्ञा पाकर भरत ने पिता का विधिपूर्वक दाह-संस्कार किया। सरयू-तट पर दाह-संस्कार करके सब लोग घर लौटे। दस दिनों तक भरत आदि भूमि पर ही सोये।

फिर विधिपूर्वक राजा का श्राद्ध-कर्म हुआ। उस समय बहुत-सा दान दिया गया। सारे कार्य पूरे हो जाने पर मंत्रियों ने भरत से राज-सिंहासन संभालने के लिए कहा। भरत ने अभिषेक सामग्री की परिक्रमा की और कहा कि राज्य के अधिकारी राम ही हैं, मैं उन्हें वन से लौटाने के लिए जाना चाहता हूं। आप लोग मेरे वन जाने और राम को लौटा लाने की व्यवस्था करें।

भरत के आदेशानुसार अयोध्या से लेकर गंगा के किनारे तक का मार्ग शिविर आदि से सजाकर सुखद और सुन्दर बनाया गया।

भरत की चित्रकूट यात्रा: दूसरे दिन भरत चतुरंगिणी सेना सजाकर रानियों, मंत्रियों, राज पंडितों और पुरवासियों के साथ वन की ओर चल पड़े। हाथी-घोड़ों, रथ-पालकियों का अपार समूह आगे बढ़ चला। चलते-चलते वे श्रृंगवेरपुर पहुंचे। गंगा के तट पर डेरे डाल दिए गये। रात वहीं बिताई।

उधर निषादराज गुह ने गंगा के किनारे विशाल सेना को ठहरे हुए देखकर यह आशंका प्रकट की कि सम्भवतः भरत राम को मारने के लिए सेना सजाकर आए हैं। अत:, गुह ने अपने साथियों को युद्ध के लिए तैयार रहने का आदेश दिया। सैनिकों को सब प्रकार से तैयार कर भेंट की सामग्री सजाकर गुह स्वयं भरत से मिलने गया।

भरत गुह से मिलकर प्रसन्न हुए। गुह ने आदरभाव और सत्कार प्रकट किया। कुशल-क्षेम के पश्चात् भरत से गुह ने अपने मन की शंका प्रकट की। भरत ने कहा—'मैं सच कहता हूं, सारे भूमंडल में राम से बढ़कर कोई भी मुझे प्रिय नहीं है। मैं तो पिता तुल्य भाई को वन से लौटाने के लिए आया हूं।'

भरत की बात सुनकर गुह निश्चिन्त हो गये। फिर गुह ने राम, लक्ष्मण, सीता के सम्बन्ध में बहुत-से समाचार दिये और भरत को लेकर उस इंगुदी वृक्ष के नीचे गये जिसके नीचे राम ने एक रात बिताई थी। उनकी तुण-शय्या ज्यों-की-त्यों बनी हुई थी। उसे देखकर भरत का हृदय भर आया। भरत ने उसी तृण-शय्या पर रात बिताई।

प्रात: काल होने पर भरत ने चित्रकूट चलने की इच्छा प्रकट की। गुह की आज्ञा से पांच सौ नौकाएं घाट पर लगा दी गईं। भरत ने भी तपस्वी वेश बनाया और बरगद के दूध से अपनी जटाएं बनाईं तथा वल्कल वस्त्र धारण कर लिए। दलबल सहित नदी पार कर सभी लोग भरद्वाज मुनि के आश्रम पहुंचे। प्रयाग पहुंचने पर भरत पहले मुनि भरद्वाज से मिले। भरत के साथ विशाल सेना देखकर मुनि को भी शंका हुई। उन्होंने भरत से सेना लाने का कारण पूछा। भरत ने आंखों में आंसू भरकर अपने आने का उद्देश्य बताया और राम का निवास स्थान जानना चाहा। भरद्वाज ने सन्देह मिट जाने पर राम का पता बता दिया। रात को सब लोग आश्रम में ही रहे। दूसरे दिन सुबह होने पर मुनि की आज्ञा लेकर वे लोग चित्रकूट के लिए रवाना हो गए।

उधर राम, लक्ष्मण और सीता चित्रकूट पर्वत की शोभा देखते हुए मन्दाकिनी नदी के जलप्रवाह का आनन्द ले रहे थे। राम सीता को पर्वत और नदी की महिमा बता रहे थे। सहसा उन्हें सेना का कोलाहल सुनाई पड़ा और उन्होंने वन के जीव-जन्तुओं को भयभीत होकर इधर-उधर भागते हुए देखा। राम ने लक्ष्मण से इस सबका पता लगाने को कहा। राम की आज्ञा पाकर लक्ष्मण ने शाल वृक्ष पर चढ़कर इधर-उधर देखा। जांच-पड़ताल के बाद लक्ष्मण ने राम से कहा, 'भैया!

निश्चय ही यह कैकेयी का पुत्र भरत है, जो अयोध्या में राजतिलक कराकर अपने राज्य को निष्कण्टक बनाने की इच्छा से हम लोगों को मार डालने के लिए सेना सजाकर आया है। हम उसका डटकर मुकाबला करेंगे। भरत इस समय हमारा शत्रु है, इसका वध करने में कोई दोष नहीं है। आज मैं इन सबका वध करके अपने मन की ज्वाला को शांत करूंगा।'

राम ने लक्ष्मण को समझाते हुए कहा, 'लक्ष्मण! तुम्हारी शंका निर्मूल है। भरत बड़े ही भातृ-भक्त हैं। वे मुझे प्राणों से भी बढ़कर प्रिय हैं। मुझे तो ऐसा मालूम होता है, भरत ने अयोध्या आने पर जब हम लोगों से बनवास का समाचार सुना होगा तो वे व्यथित हुए होंगे। कुलधर्म का विचार करके वे हमसे मिलने ही आए हैं। भरत के साथ यदि तुम किसी प्रकार का दुर्व्यवहार करोगे तो वह मेरा ही अपमान होगा। हां, यदि तुम्हें राज्य का लोभ हुआ हो तो कहो, मैं स्वयं भरत से कहकर तुम्हें राज्य दिला दूंगा। भरत मेरी बात नहीं टालेंगे।'

राम के ये उद्गार सुनकर लक्ष्मण बहुत ही लज्जित हुए। वे वृक्ष से उतर आये और राम के आगे हाथ जोड़कर खड़े हो गए।

उधर भरत ने सेना को आज्ञा दी कि यहां किसी को हम लोगों के द्वारा किसी प्रकार की बाधा नहीं पहुंचनी चाहिए। भरत का आदेश पाकर समस्त सैनिक पर्वत के चारों ओर नीचे ही ठहर गए। सब लोगों को ठहराकर भरत अपने भाई शत्रुघ्न के साथ राम के आश्रम की खोज की चिन्ता करने लगे। दोनों भाई आश्रम की खोज के लिए चल पड़े। आगे जाकर भरत बड़ी तेजी से एक विशाल शालवृक्ष पर चढ़ गये। उन्हें राम के आश्रम के दर्शन हुए। दोनों भाई प्रसन्न हो उठे। दोनों भाइयों के साथ सुमंत्र तथा कुछ अन्य लोग भी आए थे। वे भी राम के आश्रम मिल जाने से प्रसन्न हो उठे।

राम के दर्शनों के लिए वे लोग आगे बढ़े। वे दो ही घड़ी में मन्दाकिनी के तट पर विराजमान चित्रकूट के पास जा पहुंचे। भरत ने वहां एक पर्णशाला देखी। वे समझ गये कि यहीं पर राम का निवास है। पर्णकुटी में यज्ञ के लिए एक विशाल वेदी भी थी। पर्णशाला की ओर थोड़ी देर तक देखकर भरत ने कुटिया में बैठे राम को देखा। वे तपस्वी वेश में थे। राम के समीप ही सीता और लक्ष्मण विराजमान थे। भरत तुरन्त ही प्रेमाकुल होकर राम की ओर दौड़े। शत्रुघ्न भी भरत के पीछे थे। दोनों भाइयों ने बड़ी ही व्यग्रता से राम के चरणों में गिरकर उन्हें प्रणाम किया। राम ने दोनों को उठाकर छाती से लगा लिया। उनकी आंखों

से भी आंसू बहने लगे।

इस प्रेम-मिलन के पश्चात् सभी अपने-अपने स्थान पर बैठे। राम ने सभी परिवार-जनों का कुशल-क्षेम पूछा और इसी बहाने भरत को राजनीति का उपदेश दिया। राम ने फिर भरत से उनके आने का प्रयोजन पूछा। भरत रोते हुए राम से निवेदन करने लगे कि भैया, पिताजी तो आपके वियोग में इस संसार को छोड़ गए। यह सब मेरी कुटिल माता के कारण ही हुआ है। अब मुझे तो आपका ही सहारा है। आप अयोध्या चलकर परिवार और राज्य को सम्भालिए। हम लोग आपसे यही प्रार्थना करने आये हैं।

पिता के देहान्त का समाचार सुनकर राम तथा अन्य सभी लोग बहुत दुःखी हुए। लक्ष्मण, सीता का विलाप बहुत ही हृदयविदारक था। तदनन्तर राम मन्दाकिनी नदी के तट पर गये, जहां उन्होंने पिण्ड-दान आदि कर्म पूरे किये। पर्णकुटी लौटने पर उनका दुःख दुना हो गया। राम, लक्ष्मण, भरत, शत्रुघ्न और सीता आर्तनाद करने लगे।

राम से सब लोगों को मिलन: पिता को जलांजलि देकर लौटे भाइयों का आर्तनाद इतना भयानक था कि वह दशों दिशाओं में फैल गया। भरत के साथ आये लोगों ने वह रोदन सुना तो वे आशंका से भयभीत हो उठे। सब लोग राम के आश्रम की ओर चल पड़े।

श्रीराम के पास जाने पर सबके मुख आंसुओं से भीग गये और सब लोग मंथरा तथा कैकेयी की निन्दा करने लगे। राम ने सबको धीरज बंधाया और सभी गुरूजनों, माताओं आदि से आदरपूर्वक मिले। राम, लक्ष्मण और सीता ने माताओं के चरणों की वन्दना की। वशिष्ठ जी का अभिवादन किया। कुशल-क्षेम जानने और अभिवादन के पश्चात् सब लोग मिलकर बैठे। उन लोगों की सारी रात महाराज दशरथ के सम्बन्ध में बातें करते और रोते ही बीती।

अगले दिन सभा जुडी, जिसमें भरत ने राम से अयोध्या चलकर राज्य ग्रहण करने की प्रार्थना की। राम ने जीवन की असारता पर भरत को उपदेश दिया और पिता के लिए शोक न करने को कहकर बोले, 'भरत! पुण्यकर्मा महाराज ने मुझे जहां रहने की आज्ञा दी है, मैं वहीं रहकर पूज्य पिता के आदेश का पालन करूंगा। तुम्हारे लिए भी पिताजी का आदेश है कि तुम प्रजा का पालन करो। ऐसी दशा में तुम्हें अयोध्या लौट जाना चाहिए।'

भरत ने बार-बार राम से अयोध्या लौट चलने और राज्य ग्रहण करने की

प्रार्थना की, किन्तु राम अपने निश्चय पर अटल रहे। राम ने उन्हें समझा-बुझाकर अयोध्या लौट जाने का आदेश दिया। अयोध्यावासियों, मंत्रियों तथा माताओं ने भी राम से लौट चलने की विनय की, परन्तु राम का दृढ़ निश्चय था कि वे वन रहकर पिता की आज्ञा का पालन करेंगे। भरत ने एक बार पुनः निवेदन किया, 'आज आप मेरी माता के कलंक को धो-पोंछकर पूज्य पिताजी को भी निन्दा से बचाइये। मैं आपके चरणों में माथा टेककर प्रार्थना करता हूं कि आप मुझ पर दया कीजिए। आप यदि मेरी प्रार्थना को ठुकराकर बनवास की प्रतिज्ञा पर ही दृढ़ रहेंगे तो मैं भी आपके साथ वन में ही रहूंगा

भरत का हठ देखकर राम ने कहा, 'भाई! आज से बहुत पहले की बात है, पिताजी का जब तुम्हारी माताजी के साथ विवाह हुआ था, तभी उन्होंने तुम्हारे नाना से कैकेयी के पुत्र को राज्य देने की शर्त कर ली थी। इसके बाद देवासुर संग्राम में तुम्हारी माता ने महाराज की बड़ी सेवा की, जिससे प्रसन्न होकर महाराज ने उन्हें वरदान दिये थे। इन सभी बातों का विचार कर तुम्हें महाराज के वचनों की रक्षा के लिए अयोध्या लौट जाना चाहिए।'

जब राम भरत को इस प्रकार समझा रहे थे तो जाबालि ऋषि ने नास्तिकों की भांति राम को समझाना शुरू किया। वे बोले, 'राम! मैंने तुम्हारा आचरण देखा और तुम्हारी बातें भी सुनीं। परन्तु मैं कहूंगा कि तुम्हारे विचार गंवारू और निरर्थक हैं। संसार में कौन पुरूष किसका बन्धु है और किससे किसको क्या पाना है ? जीव अकेला ही जन्म लेता है और अकेला ही नष्ट हो जाता है। जो मनुष्य माता या पिता समझकर किसी के प्रति आसक्त होता है, उसे पागल ही समझना चाहिए। राम! आपको पिता का राज्य छोड़कर इस दुःखपूर्ण, ऊंचे-नीचे और कंटकाकीर्ण वन के तुच्छ मार्ग पर नहीं चलना चाहिए। राजा को जहां जाना था, चले गये। यह प्राणियों के लिए स्वाभाविक स्थिति है। उनके लिए रोना व्यर्थ है और पिण्ड-दानादि में अन्नादि का नाश करना भी मूर्खता ही है। भला, मरा हुआ मनुष्य क्या खायेगा ? यदि यहां दूसरे का खोया हुआ अन्न दूसरे के शरीर में चला जाता हो तो परदेश जाने वालों के लिए श्राद्ध ही कर देना चाहिए, उनको रास्ते के लिए भोजनादि देने की क्या जरूरत है? आपको चाहिए कि सत्पुरुषों की बुद्धि के अनुसार कार्य करें और भरत के अनुरोध को मानकर अयोध्या का राज्य ग्रहण करें।'

राम ने जाबालि की बातें ध्यान से सुनीं और उनके नास्तिक मत का खण्डन

करते हुए बोले, 'मुनिवर! वश्य-सी दीखने पर भी आपकी बातें अवश्य हैं । जो पुरूष धर्म और वेद की मर्यादा त्याग देता है, वह पाप करता है और कहीं भी सम्मान नहीं पाता। आचार ही मनुष्य के भले-बुरे और ऊंच-नीच होने का निर्णय करता है। बाहर से धर्म का दीखने वाला आपका निर्णय भीतर से अर्धम ही है। मैं स्पष्ट कहता हूं कि जहां अपनी की हुई प्रतिज्ञा तोड़ दी जाती है, उस वृत्ति के अनुसार बर्ताव करने पर मैं किस साधन से स्वर्ग प्राप्त करूंगा तथा आपने जिस आचार का उपदेश दिया है, वह किसका है, जिसका मुझे अनुसरण करना होगा; क्योंकि आपके कथनानुसार मैं पिता आदि में से किसी का कुछ भी नहीं हूं। आपके बताये हुए मार्ग पर चलने से मैं स्वेच्छाचारी हो जाऊंगा। फिर यह सारा लोक स्वेच्छाचारी हो जाएगा क्योंकि राजाओं के जैसे आचरण होते हैं, प्रजा भी वैसा ही आचरण करने लगती है। सत्य का पालन ही राजाओं का धर्म है, सत्य में ही सम्पूर्ण लोक प्रतिष्ठित है। मैं सत्यप्रतिज्ञ हूं और सत्य की शपथ खाकर पिता के सत्य का पालन करने की प्रतिज्ञा कर चुका हूं। पहले सत्यपालन की प्रतिज्ञा करके अब लोभ, मोह अथवा अज्ञान से विवेकशून्य होकर मैं पिता के सत्य की मर्यादा भंग नहीं करूंगा। आपकी बातें नास्तिकों और अधार्मिकों के जैसी हैं, वे मेरे लिए मान्य नहीं हैं।'

राम की ये बातें सुनकर जाबालि बोले, 'राम! न तो मैं नास्तिक हूं, न ही अधर्मी। मैं तो समय देखकर तदनुसार बातें कहता हूं। मैंने इस समय जो बातें कहीं वे समय देखकर ही कहीं थीं, इसमें मेरा उद्देश्य यही था कि किसी तरह आपको राजी करके अयोध्या लौटने के लिए तैयार कर लूं। अब आपको जो उचित जान पड़ता है, आप वही करें।'

महर्षि वशिष्ठ ने भी जाबालि की इस बात का समर्थन किया और सृष्टिपरम्परा के साथ इक्ष्वाकु वंश की परम्परा बताकर बड़े लड़के को ही राजगद्दी मिलने का औचित्य सिद्ध किया। साथ ही उन्होंने राम से राज्य ग्रहण करने के लिए भी कहा। वशिष्ठ के समझाने पर भी जब राम पिता की आज्ञा के पालन से विमुख होने को तैयार न हुए तो भरत ने वहीं धरना देने की बात कहीं। भरत ने कहा, 'जब तक आर्य मुझ पर प्रसन्न नहीं होंगे, मैं तब तक यहीं मुंह ढककर उपवास करता हुआ पड़ रहूंगा।' और वे चटाई बिछाकर वहीं बैठ गये।

भरत के इस दुराग्रह को देखकर राम तथा दूसरे सभी लोगों और ऋषियों ने भरत को समझाया। सभी ने भरत को राम की आज्ञानुसार अयोध्या लौट जाने की

सलाह दी। इस पर भरत कांप उठे और दीन वाणी में राम से बोले, 'भैया राम! मेरे लिए यह संभव नहीं है कि मैं अकेला ही इस विशाल राज्य और प्रजा का पालन ठीक ढंग से कर सकूं, अत: मेरी प्रार्थना है कि आप इस राज्य को स्वीकार करके दूसरे किसी को इसके पालन का भार सौंप दीजिए। ऐसा कहकर भरत राम के चरणों में गिर पड़े।

राम की पादुकाएं लेकर भरत को लौटना: राम ने भरत को उठाकर अपनी गोद में बिठा लिया और मधुर वाणी में भरत से कहा, 'तात! तम्हें जो यह स्वाभाविक विनयशील बुद्धि प्राप्त हुई है, इसके द्वारा तुम समस्त भूमण्डल की रक्षा करने में समर्थ हो। तुम अपनी बुद्धि के अतिरिक्त मंत्रियों, बुद्धिमानों और सुहृदों की सलाह से सब कठिन कार्य पूरा करा लेना। भाई! चन्द्रमा से उसकी प्रभा अलग हो जाये, हिमालय हिम का परित्याग कर दे अथवा समुद्र अपनी सीमा को लांघकर आगे बढ़ जाए, पर मैं पिता की प्रतिज्ञा नहीं तोड़ सकता।'

राम की दृढ़ता देखकर भरत ने उनसे विनयपूर्वक कहा, 'आर्य! ये दो सुवर्णभूषित पादुकाएं आपके चरणों में अर्पित हैं, आप इन पर अपने चरण रखें। ये ही सम्पूर्ण जगत् के योगक्षेम का निर्वाह करेंगी।'

राम ने उन पादुकाओं को धारण किया और फिर उन्हें अपने पैरों से अलग कर भरत को सौंप दिया। भरत ने उन पादुकाओं को प्रणाम किया और राम से कहा, 'बीर रघुनन्दन। मैं भी चौदह वर्षों तक जटा और चीर धारण करके फलमूल का भोजन करता हुआ आपके आगमन की प्रतीक्षा में नगर से बाहर ही रहूंगा। इतने दिनों तक राज्य का सारा भार आपकी इन चरण-पादुकाओं पर ही रखकर मैं आपकी बाट जोहता रहूंगा। यदि चौदहवां वर्ष पूर्ण होने पर नये वर्ष के पहले दिन ही मुझे आपके दर्शन नहीं मिले तो मैं जलती हुई आग में कूदकर प्राण दे दूंगा।'

राम ने भरत को आश्वासन दिया और आंसू बहाते हुए बोले, 'मैं तुम्हें अपनी और सीता की शपथ दिलाकर कहता हूं कि तुम माता कैकेयी की रक्षा करना, उनके प्रति कभी क्रोध न करना। मैं चौदह वर्ष बीतते ही लौट आउरुंगा। अब तुम सबको साथ लेकर अयोध्या लौट जाओ।'

राम का आदेश पाकर भरत शत्रुघ्न सहित सबसे विदा लेकर रथ पर बैठ गये। राम की चरण-पादुकाएं उन्होंने अपने मस्तक पर धारण कर रखी थीं। वे सब लोग चित्रकूट की परिक्रमा करते हुए मन्दाकिनी नदी को पार करके पूर्व दिशा

चित्रकूट में भरत

की ओर चल पड़े।

मार्ग में भरद्वाज मुनि से भेंट करते हुए भरत दल-बल सहित अयोध्या लौट आए। अयोध्या की दुर्दशा देखकर भरत बड़े दुखी हुए। अन्तःपुर में जाकर भरत को और भी अधिक पीड़ा हुई।

इसके बाद भरत ने सब माताओं की अन्तःपुर में रहने की व्यवस्था की और स्वयं गुरुजनों की आज्ञा लेकर नन्दिग्राम चले आये।

नन्दिग्राम आकर भरत ने विधिपूर्वक राम की चरण-पादुकाओं का राज्याभिषेक किया। उन्हें सिंहासन पर विराजमान कर उन पर छत्र-चंवर आदि सजा दिये।

भरत जटा तथा वल्कल वस्त्र धारण कर नन्दिग्राम में तपस्वी की तरह रहने लगे। वे राज्य-शासन का सभी कार्य राम की चरण पादुकाओं को निवेदन करके करते थे फिर स्वयं उनके ऊपर छत्र लगाते और चंवर डुलाते थे।

राम की चित्रकूट से विदाई: भरत के अयोध्या लौट जाने पर राम वन में निवास करने लगे। एक दिन उन्होंने देखा कि वहां के तपस्वी बेचैन होकर कहीं दूसरी जगह जाने की तैयारी कर रहे हैं। पूछने पर एक तपस्वी ने राम से कहा, 'तात! आपके कारण ही यहां राक्षसगण तपस्वियों को सता रहे हैं। रावण का छोटा भाई खर आपसे विद्वेष रखता है, अत: वह विशेष रूप से परेशानी बढ़ा रहा है। सीता के साथ आपका यहां रहना उचित नहीं है, आप चाहें तो आप भी हमारे साथ यहां से चले चलें।'

कुछ ऋषि तो वहां से चले गये थे और कुछ राम के साथ वहीं रह गये। ऋषियों के चले जाने पर राम ने जब बार-बार विचार किया, तब उन्हें बहुत-से ऐसे कारण ज्ञात हुए, जिनसे उन्होंने स्वयं भी वहां रहना ठीक नहीं समझा। राम वहां से सीता और लक्ष्मण को लेकर चल दिये।

वे तीनों वहां से चलकर महर्षि अत्रि के आश्रम आये। उन्होंने मुनि तथा मुनिपत्नी अनसूया के चरणों में प्रणाम किया। अनसूया ने सीता से बातचीत करते हुए स्वयंवर से लेकर अब तक की सारी कथा सुनी। सीता को पतिव्रत धर्म का उपदेश दिया और बहुत-सा प्रेमोपहार भी दिया। इस प्रेमोपहार में बहुत-से वस्त्राभूषण शामिल थे। अनसूया की आज्ञा से सीता ने वस्त्राभूषण धारण किये।

रात को वे तीनों अत्रि के आश्रम पर ही रहे। प्रात: काल होने पर उन्होंने अन्यत्र चले जाने के लिए ऋषियों से आज्ञा मांगी। तपस्वियों की आज्ञा और आशीर्वाद पाकर राम सीता और लक्ष्मण सहित सघन वन की ओर चल पड़े।

अरण्य कांड

दण्डकारण्य में रामः चित्रकूट से विदा होकर सीता और लक्ष्मण के सहित राम मार्ग का आनन्द लेते हुए दण्डकारण्य पहुंचे। तपस्वियों के आश्रम देखकर राम परम प्रसन्न हुए। बलिवैश्वदेव और होम से पूजित वह पवित्र आश्रम समूह वेद मन्त्रों के पाठ की ध्वनि से गूंजता रहता था। सरोवरों में कमल खिले थे, और चारों ओर अनेक प्रकार के फूल बिखरे थे।

राम, सीता और लक्ष्मण को देखकर वहां के महर्षि बहुत प्रसन्न हुए और उनके पास गये। आशीर्वाद के पश्चात उन तीनों को महर्षियों ने आदरणीय अतिथि के रूप में ग्रहण किया। कन्दमूल-फल उन्हें दिया और आश्रम में रहने की प्रार्थना करते हुए वे राम से बोले, 'आप राजा हैं और समस्त जनसमुदाय के पालक एवं शासक हैं। आप नगर में हों या वन में, आप हम लोगों के राजा हैं। आप हमारी रक्षा कीजिए।'

विराध का वधः रात को तीनों वहीं आश्रम में रहे किन्तु प्रात: होते ही मुनियों से आज्ञा ले वे वन में आगे बढ़े। जाते-जाते उन्होंने तरह-तरह के पशुओं और हिंसक जन्तुओं से भरा एक भयावना स्थान देखा। उस दुर्गम वन में उन्हें एक नरभक्षी राक्षस दिखाई दिया। वह देखने में बड़ा भयानक, घृणित, बेडौल और विकृत वेशवाला था। उसने खून से भीगा और चरबी से गीला व्याघ्रचर्म पहन रखा था। वह यमराज के समान मुंह बाये खड़ा था। राम, सीता और । लक्ष्मण को देखते ही वह गर्जन करता हुआ उनकी ओर झपटा। उसने सीता को उठा लिया और कुछ दूर जाकर खड़ा होकर उन्हें ललकारता हुआ बोला, 'तुम दोनों जटाधारी ढोंगी जान पड़ते हो। तुम्हारे साथ स्त्री का क्या काम ? यह स्त्री बड़ी सुन्दर है, इसलिए मैं इसे अपनी पत्नी बनाऊंगा और तुम दोनों पापियों का

रक्तपान करूंगा। मैं विराध नाम का राक्षस हूं, यह वन मेरा है। मैं प्रतिदिन ऋषियों का मांस खाकर अपनी भूख मिटाता हूं।'

विराध की बातें सुनकर सीता भय से कांपने लगीं। राम ने लक्ष्मण को संकेत किया तो लक्ष्मण ने विराध को मारने की प्रतिज्ञा की। विराध ने राम से उनका परिचय पूछा। राम का परिचय जानने पर विराध ने विस्तार से अपना परिचय दिया और बताया कि किसी शस्त्र से मेरा वध नहीं हो सकता, अत: मुझे मारने की चेष्टा बेकार है। तुम इस स्त्री को मेरे पास छोड़कर जैसे आये हो, वैसे ही चले जाओ, मैं तुम्हारे. प्राण नहीं लूंगा।

राम यह सुनकर क्रुद्ध होकर विरोध पर बाणों की वर्षा करने लगे। घायल होने पर विराध ने सीता को एक ओर रख त्रिशूल लेकर राम-लक्ष्मण पर आक्रमण किया। तीनों के बीच भयानक युद्ध हुआ। फिर विराध दोनों को पकड़कर उन्हें कंधे पर बिठाकर एक सघन वन में ले गया। सीता रोती-चिल्लाती रह गईं।

वन में पहुंचकर तीनों में फिर युद्ध हुआ। राम और लक्ष्मण ने विराध की भुजाएं उखाड़ डालीं और लातों तथा मुक्कों से उस पर अनेक वार किये। पृथ्वी पर बार-बार पटके और रगड़े जाने पर भी वह राक्षस नहीं मरा। तब राम की आज्ञा पाकर लक्ष्मण ने एक विशाल आकार का गड्ढा खोदा। दोनों भाइयों ने मिलकर उसका गला दबाया और उसे उस गड्ढे में गाड़ दिया। पत्थरों से उस गड्ढे को ढककर वे दोनों भाई सीता के निकट पहुंचे और उन्हें साथ लेकर पुन: वन में विचरने लगे।

अगस्त्य ऋषि के आश्रम में राम: वन में विचरण करते हुए वे तीनो शरभंग मुनि के आश्रम पर पहुंचे। शरभंग मुनि बहुत बूढे हो चुके थे और अपना शरीर त्याग देने का संकल्प कर चुके थे। जिस समय ये तीनों मुनि के निकट पहुंचे मुनि अग्निहोत्र यज्ञ कर रहे थे। तीनों ने मुनि के चरणों में प्रणाम किया और उनकी आज्ञा से वहीं बैठ गये। राम ने मुनि से अपने लिए ठहरने का उपयुक्त स्थान पूछा तो शरभंग ने कहा, 'इस वन में थोड़ी ही दूर पर महातेजस्वी सुतीक्ष्ण मुनि रहते हैं। वे ही आपके लिए सारी व्यवस्था करेंगे। आप बेटी नौका के सहारे मन्दाकिनी नदी के प्रवाह के विपरीत दिशा में इसी के किनारे-किनारे चले जाइये। परन्तु दो घड़ी यहीं ठहरें। मैं स्वेच्छा से अपना देह त्याग रहा हूं, जब तक मैं उसे न त्याग दूं तब तक आप मेरी ही ओर देखते रहें।'

ऐसा कहकर शरभंग मुनि ने अग्नि प्रज्वलित की और मंत्रों के साथ घी की

आहुति देकर स्वयं भी उस अग्नि में प्रविष्ट हो । गये शरभंग मुनि के देह त्याग कर देने पर मुनि के बताये मार्ग पर चलते हुए राम अनेक मुनियों के समुदाय के बीच जा पहुंचे। जहां उन्होंने मुनियों को राक्षसों से सुरक्षित करने का आश्वासन दिया। तत्पश्चात् सुतीक्ष्ण मुनि के आश्रम पर पहुंचकर प्रणाम किया और स्वागत-सत्कार पाकर रात में वहीं ठहरे।

प्रतः काल वहां से विदा हो वे आगे बढ़े। मार्ग में राम ने सीता के सामने प्रतिज्ञा की कि वे ऋषियों की रक्षा के लिए राक्षसों का वध करने में कोई भी प्रमाद नहीं करेंगे। राम लक्ष्मण और सीता सहित पंचाप्सर तीर्थ पहुंचे, माण्डकर्णि मुनि से परिचित हुए। फिर अनेका नेक आश्रमों में विचरते हुए सुतीक्ष्ण मुनि के आश्रम में लौट आए। इस बीच वे कहीं दस महीने, कहीं साल-भर, कहीं चार मास, कहीं पांच या छः मास, कहीं आठ, कहीं ग्यारह महीने रहे। इस प्रकार कुल मिलाकर राम के दस वर्ष बीत गये।

सुतीक्ष्ण मुनि के आश्रम में कुछ काल तक रहने पर राम ने मुनि से महर्षि अगस्त्य का आश्रम पूछा, उन्होंने बताया, 'आप मेरे आश्रम से चार योजन दक्षिण चले जाइये। वहां आपको अगस्त्य के भाई का बहुत बड़ा और सुंदर आश्रम मिलेगा। वहां एक रात रहें। सुबह होने पर वहां से चल दें। वहां से दक्षिण दिशा की ओर एक योजन पर अगस्त्य जी का आश्रम है। यदि आपका वहां जाने का दृढ़ निश्चय है तो आज ही प्रस्थान करें।"

राम, लक्ष्मण और सीता उसी समय वहां से विदा हो अगस्त्य मुनि के भाई के आश्रम होते महर्षि अगस्त्य के आश्रम पहुंचे। राम ने लक्ष्मण से अगस्त्य तथा उनके आश्रम की महिमा का बखान करते हुए कहा—'महर्षि अगस्त्य बहुत पुण्यात्मा और महान् तपस्वी हैं। उन्होंने प्रयत्न से राक्षसों का दमन करके इस दक्षिण दिशा को निवास योग्य और निर्भय बना दिया है। महर्षि की महिमा के कारण यहां राक्षस अपना बैर नहीं प्रकट करते। मुनि की कृपा से ही यह दिशा तीनों लोकों में 'दक्षिणा' नाम से प्रसिद्ध है। इसका अर्थ है अनुकूल रहना। इसे अगस्त्य की दिशा भी कहते हैं। एक बार विन्ध्याचल सूर्य का मार्ग रोकने के लिए आगे बढ़ा था, किन्तु महर्षि के कहने से वह विनम्र हो गया। तब से आज तक निरन्तर उनके आदेश का पालन करता हुआ वह कभी नहीं बढ़ता। मुनि अगस्त्य ने समुद्रशोषण आदि अनेक महान् कार्य किये हैं। यह उन्हीं का पवित्र आश्रम है। लक्ष्मण! हम इस आश्रम में रहकर उन महात्मा का आशीर्वाद प्राप्त करेंगे।'

राम ने ऐसा कहकर सीता तथा स्वयं को तो आश्रम से बाहर रोका और लक्ष्मण को अपने आने की सूचना देने तथा महर्षि के दर्शन करने की इच्छा प्रकट करने की दृष्टि से आगे आश्रम भेज दिया। लक्ष्मण ने आश्रम में प्रवेश कर महर्षि के शिष्यों से अपना पूरा परिचय दिया और अपने आने का प्रयोजन बताया। शिष्य ने तत्काल महर्षि को सूचना दी। समाचार पाकर महर्षि हर्ष से खिल उठे और उन्होंने शीघ्र ही राम, लक्ष्मण और सीता को आश्रम में बुला लिया। तीनों ने महर्षि के चरणों में प्रणाम किया। आशीर्वाद और स्वागत-सत्कार के पश्चात् अगस्त्यजी ने तीनों के ठहरने की व्यवस्था की। महर्षि ने कहा—'आप मुझसे इतनी दूर से मिलने आये, यह मेरा परम सौभाग्य है। मैं स्वयं भी आपसे मिलना चाहता था। मैं आपके सम्बन्ध में सब सुन चुका हूं। आप, लक्ष्मण और सीता तीनों ही धन्य हैं और प्रशंसा के पात्र हैं।' इसके बाद महर्षि ने राम को दिव्यास्त्र प्रदान किये।

राम ने हाथ जोड़कर महर्षि के चरणों में प्रणाम कर कहा, 'आप हम लोगों से संतुष्ट हैं और प्रशंसा करते हैं, यह हमारा अहोभाग्य है। आपने ठहरने की सुविधा दी, इसके लिए भी हम हृदय से आपके कृतज्ञ हैं। किन्तु आप मुझे ऐसा कोई स्थान बताइए, जहां बहुत-से वन हों, जल की भी सुविधा हो तथा जहां आश्रम बनाकर हम लोग निश्चिन्त होकर रह सकें।'

राम की यह बात सुनकर महर्षि अगस्त्य कहने लगे—'तात! मेरे आश्रम में रहने की इच्छा होते हुए भी आप जो अन्यत्र जाना चाहते हैं, इसका कारण मैं जानता हूं। मैंने आपकी शूरवीरता और प्रतिज्ञा की बातें जान ली हैं। आप ऋषियों की रक्षा के लिए राक्षसों का वध करने को कटिबद्ध हैं। मेरे यहां राक्षसों का आना संभव नहीं है, इसी से आप अन्यत्र जाना चाहते हैं। तात! यहां से दो योजन दूरी पर पंचवटी नाम से विख्यात एक बहुत सुन्दर स्थान है, जहां बहुत-से मृग विचरते हैं तथा फल-मूल और जल की बहुत सुविधा है। वहीं जाकर आप आश्रम बनाइये। वह स्थान गोदावरी नदी के निकट है, अत: वहां सीता का भी खूब मन लगेगा।'

महर्षि से आज्ञा पाकर वे तीनों वहां से चल दिये।

पंचवटी में रामः राम, लक्ष्मण और सीता महर्षि अगस्त्य के बताये हुए मार्ग से महुओं का पिशाचवन पार कर उसके उत्तर मार्ग से चलकर बरगद के वृक्ष की छाया का सेवन करते हुए पर्वत के निकट पंचवटी में आ पहुंचे।

मार्ग में राम की एक विशालकाय गिद्ध से भेंट हुई। यह जटायु था। जटायु ने बताया कि वह महाराज दशरथ का मित्र है। जटायु ने अपने पूर्वजों की परम्परा का विस्तार से बखान किया और बताया कि वनिता के दो पुत्र हुए। गरूड़ और अरुण। अरुण की दो संताने हुईं—एक मैं और दूसरे मेरे भाई सम्पाति। जटायु ने राम से कहा, 'तात! यदि आप चाहें तो मैं यहां आपके निवासस्थान में सहायक होऊंगा। यह दुर्गम वन मृगों तथा राक्षसों से भरा है। लक्ष्मण के साथ आप यदि कभी पर्णकुटी से बाहर भी चले जाएं तो उस समय मैं देवी सीता की रक्षा करूंगा।।'

जटायु का परिचय जानकर राम ने उन्हें बहुत आदर दिया और अपने साथ ले लिया।

पंचवटी में आकर समतल भूमि में उन्होंने एक कुटी बनाई। उसके आसपास कमलों से घिरे सरोवर थे और भांति-भांति के पशु-पक्षी थे। कुटी बहुत ही सुंदर और सुरक्षित थी। लक्ष्मण ने बड़े परिश्रम और प्रयत्न से कुटी का निर्माण किया था। सीता सहित राम ने जब उसमें प्रवेश किया तो वे उस सुविधाजनक निवासस्थान की रचना देखते ही रह गए। हर्षपूर्वक राम ने दोनों भुजाओं से पकड़कर लक्ष्मण को हृदय से लगा लिया और गद्गद स्वर में कहा—'लक्ष्मण! तुमने पुरस्कार योग्य यह महान् कार्य किया है, तुम मेरे मनोभाव को तुरन्त ताड़ लेते हो। तुम जैसे पुत्र के कारण मेरे धर्मात्मा पिता अभी मरे नहीं हैं। तुम्हारे रूप में वे अब भी जीवित हैं।' लक्ष्मण ने श्रद्धा से सिर झुका दिया।

राम, लक्ष्मण और सीता प्रीतिपूर्वक सानन्द पंचवटी प्रदेश में रहने लगे।

शूर्पणखा को दण्ड: पंचवटी के उस आश्रम में रहते राम को बहुत-सा समय बीत गया। शरद् ऋतु बीत गई और हेमन्त का आगमन हुआ। राम को भरत की याद आई। उन्होंने उसकी बहुत प्रशंसा की। एक दिन वे तीनों गोदावरी नदी में स्नान करके आश्रम लौटे और पर्णकुटी में बैठे राम लक्ष्मण से बाते कर रहे थे कि एक राक्षसी उस स्थान पर आ पहुंची। वह रावण की बहिन शूर्पणखा थी। देखने में बहुत भद्दी और बेडौल थी। वह राम के अपूर्व रूप को देखकर उन पर मुग्ध हो गई। माया से अपना सुन्दर रूप बनाकर वह राम के पास जाकर बोली, 'तपस्वी के वेश में मस्तक पर जटा धारण किये, साथ में स्त्री को लिये और हाथ में धनुष-बाण ग्रहण किये, इस राक्षसों के देश में तुम कैसे चले आये ? तुम कौन हो ? अपने आने का कारण बताओ।'

शूर्पणखा को दण्ड

राम ने अपना तथा लक्ष्मण और सीता का परिचय दिया एवं अपने आने का कारण भी बताया। फिर शूर्पणखा से बोले—'अब तुम अपना परिचय दो और अपने आने का कारण बताओ। तुम्हारे अंग इतने सुन्दर हैं कि मुझे तुम इच्छानुसार रूप धारण करने वाली कोई राक्षसी जान पड़ती हो।'

शूर्पणखा ने अपना परिचय दिया और अपने भाई रावण, कुंभकर्ण तथा विभीषण के बारे में बताया। उसने खर और दूषण का भी परिचय दिया। वह राम से बोली—'यह ठीक है कि मैं इच्छानुसार रूप धारण कर लेती हूं। मैं बल और पराक्रम में अपने सभी भाइयों से बढ़कर हूं। इस वन में सभी प्राणियों को भयभीत करती हुई अकेली घूमती हूं। तुम्हारा प्रथम दर्शन करके ही मैं तुममें । आसक्त हो गई हूं। मैं तुम जैसे पुरूषोत्तम के प्रति पति की भावना रखकर बड़े प्रेम से तुम्हारे पास आई हूं। अब तुम मेरे पति बन जाओ। मेरी दृष्टि में सीता बहुत कुरूप है। मैं इसे तथा तुम्हारे भाई लक्ष्मण को मारकर खा जाऊंगी, फिर तुम मेरे साथ दण्डक वन में सुख से विहार करना।'

शूर्पणखा की बात सुनकर राम ने मन्द-मन्द मुसकुराते हुए उससे कहा—'देवि! मैं विवाहित हूं और सीता मेरी पत्नी है। तुम जैसी स्त्रियों के लिए तो सौत का रहना अत्यन्त दुखदायी ही होगा। ये मेरे छोटे भाई लक्ष्मण बड़े शीलवान्, प्रिय और शक्तिशाली हैं। इनके साथ स्त्री नहीं है, अगर इन्हें भार्या की चाह होगी तो ये ही तुम्हें अपना लेंगे।'

राम की बात सुनकर वह काम से ग्रस्त राक्षसी लक्ष्मण के निकट जाकर उनसे पति होने की प्रार्थना करने लगी। लक्ष्मण ने कहा—'सुन्दरी! मैं तो दास हूं। अपने बड़े भाई राम के अधीन हूं। तुम मेरी स्त्री होकर दासी क्यों बनना चाहती हो ? तुम राम के पास ही जाओ, वे ही तुम्हारे योग्य हैं।'

शूर्पणखा फिर राम के पास आई। उसे सीता ही बाधा रूप जान पड़ीं, अत: वह उन्हीं की ओर झपटी। राम ने अपनी हुंकार से उसे रोक दिया और लक्ष्मण से बोले—'लक्ष्मण! क्रूर कर्म करने वाले अनार्यों से किसी प्रकार का परिहास भी नहीं करना चाहिए। किसी प्रकार अब सीता के प्राण बच गये हैं। तुम इस राक्षसी को शीघ्र ही कुरूप बना डालो।'

राम के इस प्रकार आदेश देने पर क्रोध में भरकर लक्ष्मण ने देखते-देखते म्यान से तलवार निकाल ली और शूर्पणखा के नाक-कान काट लिये ? नाक-कान कट जाने पर चिल्लाती हुई शूर्पणखा जिस तरह आई थी उसी तरह वन की ओर भाग गई ?

खर, दूषण और त्रिशिरा का वध: नाक-कान काट जाने पर रक्त से भीगी हुई शूपर्णखा अपने भाई खर के पास पहुंची और रोते हुए उसे अपनी सारी कथा सुना दी। बहिन की दुर्दशा की कथा सुनकर खर क्रोध से बौखला उठा। उसने रामादि का वध करने के लिए चौदह शक्तिशाली राक्षस भेजे। रामलक्ष्मण ने उन राक्षसों को मार डाला। शुर्पणखा खर के पास आई और उन राक्षसों के वध का समाचार दिया। राम का भय दिखाकर खर को राम के साथ युद्ध करने के लिए उत्तेजित किया।

शूर्पणखा से तिरस्कृत होकर खर और दूषण राक्षसों की विशाल सेना लेकर पंचवटी की ओर गये। राम ने खर-दूषण के साथ आती विशाल सेना को देखा तो सीता और लक्ष्मण को पर्वत की गुफा में चले जाने को कहा। वे दोनों गुफा में चले गये तो राम युद्ध के लिए तैयार हुए। भयानक युद्ध हुआ। पराक्रमी राम ने राक्षसों का संहार कर डाला। इस युद्ध में दूषण भी मारा गया। खर राम की ओर झपटा। उसे झपटते देख सेनापति राक्षस त्रिशिरा ने राम को ललकारा। राम ने उसे भी बाणों से छलनी बना डाला। उससे उसके प्राण निकल गये।

त्रिशिरा और दूषण के मारे जाने पर खर भयभीत हो उठा। प्राणों से भयभीत वह राम पर टूट पड़ा। दोनों में घनघोर युद्ध हुआ। राम ने अनेक बाण मारकर उसे रथहीन कर दिया और वह बुरी तरह घायल भी हो गया। राम ने उसे उसके कुकृत्य के लिए फटकारा। उसने भी राम को कठोर उत्तर दिये। फिर दोनों में । द्वन्दु-युद्ध हुआ। खर राम पर गदा से प्रहार करने लगा। राम ने उसकी गदा को तोड़ डाला। फिर वह साल वृक्ष लेकर राम पर झपटा। राम ने उस वृक्ष को भी व्यर्थ कर दिया और एक तीखे बाण से खर को मार गिराया।

खर-दूषण-त्रिशिरा सहित जब राम ने सारे राक्षसों को मार गिराया तो ऋषिमुनियों ने राम का बहुत प्रकार से सत्कार किया। लक्ष्मण और सीता भी राम की इस विजय से फूले नहीं समाये।

सोने का हरिण: राक्षसों को नष्ट होते देख अकम्पन नामक राक्षस रावण के पास लंका गया और उसे सीता का अपहरण करने की सलाह दी। रावण वह सलाह मानकर ताड़का के पुत्र मारीच से मिलने गया। मारीच से स्वागत-सत्कार पाने के बाद रावण ने अपने आने का प्रयोजन बताया। मारीच ने रावण से कहा, 'मित्र के रूप में वह कौन-सा शत्रु है, जिसने तुम्हें सीता हर लेने की सलाह दी है ? वह तुम्हारा ही नहीं, सारे राक्षस-कुल का संहार चाहता है। राम की महिमा और

शक्ति अपार है, उनसे शत्रुता मोल मत लो और चुपचाप लंका लौट जाओ।' रावण मारीच की बात मानकर लंका लौट आया।

उधर शूर्पणखा भी रोती-बिलखती रावण के पास पहुंची और उसे अपनी दुर्दशा की कथनी सुनाई। उसने रावण को अनेक कठोर वचन कहे और राम से युद्ध करने तथा सीता को अपनी पत्नी बनाने के लिए प्रेरित किया।

रावण ने अनेक प्रकार से विचार कर मारीच के पास पुनः जाने का निश्चय किया। रावण पुनः मारीच के आश्रम में आया। मारीच तपस्वी वेश में रहा करता था और शांति से जीवन बिताना चाहता था। रावण ने बार-बार मारीच से राम के घनघोर अपराध की बात की और राम की पत्नी सीता के अपहरण में सहायता होने की प्रार्थना की।

मारीच के बल-पराक्रम की प्रशंसा करते हुए रावण ने उससे कहा, 'पराक्रम, युद्ध और वीरसुलभ अभिमान में तुम्हारे समान कोई नहीं है। नाना प्रकार के उपाय बताने में भी तुम चतुर हो और तरह-तरह की माया रचने में भी कुशल हो। मेरी तुमसे प्रार्थना है कि तुम अपनी माया से सोने के हरिण बन जाओ। ऊपर चांदी की बूदें हों। चितकबरा रूप धारण कर सीता के सामने घूमना शुरू कर दो। विचित्र हरिण को देखकर सीता तुम्हें पकड़ने के लिए राम-लक्ष्मण से कहेगी। जब वे दोनों तुम्हें पकड़ने के लिए दूर निकल जाएंगे तब मैं सूने आश्रम में प्रवेश कर सीता का अपहरण कर उसे लंका ले जाऊंगा। पत्नी के वियोग में दीन-दुःखी राम को मैं अवसर पाकर मार सकूंगा।

रावण की ये बातें सुनकर मारीच को बहुत क्लेश हुआ। उसने राम के गुणों और प्रभाव की प्रशंसा करते हुए रावण को उसके कुविचारों से रोकना चाहा। मारीच ने यह भी कहा कि मेरे जैसे बलशाली को राम ने मार भगाया और खर-दूषण-त्रिशिरा की भी उनके सामने पार नहीं बसाई तो तुम क्यों अपनी मौत बुलाते हो। किंतु रावण पर तो धुन सवार थी। उसने मारीच को बुरी तरह फटकारा और कहा कि अगर तुम मेरी सहायता नहीं करोगे तो मैं तुम्हें मार डालूंगा। मारीच को विवश होकर रावण की बात माननी पड़ी।

रावण और मारीच दोनों विमान के आकार के रथ पर बैठकर वन, पर्वत, नगरों, नदियों आदि को पार करते हुए दण्डकारण्य में आ पहुंचे। राम के आश्रम को संकेत से रावण ने मारीच को दिखाया।

मारीच अद्भुत हरिण का रूप धारण कर आश्रम के द्वार पर विचरने लगा। वह

उस समय बहुत ही आकर्षक लग रहा था। उसके सींगों के ऊपरी भाग इन्द्रनील मणि के बने जान पड़ते थे, मुखमंडल पर सफेद और काले रंग की बूदें थीं, मुख का रंग लाल कमल के समान था, कान नील कमल जैसे थे, गर्दन ऊंची और सुन्दर थी, पेट पर इन्द्रनीलमणि की आभा थी। दोनों ओर से महुए के सफेद फूल के समान दिखाई पड़ता था। शरीर का सुनहला रंग कमल के पराग की भांति था। खुर वैदूर्यमणि के समान, पिंडलियां पतली और पूंछ ऊपर से इन्द्रधनुषी जान पड़ती थी। चिकनी और मनोहारी देह नाना प्रकार की रत्नमयी बुंदकियों से पूर्ण थी।

इस प्रकार के आश्चर्यजनक हरिण का रूप बनाकर वह तरह-तरह की चेष्टाएं करता, उछलता-कूदता, कभी छिपता, कभी सामने आता वहां घूमने लगा। कुछ समय बाद वह सीता के सामने आया। ऐसा अद्भुत जीव देखकर उस पर मुग्ध हो जाना स्वाभाविक था। सीता ने उसे देखा और तुरन्त राम-लक्ष्मण को भी दिखाया। लक्ष्मण को ऐसा अद्भुत हरिण देखकर कुछ सन्देह हुआ, उन्होंने राम से कहा, 'मैं तो समझता हूं इस हरिण के रूप में मारीच ही यहां आया है। पृथ्वी पर कहीं भी ऐसा हरिण देखने-सुनने में नहीं आया, निश्चय ही यह माया है।' किन्तु मारीच के छल ने सीता की बुद्धि हर ली थी, अत: वे उस हरिण को लाकर देने की हठ करने लगीं। सीता के हठ के आगे राम विवश हो गए। उन्होंने उस हरिण को पकड़ने या मार डालने का निश्चय कर लक्ष्मण से कहा, 'मैं इस हरिण को जीवित या मृत अवश्य यहां लाऊंगा। मैं जाता हूं। तुम आश्रम पर रहकर सीता के साथ सावधान रहना। जटायु भी यहीं हैं, वे भी तुम लोगों की रक्षा में समर्थ हैं।'

राम शस्त्रास्त्र से सुसज्जित होकर उस हरिण को पकड़ने चल दिए। राम को आते देखकर लुकता-छिपता हरिण भागने लगा। राम भी उसका पीछा करते वन में भागने लगे। इस तरह वह हरिण रूप मारीच राम को आश्रम से बहुत दूर ले आया। वहां लाकर वह अपनी क्रीड़ाओं से राम को छकाने लगा। राम जब बहुत थक गये तो क्षुब्ध होकर उन्होंने उस पर बाण से प्रहार किया। बाण लगते ही वह भूमि पर हाहाकार करता हुआ गिर पड़ा। मरते समय मारीच ने अपना माया रूप त्याग दिया और अपने असली रूप में आ गया। फिर रावण के वचनों का स्मरण करके उसने सोचा, किस उपाय से सीता यहां लक्ष्मण को भेज दे और सूने आश्रम से रावण उसे हर ले जाए। उसे रावण का बताया उपाय याद आया। उसने राम के

स्वर में 'हा लक्ष्मण! हा सीते!' पुकारा और प्राण त्याग दिए।

राम को लक्ष्मण की याद आई और वे सीता तथा लक्ष्मण के लिए चिन्तित होने लगे। वे तत्काल ही आश्रम की ओर मुड़े।

उधर जब सीता के कान में राम का आर्तनाद(जो मारीच ने किया था) पड़ा तो वह आतुर होकर लक्ष्मण से कहने लगीं, 'लक्ष्मण! मैंने राम का आर्तनाद सुना है, मुझे लगता है, वे किसी संकट में हैं। उन्हें तुरन्त किसी सहायता की आवश्यकता है। तुम तुरन्त जाओ और उन्हें सुरक्षित यहां ले आओ।'

लक्ष्मण भाई के आदेश के कारण नहीं गये। सीता को बड़ा क्षोभ हुआ और वे कुपित होकर लक्ष्मण से कहने लगीं, 'लक्ष्मण! तुम मित्र के रूप में अपने भाई के शत्रु ही जान पड़ते हो, इसीलिए इस संकट की घड़ी में भी तुम उनके पास नहीं जा रहे। मैं जानती हूं, तुम मुझ पर अधिकार करने के लिए ही इस समय राम का विनाश चाहते हो। तुम्हारे मन में मेरे लिए लोभ हो गया है, अतः भाई के प्रति मोह नहीं रहा है।'

सीता के वचन सुनकर लक्ष्मण को बड़ा दुःख हुआ। उन्होंने सीता को समझाया कि राम स्वयं इतने समर्थ हैं कि संसार की कोई शक्ति उनका बाल भी बांका नहीं कर सकती। मैं उन्हीं की आज्ञा से आपकी रक्षा के लिए यहां ठहरा हूं।

लक्ष्मण की बातों से सीता और भी उत्तेजित हो उठीं और लक्ष्मण को फटकारते हुए बोलीं, 'अनार्य! निर्दयी! क्रूरकर्मी, कुलांगार! तेरी दुष्टता को मैं समझ गई हूं। तू मुझे प्राप्त करने के लिए ही राम के पीछे वन में चला आया। हो सकता है, तुझे भरत ने ही भेजा हो। पर याद रख, तेरा या भरत का मनोरथ सफल नहीं होगा। राम के बिना मैं तेरे सामने ही प्राण त्याग दूंगी।'

सीता की ये कठोर और रोंगटे खड़े कर देने वाली बातें सुनकर लक्ष्मण हाथ जोड़कर कहने लगे, 'देवि! मैं आपकी बात का उत्तर नहीं दे सकता, क्योंकि आप मेरे लिए पूजनीया देवी के समान हैं। फिर भी आपकी ये बातें मेरे कानों में तपाए हुए लोहे के समान जाकर लगी हैं। आपने मेरी सही बात पर भी यह कठोर वचन मुंह से निकाले। निश्चय ही आपकी बुद्धि मारी गई है और आप नष्ट होना चाहती हैं। धिक्कार है आपको, आप मुझ पर ऐसा संदेह करती हैं। अच्छा, अब मैं वहीं जाता हूं, जहां राम गये हैं। देवि! आपका कल्याण हो।'

लक्ष्मण ने झुककर सीता को प्रणाम किया और राम की खोज में निकल पड़े।

सीता अपहरण: लक्ष्मण के चले जाने पर रावण को अवसर मिल गया।

सीता अपहरण

वह संन्यासी का वेश धारण करके सीता के पास जा पहुंचा। जिस समय वह वहां पहुंचा सीता राम की याद में बैठी आंसू बहा रही थीं।

सीता की सुन्दरता देख रावण काम से पीड़ित हो उठा। वह माया रचने लगा और उसने वेद मंत्रों का उच्चारण करना आरम्भ कर दिया। जब सीता ने उधर देखा तो वह अनेक प्रकार से सीता के रूप की प्रशंसा करते हुए बोला, 'आप जैसी सुकुमारी अकेली इस भयानक जंगल में क्यों रह रही हैं ? आप कौन हैं ?'

सीता ने तपस्वी ब्रह्माण का अभिवादन किया और अपना पूरा परिचय दिया। फिर आसन देते हुए कहने लगीं, 'ब्रह्मन्! भोजन तैयार है, ग्रहण कीजिए। भोजन के पश्चात् अपना सही-सही परिचय दें और बताएं कि आप अकेले इस दण्डकारण्य में क्यों विचरण करते हैं ?'

रावण ने सीता के अपहरण का कठोर संकल्प करते हुए सीता से स्पष्ट कहा, 'सीते! जिसके नाम से देवता, असुर और मनुष्यों सहित तीनों लोक थर्रा उठते हैं, मैं वही राक्षसों का राजा रावण हूं। लंका मेरी राजधानी है। मेरी इच्छा है कि तुम मेरी पत्नी बनकर लंका में निवास करो। वहां हजारों दासियां तुम्हारी सेवा करेंगी।'

रावण ने अपने बल-पराक्रम और वैभव का बहुत तरह से वर्णन किया और सीता से अपने साथ चलने का हठ करने लगा। सीता रोष से भरकर कांपने लगीं। उन्होंने रावण को फटकारते हुए कहा, 'अभागे राक्षस! तू सिंहिनी का अपहरण करना चाहता है? जान पड़ता है तेरी मौत नजदीक आ गई है। कान खोलकर सुन ले, राम तेरे सहित सारे राक्षसों का नाश करने के लिए ही इस धरा पर आए हैं। अगर तू अपना और अपने कुटुम्बियों का भला चाहता है तो शीघ्र ही यहां से चला जा।'

सीता के ये वचन सुनकर रावण की आंखें क्रोध से लाल हो उठीं। उसने अपना तपस्वी रूप त्यागकर विकराल रूप धारण कर लिया और सीता के निकट जाकर उन्हें पकड़ लिया। उसी समय रावण का रथ भी आ पहुंचा। रावण ने शीघ्र ही सीता को उठाकर रथ में बिठा दिया और रथ को वहां से ले चला। सीता व्याकुल होकर 'हे राम! हे राम! ' पुकारने लगीं।

रावण सीता को आकाश मार्ग से ले चला। सीता की दशा एक पागल जैसी हो गई थी। वे ज़ोर-ज़ोर से विलाप करती हुई कहने लगीं, 'हे राम, हे लक्ष्मण! आप तो दुष्टों को दण्ड देने वाले हैं, फिर इस राक्षसराज से मेरी रक्षा क्यों नहीं करते! हाय! आज कैकेयी का मनोरथ सफल हो गया। रावण! तेरे सिर पर काल

नाच रहा है। उसीने तेरी विचार-शक्ति नष्ट कर दी है, इसीलिए तूने ऐसा पापकर्म किया है। तुझे श्रीराम से वह भयंकर दंड मिले, जिससे तेरे प्राणों का अन्त हो जाए।'

जटायु से युद्धः मार्ग में जाते हुए विलाप करती हुई सीता ने एक वृक्ष पर बैठे गृधराज जटायु को देखा। उसे देखकर वे करुण क्रंदन करती हुई कहने लगीं, 'आर्य! देखिए, यह पापी राक्षसराज अनाथ की भांति मुझे निर्दयतापूर्वक हरकर लिए जा रहा है। क्या आप इसे रोक नहीं सकते! आर्य! राम और लक्ष्मण को मेरे अपहरण का समाचार देना।'

जटायु उस समय सो रहे थे। उसी अवस्था में उन्होंने सीता की वह करूण पुकार सुनी। आंखें खोलकर उन्होंने रावण और सीता को देखा। पेड़ पर से ही उन्होंने रावण को ललकारा। शास्त्र और धर्म के हवाले दे-देकर पराई स्त्री के अपहरण को रोकने की चेष्टा की। पर रावण ने उसपर ध्यान नहीं दिया। जटायु ने कहा, 'रावण! यदि तुम शूरवीर हो तो मेरे साथ युद्ध करो। दो घड़ी ठहरो, राम तुम्हारा वध करेंगे।'

जटायु की ललकार सुनकर रावण उनकी ओर लपका। दोनों एक-दूसरे पर प्रहार करने लगे। रावण ने तरह-तरह के शस्त्रास्त्रों से जटायु को घायल कर दिया। उसने उनकी भुजाएं(पंख) काट डालीं। जटायु ने भी रावण को बड़ी क्षति पहुंचाई। उसके रथ को तोड़ डाला, सारथी को मार गिराया, घोड़े मार डाले, रावण का धनुष तोड़ डाला।

जटायु घायल होकर गिर पड़े थे। उन्हें घायल अवस्था में देख रावण प्रसन्न हुआ और सीता को लेकर चला । जाते हुए उसने जटायु पर अपनी तलवार से वार किया और उनके पैर तथा दोनों बाजू काट डाले जिससे जटायु की दशा प्राणान्त जैसी हो गई।

जटायु का अंत हुआ जानकर सीता 'हा राम! हा लक्ष्मण! ' कहकर रोने-कलपने लगीं। रावण उसी अवस्था में उन्हें लेकर आकाश-मार्ग से चल दिया।

रोती और रावण के चंगुल से निकलने का प्रयत्न करती सीता के शरीर से वस्त्राभूषण अलग हो-होकर भूतल पर गिरने लगे। सीता को उस समय कोई भी अपना सहायक नहीं दिखाई दे रहा था। मार्ग में उन्होंने एक पहाड़ की चोटी पर पांच श्रेष्ठ वानरों को बैठे देखा, तब उन्होंने यह सोचकर कि शायद इन्हीं से राम को किसी प्रकार का समाचार मिल सके अपनी सुनहरी रेशमी चादर में वस्त्र और

आभूषण रखकर उसे उनके बीच में फेंक दिया। रावण घबराहट में होने के कारण इस बात को नहीं जान सका।

सीता अशोक वाटिका में: वनों, पर्वतों, नदियों और सरोवरों को लांघता हुआ रावण सीता को लंका नगरी में ले आया। उसने सीता को अन्तः पुर में रखा। उसने राक्षसनियों से कहा, 'कोई भी स्त्री या पुरुष मेरी आज्ञा के बिना सीता को न तो देखने आए और न ही इनसे मिले। सीता को सब प्रकार की सुविधा मिले और किसी प्रकार का कष्ट न दिया जाए।'

इसके बाद रावण ने अपने आठ गुप्तचर राम की गतिविधियां जानने के लिए जनस्थान को भेज दिए। गुप्तचर भेजकर बड़ी उतावली से रावण पुनः अन्तः पुर आया और सीता को अपनी पत्नी बन जाने के लिए भांति-भांति से उन्हें समझाने लगा। उसने सीता को अपने अन्तःपुर के दर्शन कराए, अपने वैभव, शक्ति और सुरक्षित दुर्ग की प्रशंसा की और कहा,'सीते,'अब तुम राम के दर्शन का विचार छोड़ दो। राम में यहां तक पहुंच सकने की सामर्थ्य नहीं है। तीनों लोकों में भी मुझे ऐसा कोई नहीं दिखाई देता जो तुम्हें यहां से ले जा सके। अब लंका के इस विशाल राज्य का तुम्हीं पालन करो। मुझ जैसे राक्षस, देवता तथा सम्पूर्ण चराचर जगत् तुम्हारे सेवक बनकर रहेंगे। देवि! तुम्हारे इस कोमल और चिकने चरणों पर मैं अपने ये दसों मस्तक रख रहा हूँ। अब शीघ्र मुझ पर कृपा करो। मैं सदा तुम्हारे अधीन रहने वाला तुम्हारा दास हूं।'

सीता ने रावण की सारी बातें सुनीं और व्यथित होकर बीच में तिनके की ओट करके रावण को फटकारती हुई बोलीं, 'दुष्ट रावण! राम ही मेरे आराध्य और पति हैं। वे अपने भाई लक्ष्मण के साथ आकर तेरा नाश कर डालेंगे। मेरा अपहरण करने के कारण तेरे अपने लिए, सारे राक्षसों के लिए तथा इस अन्तः पुर के लिए विनाश की घड़ी निकट आ गई है। अरे राक्षस! तू इस जड़ शरीर को बांधकर रख या काट डाल। मैं स्वयं ही इस शरीर और जीवन की रक्षा नहीं चाहती!'

सीता की बातें सुनकर रावण ने तरह-तरह के भय दिखाये और अन्त में बोला, 'मैं तुम्हें बारह महीने का समय देता हूं। इतने समय में यदि तुम अपनी इच्छा से मेरे पास नहीं आओगी तो मेरे रसोइये सवेरे का कलेवा तैयार करने के लिए तुम्हारे शरीर के टुकड़े-टुकड़े कर डालेंगे।'

फिर रावण ने भयंकर रूप वाली राक्षसनियों को बुलाकर उनसे कहा, 'तुम

लोग सीता को अशोक वाटिका में ले जाओ। वहां इसे तरह-तरह के कष्ट देकर इसका अहंकार दूर करो। और देखना, तनिक ध्यान पूर्वक इसकी रक्षा भी करना।'

रावण की आज्ञा पाकर वे सीता को अशोक वाटिका ले आईं। अशोक वाटिका बहुत सुन्दर थी और भांति-भांति के फल-फूलों और पक्षियों से पूर्ण थी। परन्तु सीता को वहां पहुंचते ही मूर्च्छा आ गई और वे राम-लक्ष्मण का स्मरण करती हुई भूमि पर गिर पड़ीं।

सीता की खोज में बिलखते राम: इच्छानुसार मृग का रूप धारण करने वाले मारीच का वध करके राम जल्दी-जल्दी डग भरते आश्रम की ओर चल पड़े। मार्ग में अनेक प्रकार के अपशकुन हुए, जिनसे राम की चिन्ता बढ़ गई। इतने ही में उन्हें लक्ष्मण अपनी ओर आते दिखाई दिये। लक्ष्मण के मुख की कान्ति फीकी पड़ गई थी। दुःख और विषाद में डूबे लक्ष्मण ने राम से भेंट की। राम ने सीता को निर्जन वन में अकेली छोड़ आने के लिए फटकारा। लक्ष्मण ने सारी बात बता दी और अपने-आपको निर्दोष कहा। राम ने पूछा, 'सीता इस समय कहां है ? यदि आश्रम में जाने पर सीता प्रसन्न मुख से सामने आकर मुझसे बात नहीं करेगी तो मैं जीवित नहीं रहूंगा। बताओ लक्ष्मण! जिसके बिना मैं दो घड़ी भी जीवित नहीं रह सकता, जो मेरे प्राणों की सहचरी है, वह तपाये हुए सोने की भांति शुद्ध और पवित्र सीता कहां है?'

लक्ष्मण से इस प्रकार कहते हुए राम बड़ी उतावली से आश्रम पर गये। वहां कुटिया सूनी देख उनका मन बेचैन हो उठा। वे बड़ी बेचैनी से इधर-उधर हाथ-पैर पटकते सीता की खोज करने लगे। उन्होंने आश्रम का कोना-कोना खोज मारा। जब कहीं भी सीता नहीं दिखाई दी तो राम विलाप करते हुए कहने लगे, 'हाय! सीता को किसी ने हर तो नहीं लिया। उसकी मृत्यु तो नहीं हो गई। वह कहीं सो तो नहीं गई, उसे किसी राक्षस ने खा तो नहीं लिया, कहीं वह छिप तो नहीं गई, या फल-फूल लाने के लिए किसी वन की ओर तो नहीं चली गई!' इस प्रकार 'कलपते-कराहते राम ने सीता को वन में चारों ओर खोजा, किन्तु कहीं भी सीता का पता न चला।

रोते-रोते राम की आंखें लाल हो गईं। उनकी दशा पागल के जैसी हो गई। वृक्ष, लता, नदी, पर्वत, पशु-पक्षी सबसे सीता के बारे में पूछते हुए वे उन्मत्त-से वन में घूमने लगे। लक्ष्मण के साथ चप्पा-चप्पा छान लेने पर भी जब सीता न

मिली तो उनकी व्याकुलता और बढी। लक्ष्मण से रोते हुए उन्होंने भांति-भांति से अपनी व्यथा प्रकट की। वे कहने लगे, आज कैकेयी का मनोरथ सफल हुआ। आज सारा संसार मुझे पराक्रमहीन और निर्दय कहेगा। जब मैं अयोध्या लौटूंगा तो किसको क्या उत्तर दूंगा ? जनकजी को कैसे मुंह दिखाऊंगा ? लक्ष्मण! अब तुम मुझे अकेले वन में छोड़ अयोध्या को लौट जाओ। सब माताओं को प्रणाम कहना और उनकी रक्षा करते रहना। भरत से भी कह देना कि वही अब पृथ्वी का पालन करे।'

राम की व्यथा देखकर लक्ष्मण घबरा गये। अंत में उन्होंने कोई उपाय न देख राम को धीरज बंधाते हुए कहा, 'आर्य! आप शोक छोड़कर धैर्य धारण करें। सीता को खोज के लिए मन में उत्साह रखें, क्योंकि उत्साही मनुष्य अत्यन्त संकट की घड़ी में भी दु: खी नहीं होते हैं।' लक्ष्मण की बात अनसुनी कर राम ने लक्ष्मण को एक बार गोदावरी तट पर सीता को देख आने के लिए भेजा। लक्ष्मण के निराश लौटने पर राम स्वयं वहां गये। उन्होंने सब जगह सीता की खोज की, पर कहीं भी सीता का पता न चला।

पंचवटी का परित्याग: निराश राम ने लक्ष्मण से कहा कि चलो यहां से चलकर अब कहीं सीता की खोज करेंगे। मन्दाकिनी नदी, जन-स्थान तथा प्रस्रवण पर्वत सभी स्थानों पर मैं बार-बार घूमकर सीता की खोज करूंगा।

राम और लक्ष्मण पंचवटी से चल पड़े तो मार्ग में उन्हें हरिणों का झुंड दिखाई दिया। उन्हें देखकर राम उनकी चेष्टाओं से शंका में पड़ गये। राम ने उनसे भी पूछा, 'बताओ सीता कहां है ?'राम की आवाज सुनकर हरिण खड़े हो गये और आकाश की ओर मुंह करके दक्षिण दिशा की ओर दौड़ चले। उन्हें देखकर लक्ष्मण ने राम से कहा, 'आर्य! मृगों का संकेत है कि हमें नैऋृत्य दिशा की ओर जाना चाहिए। संभव है उधर जाने पर हमें सीताजी के दर्शन हो जाएं या उनके बारे में कोई समाचार ही मिल जाये।'लक्ष्मण की सलाह मानकर राम लक्ष्मण को लेकर उस दिशा की ओर चल पड़े।

कुछ दूर जाने पर उन्हें पृथ्वी पर पड़े हुए कुछ फूल दिखाई दिये। राम ने वे फूल पहचान लिये। वे सीता की वेणी में लगाये जाने वाले फूल थे। राम पागलों की भांति नदी-पर्वत से सीता का पता पूछते आगे बढ़े। इतने ही में प्रस्रवण गिरि और गोदावरी के समीप की भूमि पर उन्हें राक्षस का विशाल पदचिह्न उभरा हुआ दिखाई पड़ा। उसके साथ ही घबराकर इधर-उधर भागती सीता के पदचिह्न भी

दिखाई दिये। राम ने वहां टूटे धनुष, तरकस और टूटे-फूटे रथ के टुकड़े पड़े देखे। उन्हें देखकर राम व्यग्र हो उठे। फिर इधर-उधर ध्यान से देखते हुए राम लक्ष्मण से कहने लगे, 'लक्ष्मण! देखो ये सीता के आभूषणों में लगे हुए सोने के धुंघरू बिखरे पड़े हैं। उसके नाना प्रकार के हार भी टूटे पड़े हैं। और रक्त की बूंदों से लाल हुई भूमि को देखो! मुझे तो लगता है कि राक्षसों ने सीता को मारकर टुकड़े-टुकड़े करके आपस में बांटा और खाया होगा। लक्ष्मण! आज मेरे क्रोध से त्रिलोक में कोई भी जीवित नहीं बचेगा।'

व्यथित और क्रुद्ध राम को लक्ष्मण ने समझाया, 'आर्य! एक के अपराध के लिए अनेक का नाश करना कहां की बुद्धिमानी है ? हमें वास्तविक अपराधी का पता लगाकर उसे दण्ड देना चाहिए।' राम लक्ष्मण से सहमत हुए और फिर दोनों भाई आगे की ओर बढ़े।

जटायु से भेंट: वन में विचरते हुए थोड़ी ही दूर आगे जाने पर उन्हें पर्वत के समान विशाल देह वाले जटायु दिखाई पड़े। राम ने समझा कि यह गिद्ध कोई राक्षस ही है, जिसने सीता को खा लिया है। राम जटायु की ओर बाण का निशाना लगाते हुए बढे। इसी समय जटायु ने अपना परिचय दिया और मुंह से रक्त उगलते हुए कहा, 'आयुष्मान् ! इस वन में तुम जिसकी खोज कर रहे हो उस सीता का मेरे प्राणों के साथ ही रावण ने हरण कर लिया है। तुम्हारे और लक्ष्मण के न रहने पर रावण आया और सीता को अकेली देखकर हरकर ले जाने लगा। मेरा और उसका भयानक युद्ध हुआ। मैंने भी रावण को भारी क्षति पहुंचाई। उसने मुझे भयानक रूप से घायल कर दिया है। अब मेरा अन्त समय निकट है।'

जटायु ने राम को रावण के जाने की दिशा भी बताई और प्राण त्याग दिये। राम और लक्ष्मण दोनों ही उसके समीप पृथ्वी पर बैठ गये और पिता के समान उसके प्रति आदर प्रकट किया। राम ने जटायु के शरीर पर प्रेम से हाथ फेरा और उनकी देह की धूलि अपनी जटाओं से झाड़ी।

फिर दोनों भाइयों ने अपने हाथ से चिता तैयार की और जटायु का दाह-संस्कार किया। गोदावरी नदी के तट पर दाह-संस्कार, तर्पण व जलांजलि आदि देकर स्नान-ध्यान कर दोनों भाई वन में आगे की ओर बढ़ चले।

कबन्ध का संहार: धनुष, बाण और तलवार धारण किये हुए राम-लक्ष्मण दक्षिण-पश्चिम दिशा की ओर आगे बढ़ते हुए एक ऐसे मार्ग पर जा पहुंचे जिस

पर लोगों का आना-जाना नहीं होता था। वह मार्ग वृक्षों, झाडियों और लताओं से ढका हुआ था और बहुत ही दुर्गम, गहन और भयंकर था। उसे तेज़ी से पार करते हुए दक्षिण दिशा की ओर मुंह किए भयानक वन को पार कर गये। तीन कोस दूर जाने पर क्रौंचारण्य नामक गहन वन के भीतर दाखिल हुए। उसके भीतर सीता की खोज करते हुए फिर तीन कोस पूर्व की ओर जाकर मतंग मुनि के आश्रम पहुंचे। वहां उन्हें एक गहरी गुफा दिखाई दी। गुफा के समीप जाने पर उन्हें अधोमुखी नामक राक्षसी का सामना करना पड़ा। अधोमुखी ने भी शूर्पणखा की भांति राम के आगे प्रस्ताव रखा, परिणामस्वरूप उसकी भी वही दशा हुई जो शूर्पणखा की हुई थी।

अधोमुखी को दण्ड देकर दोनों भाई वन में आगे बढ़े चले जा रहे थे तो सहसा उन्हें बहुत ही भयंकर शब्द सुनाई पड़ा, जिससे सारा जंगल कांप उठा। तेज आंधी चलने लगी। भाई के साथ हाथ में तलवार लिये राम उस शब्द का पता लगाना ही चाहते थे कि एक चौड़ी छाती वाले विशालकाय राक्षस पर उनकी दृष्टि पड़ी। वह बड़ा विचित्र था। उसके न गला था, न मस्तक। कबन्ध(धड़) मात्र ही उसका स्वरूप था और उसके पेट में ही मुंह बना हुआ था।

दोनों भाई जब उसके निकट पहुंचे तो वह उनका रास्ता रोककर खड़ा हो गया। धड़मात्र स्वरूप के कारण ही उसका नाम कबन्ध था। उसने आगे बढ़कर अपनी मजबूत भुजाओं से दोनों भाइयों को पकड़ लिया। दोनों ही विवशता का अनुभव करने लगे। छूटने का उपाय सोचते हुए दोनों आपस में बातें कर रहे थे कि कबन्ध ने उनसे कहा, 'बताओ, तुम दोनों कौन हो और यहां क्यों आये हो ? मुझे इस समय बहुत भूख लगी है, मैं तुम दोनों को मारकर खा जाऊंगा।'

कबन्ध की यह बात सुनकर दोनों भाइयों ने आपस में विचार किया और अपनी तलवारों से उसकी भुजाएं काट डालीं। भुजाओं के कट जाने पर खून में लथपथ वह राक्षस दिशाओं को गुंजाने वाला भयानक शब्द करता हुआ पृथ्वी पर गिर पड़ा। बड़ी दीन वाणी में उसने पूछा, 'वीरो! तुम दोनों कौन हो ?'

लक्ष्मण ने कबन्ध को दोनों का परिचय दिया और अब तक की सारी कथा सुनाकर वन में घूमते रहने का कारण बताया। कबन्ध ने कहा, 'वीरो! आप दोनों का स्वागत है। ये दोनों भुजाएं मेरे लिए बन्धन थीं, आपने इन्हें काटकर मुझ पर बड़ा उपकार किया है।' इसके बाद कबन्ध ने अपनी पूरी राम-कहानी कह सुनाई और निवेदन किया कि मेरी मृत्यु के बाद आप मेरा दाह-संस्कार कर दें। अगर इस

अन्तिम समय मैं आपके कुछ काम आ सकूं तो अपने-आपको धन्य समझूंगा।' राम ने केवल सीता के बारे में कबन्ध से पूछा। कबन्ध राक्षसी रूप छोड़कर दिव्य रूप में आ गया। उसका हृदय शुद्ध हो चुका था। उसने कहा, 'सीता के समबन्ध में स्वयं मुझे कुछ भी पता नहीं है, लेकिन मैं आपको ऐसे व्यक्ति का पता बताता हूं, जिससे इस दिशा में आपको बहुत सहायता मिलेगी। आप पम्पासंरोवर तक फैले ऋष्यमूक पर्वत पर जाएं। वहां अपने भाई बाली से पीड़ित सुग्रीव रहता है। वह बहुत शक्तिशाली, बुद्धिमान्, सत्यप्रतिज्ञ, विनम्र और कार्यकुशल है। आप उससे मित्रता करें। वह सीता को कहीं से भी खोज लाएंगे, चाहे वे मेरु-शिखर पर हों, चाहे पाताल में।'

कबन्ध ने उन्हें वहां जाने का मार्ग बता दिया। उसके प्राण त्याग देने पर राम-लक्ष्मण ने उसका संस्कार किया और वहां से चल पड़े।

शबरी से भेंट: दोनों भाई वहां से पश्चिम होते हुए पम्पासरोवर पहुंचे। पम्पासरोवर के पूर्व भाग में ऋष्यमूक पर्वत था। वहां की शोभा अभूतपूर्व थी। सरोवर के पश्चिम तट पर मतंग वन में शबरी का आश्रम था। उस आश्रम की शोभा देखते हुए दोनों भाइयों ने शबरी से भेंट की। शबरी सिद्ध तपस्विनी थी। उन दोनों भाइयों को आश्रम पर आया देख उसने उनके चरणों में प्रणाम किया और हाथ जोड़कर खड़ी हो गई। स्वागत-सत्कार स्वीकार करने के पश्चात् राम ने शबरी से पूछा, 'तपस्विनी! क्या तुमने सारे विघ्नों पर विजय पा ली है? तुम्हारे मन में सुख-शान्ति तो है न? क्या तुमने गुरुजनों की सेवा का फल पा लिया है?'

राम से निवेदन करती हुई शबरी उनके आगे नतमस्तक ले गई, 'राम! आपके दर्शन पाते ही मुझे अपनी तपस्या सफल हुई जान पड़ती है। आज मेरा जन्म सफल हुआ और गुरुजनों की पूजा भी सफल हो गई। अब मुझे आपकी कृपा से मोक्ष भी मिलेगा।'

शबरी ने कन्द-मूल, फल-फूल से राम-लक्ष्मण को तृप्त किया और आस-पास के वन की शोभा के दर्शन कराये। राम-लक्ष्मण ने महर्षि मतंग का आश्रम और वह यज्ञ-मंडप भी देखा जहां तपोवन के ऋषियों ने तपस्या द्वारा अपनी आयु पूरी करके यज्ञ की अग्नि में स्वेच्छा से अपने प्राणों का परित्याग किया था।

शबरी ने राम से निवेदन किया, 'भगवन्! आपने सारा वन देख लिया और यहां से सम्बन्धित सभी बातों की जानकारी भी प्राप्त कर ली। अब मैं आपकी

आज्ञा लेकर इस देह का परित्याग करना चाहती हूं। जिनका यह आश्रम है और मैं जिनकी दासी हूं उन्हीं पुण्यात्मा महर्षि मतंग की सेवा में जाना चाहती हूं।'

राम ने कहा, 'भद्रे! तुमने मेरा बड़ा स्वागत-सत्कार किया। मैं बहुत ही प्रसन्न हूं। अब तुम अपनी इच्छानुसार अपने मनचाहे लोक की यात्रा करो।'

राम के इस प्रकार आज्ञा देने पर मस्तक पर जटा और शरीर पर चीर एवं काला मृग-चर्म धारण करने वाली शबरी ने विधिपूर्वक अपना शरीर अग्नि को समर्पित कर दिया।

शबरी के परलोक-गमन करने पर राम ने लक्ष्मण से पम्पासरोवर के तट पर जाने की इच्छा प्रकट की। पम्पासरोवर पहुंचकर स्नान-ध्यान किया। आस-पास की शोभा देखकर राम को सीता की याद हो आई और वे बेचैन हो उठे। उन्होंने लक्ष्मण से सुग्रीव के पास शीघ्र पहुंचने के लिए कहा।

किष्किन्धा कांड

सुग्रीव तथा वानरों का भयभीत होनाः पम्पासरोवर के पास की भूमि फूलों-फलों, पक्षियों से बहुत अधिक सुसज्जित और आकर्षक थी। वसन्त ऋतु आने से प्रकृति मन में भांति-भांति के मनोविकार जगा रही थी। राम ने व्याकुल होकर लक्ष्मण को प्रकृति की शोभा दिखाते हुए अपनी व्यथा का बखान किया। राम ने कहा, 'प्रकृति की शोभा मन को हरने वाली है, फिर भी मैं इस समय भरत के दुःख और सीता-हरण की चिन्ता से शोक से सन्तप्त हो रहा हूं। मानसिक वेदनाएं मुझे बहुत कष्ट पहुंचा रही हैं। सीता के साथ रहने पर जो-जो वस्तुएं मुझे मनोहारी जान पड़ती थीं, वे ही आज सीता के बिना दुः खदायी जान पड़ती हैं। लक्ष्मण! जिसने राज्य से वंचित होने और हताश हो जाने पर भी मेरा साथ नहीं छोड़ा, मेरे साथ भयानक जंगलों में भटकने के लिए चली आई, उस सीता के बिना मैं कैसे जीवित रहूंगा!'

भाई की पीड़ा का अनुमान करते हुए लक्ष्मण ने राम को समझाते हुए कहा, 'आर्य! आप अपने-आप को संभालिये, शोक मत कीजिए। आपको इस बात का भरोसा रखना चाहिए कि रावण त्रिलोक में कहीं भी जाकर छिप जाए वह हम लोगों के हाथ से मारा जाएगा। हमें उत्साह के साथ सीता जी की खोज में जुट जाना चाहिए। लक्ष्मण की बात मानकर राम आगे बढ़े।

ऋष्यमूक पर्वत के समीप विहार करने वाले वानरराज सुग्रीव पम्पा के निकट घूम रहे थे। उसी समय उन्होंने अद्भुत रूप वाले राम और लक्ष्मण को देखा। देखते ही उनके मन में यह भय हो गया कि हो-न-हो इन्हें मेरे शत्रु बाली ने ही भेजा होगा। फिर तो वे इतने डरे कि खाने-पीने आदि की भी सुधि न रही। वे अपने साथ अन्य वानरों को लेकर भय के कारण आश्रम में जा छिपे। फिर

वहां से निकल आस-पास के वानरों को पर्वत पर इकट्ठा कर सभा जोड़ी गई और अपना भय बताकर सुग्रीव ने भय से निपटने का उपाय पूछा।

सुग्रीव तथा अन्य वानरों को भयभीत देखकर बातचीत में कुशल हनुमान ने कहा, 'आपको बाली से भयभीत होने की जरूरत नहीं है, वह यहां नहीं आ सकता। यह बहुत सुरक्षित स्थान है। आप बुद्धि और विज्ञान से सम्पन्न हैं, अत: आपको दूसरों की चेष्टाओं को देखकर ही उसके अनुसार कार्य करना चाहिए।'

हनुमान की बात सुनकर सुग्रीव ने कहा, 'तुम ठीक कहते हो। राजाओं के बहुत-से मित्र होते हैं, अत: उन पर अविश्वास करना उचित नहीं है। प्राणिमात्र को छद्मवेष में विचरने वाले शत्रुओं को विशेष रूप से पहचानने की चेष्टा करनी चाहिए, क्योंकि वे दूसरों पर अपना विश्वास जमा लेते हैं, परन्तु स्वयं किसी का विश्वास नहीं करते और अवसर पाते ही उन विश्वासी पुरुषों पर ही प्रहार कर बैठते हैं। बाली इन सब बातों में बहुत ही कुशल है। इन बातों को ध्यान में रखते हुए तुम एक साधारण पुरुष की भांति इन दोनों पुरूषों के पास जाओ। उनकी चेष्टाओं, रूप और बातचीत से उन दोनों का यथार्थ परिचय प्राप्त करो।'

सुग्रीव का आदेश पाकर हनुमान राम-लक्ष्मण की ओर चल पड़े।

राम-सुग्रीव की मित्रता: हनुमान साधारण तपस्वी का वेष बनाकर राम-लक्ष्मण के समीप जा पहुंचे। विनीत भाव से प्रणाम करके मधुर वाणी में उनसे बात-चीत करने लगे। अनेक प्रकार से उनके रूप, गुण और बल की प्रशंसा करते हुए हनुमान ने उनसे उनका परिचय पूछा। बार-बार पूछने पर भी जब राम-लक्ष्मण कुछ नहीं बोले तो हनुमान ने कहा, 'वीरो! मेरे बार-बार पूछने पर भी आप कोई उत्तर नहीं दे रहे, इससे जान पड़ता है, आपके मन में कुछ संशय है। तो मैं ही पहले आपको यहां की स्थिति समझाता हूं। यहां सुग्रीव नामक श्रेष्ठ वानरराज निवास करते हैं। वे बड़े धर्मात्मा और वीर हैं। उनके भाई बाली ने उन्हें घर से, निकाल दिया है, अत: वे कहीं भी सुख-चैन नहीं पा रहे हैं। मैं उन्हीं के भेजने से यहां आया हूं। मेरा नाम हनुमान है। मैं भी वानर ज़ाति का ही हूं। धर्मात्मा सुग्रीव आप दोनों से मिलना चाहते हैं। मुझे आप लोग उन्हीं का मंत्री समझे। मुझमें। ऐसी शक्ति है कि मेरी जहां इच्छा हो जा सकता हूं और जैसा चाहूं रूप धारण कर सकता हूं। सुग्रीव की भलाई की इच्छा से मैं यहां ऋष्यमूक पर्वत से तपस्वी वेष में आया हूं।'

हनुमान से यह सब सुनकर राम का मुख प्रसन्नता से खिल उठा। वे लक्ष्मण

से बोले, 'लक्ष्मण! तुमने सब सुन-समझ लिया है। तुम स्नेहपूर्वक हनुमान से मधुर वाणी में बातचीत करो। मेरा विश्वास है कि हनुमान प्रकाण्ड पंडित हैं, क्योंकि जिसे ऋग्वेद की शिक्षा नहीं मिली, जिसने यजुर्वेद का अभ्यास नहीं किया तथा जो सामवेद का विद्वान् नहीं है, वह इस प्रकार सुन्दर भाषा में बात नहीं कर सकता। निश्चय ही इन्होंने समूचे व्याकरण का कई बार स्वाध्याय किया है, क्योंकि बहुत-सी बातें बोल जाने पर भी इनके मुंह से एक भी अशुद्ध शब्द नहीं निकला।'

लक्ष्मण ने राम के आदेश पर हनुमान से कहा, 'विद्वन्! आपसे पहले भी हमें महात्मा सुग्रीव के गुण मालूम हो चुके हैं, हम दोनों भाई उन्हीं की खोज में यहां आये हैं। हमें उनकी मित्रता स्वीकार है।' ऐसा कहकर लक्ष्मण ने अपना तथा राम का परिचय दिया और आदि से आज तक की सारी कहानी सुनाकर अपने यहां तक आने का प्रयोजन बताया और सीताजी को प्राप्त करने में सुग्रीव से सहायता मिलने की इच्छा प्रकट की। हनुमानजी ने उन्हें आश्वासन दिया और वे दोनों भाइयों को सुग्रीव के पास ले गये।

हनुमान द्वारा राम-लक्ष्मण का पूरा परिचय सुनकर और उनकी मित्रता की इच्छा जानकर सुग्रीव ने राम से कहा, 'भगवन्! हनुमानजी से मैं सब कुछ जान-सुन-समझ चुका हूं। आप मुझसे मित्रता करके मेरा ही भला करना चाहते हैं। इसमें मेरा ही सम्मान है। यदि मेरी मैत्री आपको पसन्द हो तो मेरा यह हाथ फैला हुआ है। आप इसे अपने हाथ में ले लें और ऐसी मर्यादा निश्चित कर दें जिससे मित्रता का अटूट सम्बन्ध बना रहे।'

राम ने प्रसन्नता से सुग्रीव का हाथ अपने हाथ में लेकर दबाया और उन्हें गले से लगा लिया। दोनों अग्नि की साक्षी में मित्र बन गये। सुग्रीव ने आदरपूर्वक राम को आसन पर बिठाया और अपनी व्यथा बताई, 'राम! आप मेरे प्रिय मित्र हैं। आज से हम दोनों के सुख-दुः ख एक हैं। मेरे बड़े भाई बाली ने मेरी स्त्री का हरण कर मुझे घर से निकाल दिया है। उसीसे भयभीत होकर मैं इस दुर्गम वन में रहता हूं। अब आप ऐसा उपाय करें जिससे मेरा भय दूर हो।'

सुग्रीव की बातें सुनकर राम ने विश्वास दिलाते हुए सुग्रीव को वचन दिया, 'मैं तुम्हारी पत्नी का अपहरण करने वाले ब्राली का वध करूंगा।' सुग्रीव आश्वस्त होकर राम से बोले, 'आप शोक त्याग दीजिए। मैं आपकी पत्नी सीता को पाताल से भी खोज लाऊंगा।'

इसके बाद सुग्रीव अन्दर गुफा में गये और चादर में बंधे वे वस्त्राभूषण ले

आये, जो सीता ने आकाश-मार्ग से जाते हुए नीचे गिराये थे। उन वस्त्राभूषणों को राम के सामने रख दिया और कहा कि आप इन्हें पहचानें, ये भगवती सीता के ही वस्त्राभूषण हैं। उन्हें देखकर राम की आंखों में आंसू उमड़ आये। विलाप करते हुए राम ने लक्ष्मण से कहा कि भाई, इन्हें पहचानो। लक्ष्मण ने राम से कहा, 'भैया! मैं इन बाजूबन्दों को तो नहीं जानता और न ही इन कुण्डलों को पहचानता हूं, परंतु प्रतिदिन भाभी के चरणों में प्रणाम करने के कारण मैं इन नूपुरों को अवश्य पहचानता हूं।'

राम ने सुग्रीव से कहा, 'वानरराज! जिस निशाचर ने मुझे धोखे में डालकर मेरा अपमान करके मेरी प्रियतमा का वन से अपहरण कर लिया है, वह मेरा घोर शत्रु है। तुम उसका पता बताओ, मैं अभी उसे यमराज के पास पहुंचाता हूं।'

राम की पीड़ा देखकर सुग्रीव की आंखें आंसुओं से तर हो गईं। सुग्रीव ने राम को एक बार फिर सीता को लाने का आश्वासन दिया। राम ने सुग्रीव से जानना चाहा कि बाली से शत्रुता का मुख्य कारण क्या है ? इस पर सुग्रीव ने विस्तार से बताया, 'राम! बाली मेरे बड़े भाई हैं। उनमें शत्रुओं का संहार करने की अद्भुत शक्ति है। मेरे पिता ॠक्षराज उन्हें बहुत मानते थे। बैर से पहले मेरे मन में भी उनके प्रति बहुत आदर-भाव था। पिता की मृत्यु के बाद मंत्रियों ने उन्हें बड़ा समझकर राजा बनाया। राजा बनकर वे किष्किन्धा के विशाल राज्य का शासन चलाने लगे। मैं सेवक की भांति उनकी सेवा में रहने लगा। उन दिनों मायावी नामक एक तेजस्वी दानव रहता था, जो मय दानव का पुत्र और दुन्दुभी का बड़ा भाई था, उसके साथ बाली का स्त्री के कारण बैर हो गया। एक दिन आधी रात के समय जब सब लोग सो गये मायावी किष्किन्धापुरी के द्वार पर आया और क्रोध से भरकर गर्जने तथा युद्ध के लिए बाली को ललकारने लगा। बाली उस समय सो रहे थे। ललकार सुनकर उनकी नींद खुल गई और वे तत्काल क्रोध में भरकर घर से निकल पड़े। मैंने तथा अन्त:पुर की स्त्रियों ने बाली को रोकना चाहा, पर वे नहीं रुके। हारकर मैं भी बाली के पीछे-पीछे चला। हम दोनों को देखकर वह मायावी डरकर भागा। हम दोनों ने उसका पीछा किया। बहुत दूर जाने पर वह राक्षस एक बहुत बड़े बिल में जा घुसा। हम दोनों बाहर ही ठहर गये। मायावी को बिल में घुसा देखकर बाली को बड़ा क्रोध आया। उन्होंने मुझसे कहा, सुग्रीव,जब तक मैं इस बिल के भीतर घुसकर उसे मारकर न आऊं, तब तक तुम यहीं खडे रहना। वे बिल के भीतर चले गये और मैं बाहर खड़ा उनकी

प्रतीक्षा करने लगा। बहुत लम्बा समय बीत जाने पर भी बाली बाहर नहीं आया। उसे देखकर मैं घबरा गया। मैंने समझा कि मायावी ने मेरे भाई को मार डाला है और वह राक्षस बाहर निकलकर मुझे भी मार डालेगा। मैंने रक्षा के लिए उस बिल के द्वार पर पर्वत की एक बड़ी चट्टान रख दी और बिल का द्वार बंद करके भाई को जलांजलि देकर किष्किन्धा लौट आया। मंत्रियों को जब इस बात का पता चला तो उन्होंने मुझे राजा बना दिया। कुछ समय बाद बाली उस राक्षस को मारकर घर लौटे और मुझे राज्य करते देख क्रोध से भर उठे। मैंने बहुत समझाया, पर वे नहीं माने। उन्होंने मंत्रियों को कैद कर लिया और मेरी स्त्री को छीनकर मुझे एक ही वस्त्र में घर से निकाल दिया। तब से आज तक मैं वन में भटकता फिरता हूं।'

राम ने सारी बातें ध्यान से सुनीं और सुग्रीव को दिये गये अपने वचन की याद दिलाई। सुग्रीव ने कहा, 'निस्सदेह आपमें तीनों लोकों को भस्म करने की शक्ति है, लेकिन बाली का जैसा पुरूषार्थ है, उसमें जैसा बल और जैसा धैर्य है, वह सब ध्यान से सुन लीजिए। उसके बाद उचित हो कीजिएगा। बाली सूर्योदय के पहले ही पश्चिम समुद्र से पूर्व समुद्र तक और दक्षिण सागर से उत्तर तक घूम आता है, फिर भी वह थकता नहीं है। पर्वतों की चोटियों पर चढ़कर बड़े-बड़े शिखरों को बलपूर्वक उठा लेता है और ऊपर को उछालकर फिर उन्हें हाथों में थाम लेता है। बाली ने महाबलशाली दुन्दुभी राक्षस को और गोलभ नामक गन्धर्वराज को परास्त किया है। वह सामने देखिए, ये साल के विशाल तथा मोटे सात वृक्ष हैं, बाली इनमें से सबको बलपूर्वक हिलाकर सबके पत्ते झाड़ सकता है।'

सुग्रीव की यह बात सुनकर लक्ष्मण को बड़ी हंसी आई। वे हंसते हुए ही सुग्रीव से बोले, 'सुग्रीव, बताओ तुम्हें किस बात से विश्वास हो सकता है, जिससे राम बाली को मार सकेंगे।'

सुग्रीव बोले, 'बाली एक-एक करके इन सातों वृक्षों को कई बार बींध चुका है। अगर राम इनमें से किसी एक वृक्ष को एक ही बाण से छेद डालेंगे तो इनका पराक्रम देखकर मुझे बाली के मारे जाने का विश्वास हो जाएगा। या ये दुन्दुभी राक्षस की हड्डी को एक ही पैर से उठाकर दो सौ धनुष की जितनी दूरी तक फेंक दें तब भी मुझे विश्वास हो जाएगा कि राम बाली को मार सकेंगे।

सुग्रीव की बातें सुनकर राम मुसकुराये और उन्होंने बड़ी सरलता से दुन्दुभी राक्षस के कंकाल को सुग्रीव की कल्पना से भी अधिक दूरी पर फेंक दिया। फिर उन्होंने धनुष पर बाण चढ़ाकर उसे साल वृक्ष की ओर छोड़ दिया। उस बाण ने

एक ही साथ सातों वृक्षों को छेद डाला और बाण चक्कर खाता हुआ राम के पास वापस लौट गया।

राम के इस पराक्रम और अलौकिक धनुर्विद्या को देखकर सुग्रीव आश्चर्य और प्रसन्नता से भर उठा। उसने धरती पर माथा टेककर राम को साष्टांग प्रणाम किया।

बाली का वधः सुग्रीव ने प्रणाम के बाद राम से कहा, 'प्रभु, मैं हाथ जोड़ता हूं, आप आज ही बाली का वध कर डालें और मुझे निर्भय करें।' राम ने सुग्रीव को गले से लगा लिया और बोले, 'हम लोग शीघ्र ही इस स्थल से किष्किन्धा को चलते हैं। तुम आगे जाओ और जाकर बाली को ललकारो।'

उसके बाद वे सब बाली की राजधानी किष्किन्धापुरी गये और वहां गहन वन के भीतर वृक्षों की आड़ में अपने-आपको छिपाकर खड़े हो गये।

सुग्रीव ने कमर कस ली और दिशाओं को कंपाने वाला गर्जन करने लगा। गर्जन सुनकर बाली को बड़ा क्रोध आया। वह तेजी से घर से निकला और सुग्रीव से जा भिड़ा। दोनों में घनघोर युद्ध हुआ। तमाचों और मुक्कों का वार करते हुए दोनों एक-दूसरे को मार डालने का यत्न करने लगे। तभी राम ने हाथ में धनुष लेकर उस पर बाण चढ़ाया, लेकिन दोनों भाई एक जैसे थे, अतः राम यह फैसला नहीं कर पाये कि इनमें सुग्रीव कौन है और बाली कौन। इसलिए उन्होंने बाण छोड़ने का इरादा छोड़ दिया। इस बीच सुग्रीव के पैर उखड़ गये। और वह अपने रक्षक राम को न देख ऋष्यमूक पर्वत की ओर भाग गये। लहूलुहान और मार के कारण थके हुए सुग्रीव का बाली ने पीछा किया, पर सुग्रीव हाथ नहीं आये और मतंग मुनि के आश्रम में जा पहुंचे। बाली शाप के कारणं वहां नहीं जा सकता था। वह वहां से लौट आया।

राम भी लक्ष्मण के साथ उधर ही चले। दोनों को अपने निकट आया देख सुग्रीव को बड़ी लज्जा आई। वह पृथ्वी की ओर देखता हुआ दीन वाणी में राम से बोला, 'आपने अपना पराक्रम दिखाकर बाली से लड़ने के लिए भेज दिया और मुझे शत्रु से पिटवाया। स्वयं जाकर छिप गये। आपने ऐसा क्यों किया? आप अगर तभी सच-सच बता देते कि आप बाली को नहीं मारेंगे तो मैं वहां जाता ही नहीं।'

सुग्रीव की परेशानी समझकर राम ने कहा, 'मित्र! तुम व्यर्थ नाराज हो रहे हो। सच तो यह है कि तुम दोनों भाई चाल-ढाल, कद, वेषभूषा, बोलचाल, चेष्टा, बल

और रंग में एक-दूसरे से इतने अधिक मिलते-जुलते हो कि मुझे बाली की पहचान करना कठिन हो गया। भूल से अगर बाण तुम्हें जा लगता तो बड़ा भारी पाप हो जाता। तुम शंका मत करो, चलकर फिर से युद्ध करो। और लो, यह गजपुष्पी लता अपने गले में डाल लो, जिससे तुम अलग ही पहचाने जा सकोगे। अब की बार तुम देखोगे कि मेरे एक ही बाण से बाली भूमि पर लेटता दिखाई देगा।'

सुग्रीव को भरोसा हो गया और वह राम-लक्ष्मण के साथ पुनः किष्किन्धा आ गये। सुग्रीव ने आगे बढ़कर पहले की भांति फिर से गर्जन किया। बाली इस समय अन्तः पुर में था, वहीं से उसने सुग्रीव का सिंहनाद सुना। वह पैर पटकता हुआ क्रोध से भरा बाहर निकला। बाली की पत्नी तारा घबरा उठी और उसने बाली से निवेदन किया'नाथ! इस समय आप क्रोध छोड़ दें और सुग्रीव से लड़ने न जाएं। कल सुबह युद्ध करें तो ठीक है। मेरा विश्वास है कि सुग्रीव किसी शक्तिशाली का सहारा लेकर दुबारा आये हैं, अत: उनके पराक्रम को तौलकर ही युद्ध के लिए जाना उचित होगा। कुछ दिन पहले मैंने अंगद से सुना था कि अयोध्या के बलशाली राजकुमार वन में आये हुए हैं। मेरा विश्वास है कि सुग्रीव ने उन्हीं से मित्रता कर ली है और उन्हीं के साथ आपसे युद्ध करने आये हैं। मेरा निवेदन है कि आप अपने छोटे भाई को राज्य सौंप दें और राम से मित्रता कर लें इसी में आपका कल्याण है।'

तारा की बातों का बाली पर कोई प्रभाव नहीं पड़ा, वह उसे फटकारता हुआ कहने लगा, 'तारा! क्या तू जानती नहीं है कि शुरवीरों के लिए शत्रु की ललकार को चुपचाप सह लेना मृत्यु से भी बढ़कर दुः खदायी है ? तुम चिन्ता न करो, मैं सुग्रीव को मारूंगा नहीं, युद्ध में उसे हराकर लौट आऊंगा। रही राम की बात, उनसे भी तुम्हें भयभीत नहीं होना चाहिए, क्योंकि वे धर्म के ज्ञाता और कर्त्तव्य-अकर्त्तव्य को भली प्रकार जानने वाले हैं, इसलिए पाप नहीं करेंगे।'

बाली ने तारा को लौटा दिया और स्वयं सुग्रीव से जा भिड़ा। दोनों में भयानक युद्ध होने लगा। मुक्कों और वृक्षों से एक-दूसरे पर वार करने लगे। बाली सुग्रीव के वार से घायल हो गया। उसने सुग्रीव पर पूरी शक्ति से वार किया। सुग्रीव उसे सहन न कर सका और मुंह से खून उगलने लगा। अपने को दुर्बल और असहाय पाकर उसने राम की ओर संकेत किया। राम ने सुग्रीव की दशा देखी और धनुष पर बाण चढ़ाकर उसे पूरे वेग से छोड़ दिया। वह बाण बाली की छाती में जाकर लगा। वह तत्काल भूमि पर गिर पड़ा तथा आंसू बहाता हुआ आर्तनाद

करने लगा।

राम ने जब बाली को इस अवस्था में देखा तो वे लक्ष्मण के साथ उसके समीप गये। बाली सब कुछ समझ गया और राम से बोला, 'रघुनंदन! आप महाराजा दशरथ के सुप्रसिद्ध पुत्र हैं। आपका दर्शन सबको प्रिय है। मैं आपसे युद्ध करने नहीं आया था, किन्तु जब मैं दूसरे के साथ युद्ध में उलझा हुआ था तो आपने मेरा वध कर डाला। भला इस प्रकार आपने कौन-सा पुण्य कमाया ? सब लोग आपके गुणों की प्रशंसा करते हैं। मैं भी आपके सद्गुणों पर विश्वास करके अपनी पत्नी तारा को समझा-बुझाकर उसके मना करने पर भी सुग्रीव से लड़ने चला आया। जब तक मैंने आपको नहीं देखा था, तब तक मैं यही समझता था कि आप धर्मज्ञ हैं और असवाधान व्यक्ति पर हमला नहीं करेंगे। पर आज मुझे मालूम हुआ कि आपकी बुद्धि भ्रष्ट हो गई है। आप दिखावे के लिए धर्म का चोला पहने हुए हैं, वास्तव में तो अधर्मी हैं। आपका आचार-व्यवहार पापपूर्ण है। आप घास-फूस के ढके हुए कुएं के समान धोखा देने वाले हैं। आप साधु पुरूषों का वेष धारण करने वाले पापी हैं। मैं नहीं जानता था कि आपने लोगों को छलने के लिए ही धर्म की आड़ ली है। जब मैं आपके राज्य या नगर में कोई उपद्रव नहीं कर रहा था और आपका तिरस्कार भी नहीं कर रहा था तब आपने बिना अपराध के मुझे क्यों मारा ?

'आपने स्वार्थ के लिए मुझे मारा है। अगर आपने मुझसे कहा होता तो मैं एक ही दिन में आपको सीता लाकर दे देता। अगर आपकी युद्ध की इच्छा थी तो सामने आकर मुझसे लड़ते, मैं आपकी युद्ध-पिपासा को शांत करता। पर अब तो आपको संसार कलंक ही देगा।' ऐसा कहकर बाली शांत हो गया।

राम ने बाली से कहा, 'बाली! धर्म क्या है, यह तुम स्वयं नहीं जानते। तुमने अपने जीवन में काम-वासना को ही प्रधानता दे रखी है, इसलिए तुम राजा के कर्म और धर्म का पालन नहीं करते। छोटा भाई पुत्र और शिष्य के समान होता है। तुम उसी छोटे भाई सुग्रीव की पत्नी रूमा का उपभोग करते हो, इसीलिए तुम पापाचारी हो। वह तुम्हारे लिए पुत्र-वधू के समान है, परंतु तुम उसीके साथ सहवास करते हो। तुम स्वेच्छाचारी और धर्मभ्रष्ट हो। लोकाचार और लोकविरुद्ध काम करने के कारण तुम दण्ड के योग्य हो। मैंने तुम्हारे अपराध का ही दण्ड दिया है। जो पुरूष अपनी कन्या, बहिन अथवा छोटे भाई की स्त्री के पास काम-बुद्धि से जाता है, उसका वध करना ही धर्म है।

हम राजा भरत की आज्ञा से धर्म की रक्षा के लिए यहां वन में घूम रहे हैं, उनके आदेश पर राजधर्म का पालन ही किया है। फिर हमने सुग्रीव से मित्रता कर उसे वचन दिया था कि उसे निर्भय करेंगे। हमने उसी प्रतिज्ञा का निर्वाह किया है। धर्म पर दृष्टि रखने वाले मनुष्य के लिए मित्र का उपकार करना ही धर्म माना गया है। ऐसी दशा में तुम्हें दण्ड देना धर्मानुकूल ही है। यह सब जानकर तुम्हें हमारे कर्म का अनुमोदन ही करना चाहिए।'

राम के तर्क सुनकर बाली का संशय और रोष जाता रहा। वह विनम्रता के साथ राम से प्रार्थना करने लगा, 'राम! आप ठीक कहते हैं। मैं वास्तव में पापी हूं। आपने मुझे दण्ड देकर मेरा उद्धार ही किया है। इस समय मुझे अपने या तारा के लिए शोक नहीं है, मैं तो अंगद के लिए चिंतित हूं। वह अभी बालक है। आपसे प्रार्थना है कि आप मेरे उस इकलौते पुत्र की रक्षा करें। आप लक्ष्मण और भरत की भांति ही सुग्रीव और अंगद पर प्रीति रखें। तारा का भी तिरस्कार न करें।

राम ने बाली को आश्वासन दिया और बाली मूर्च्छित हो गया।

तारा ने जब सुना कि उसका पति मारा गया है तो वह रोती-बिलखती और छाती पीटती, रास्ते में पूछती जैसे-तैसे बाली के निकट जा पहुंची। तारा के साथ अंगद भी था। वह भी रो रहा था । तारा आते ही अचेत होकर भूमि पर गिर पड़ी। सुग्रीव ने तारा और अंगद की दशा देखी तो वे विषाद से भर उठे।

तारा बाली से लिपटकर दिल को हिलाने वाला विलाप करने लगी। सब लोग इस दशा को देखते हुए चुप और दुःखी खड़े थे। किसी प्रकार हनुमान ने तारा को समझाया-बुझाया। तारा ने बाली के साथ प्राण त्यागने का निश्चय किया। बाली का समय निकट आ गया था। उसने पास खड़े अपने छोटे भाई सुग्रीव से कहा, 'भाई! मेरा अंत समीप आ गया है। मैंने तुम्हारे साथ जो अन्याय किया उसे भूल जाना। इस अन्त समय में मैं जो कुछ कहूंगा उसे कठिन होने पर भी अवश्य करना। मेरे बाद तुम ही अंगद के पिता हो, अतः हर प्रकार से इसकी रक्षा करना। तारा भी बहुत बुद्धिमती है, उसकी सलाह मानकर कार्य करना। और लो, मेरे गले की यह सुवर्णमाला भी धारण कर लो।' सुग्रीव ने माला ग्रहण कर ली और बाली की आज्ञा को शिरोधार्य किया। फिर बाली ने अंगद को भी समझाया कि वह सुग्रीव को पिता के समान माने और हर प्रकार से उसका साथ दे।

अंगद को समझाने के बाद बाली की आंखें घूमने लगीं और उसके दांत खुल गये। इसके साथ ही उसके प्राणपखेरू उड़ गये। बाली का देहावसान होते

ही चारों ओर हाहाकार मच गया। सुग्रीव भी भाई की बातें याद कर रोने लगे। राम-लक्ष्मण की भी आंखों में आंसू आ गये।

सुग्रीव और तारा की दशा बहुत दयनीय हो गई थी। तारा का विलाप किसी से देखा नहीं जाता था। सुग्रीव ने रोते-रोते राम से प्राण त्याग देने की आज्ञा मांगी। तारा भी विलाप करती हुई राम से अपने वध की प्रार्थना करने लगी। राम ने दोनों को बार-बार समझाया। राम ने तारा, सुग्रीव और अंगद को सन्त्वना देते हुए कहा, 'तुम लोग बहुत आंसू बहा चुके। अब उसकी कोई आवश्यकता नहीं है। शोक-सन्ताप करने से मरे हुए जीव की कोई भलाई नहीं होती, न ही वह लौटकर आता है। आगे जो कुछ कर्तव्य है उसका पालन करना चाहिए। उचित समय पर कर्म न किया जाए तो उसका कोई फल नहीं होता। सब कुछ काल के अधीन है, अतः बुद्धिमान् को काल देखकर कर्म करना चाहिए।'

राम की बातों से लोगों को कुछ धैर्य मिला। सब अपने-अपने कर्तव्य का पालन करने में लग गये। सारी व्यवस्था हो जाने पर चिता तैयार की गई। अंगद ने रोते-रोते सुग्रीव की सहायता से बाली का शव चिता पर रखा। दाह-संस्कार कर दिया गया। जलांजलि आदि कर्म से निवृत्त होकर सब लोग तुंगभद्रा नदी के तट पर आए।

सुग्रीव और अंगद का अभिषेक: बाली के सभी अन्तिम कर्म पूरे कर सब लोग सुग्रीव सहित राम की सेवा में उपस्थित हुए। हनुमान ने राम से प्रार्थना की कि वे किष्किन्धा पधारकर स्वयं अपने हाथों से सुग्रीव का अभिषेक करें। राम ने अपनी स्थिति स्पष्ट करते हुए हनुमान से कहा, 'हनुमान! मैं पिता की आज्ञा का पालन कर रहा हूं, इसलिए चौदह वर्ष पूरे होने तक किसी ग्राम या नगर में प्रवेश नहीं कर सकता। हां, मैं सुग्रीव के अभिषेक की अनुमति देता हूं। सुग्रीव से भी मेरा आग्रह है कि वे इसी समय अंगद को भी युवराज का पद प्रदान करें।'

सभी लोग इस प्रस्ताव से प्रसन्न हुए। फिर राम ने सुग्रीव से कहा, 'सुग्रीव! अब वर्षाकाल आ गया है। यह किसी पर चढ़ाई करने का समय नहीं है। कार्तिक आने पर तुम रावण के वध के लिए प्रयास करना। अब तुम अपने महलों को जाओ और अभिषेकपूर्वक प्रजा का पालन करो। मैं लक्ष्मण के साथ इसी पर्वत की गुफा में रहूंगा। यहां हवा, पानी और सुरक्षा की भी व्यवस्था है।'

राम की आज्ञा पाकर सुग्रीव तारा और अंगद के साथ किष्किन्धापुरी आ गये। वहां यथासमय विधिपूर्वक सुग्रीव और अंगद का अभिषेक किया गया।

हनुमान की चिन्ता और राम की चेतावनी: वर्षाकाल में प्रस्रवणगिरि पर रहते हुए राम-लक्ष्मण को बहुत समय बीत गया। वर्षा ऋतु की शोभा ने राम की व्यथा और भी बढ़ा दी। वे सीता के वियोग में बहुत व्याकुल रहने लगे। उधर उन्हें भरत की भी चिन्ता सताती रही। राम ने अनेक बार लक्ष्मण से अपने मन की पीड़ा कही। लक्ष्मण ने राम से शरद् ऋतु आने की प्रतीक्षा करने को कहा।

उधर हनुमान भी राम के लिए चिन्तित थे। शास्त्र की मर्यादा को जानने वाले हनुमान को यह बात भली भांति ज्ञात थी कि किस समय क्या काम करना चाहिए। और क्या नहीं। धीरे-धीरे वर्षाकाल बीत चला। हनुमान ने देखा कि आकाश निर्मल हो गया है, अत: अपने कर्तव्य का पालन करना चाहिए। उन्हें सुग्रीव के वचन की याद आई और वे सोचने लगे कि अपना काम निकल जाने पर सुग्रीव धर्म और अर्थ के संग्रह में शिथिलता दिखाने लगे हैं। अब वे अन्तः पुर में फंसे विलास में ही लगे रहते हैं। मंत्रियों के कन्धों पर राज्य का भार छोड़कर निश्चिन्त अन्तः पुर में मौज उड़ा रहे हैं। यह सब सोचकर हनुमान सुग्रीव के पास गये।

सुग्रीव के पास जाकर हनुमान ने प्रीतिपूर्वक उनसे कहा, 'राजन्! आपने राज्य और यश प्राप्त कर लिया तथा कुल-परम्परा से आई हुई लक्ष्मी को भी बढ़ाया, किन्तु अभी मित्रों को अपनाने का काम शेष रह गया है। उसे भी पूरा करना चाहिए। राम हमारे परम हितैषी हैं, उनकी पत्नी सीता की खोज का कार्य शीघ्र आरम्भ कर देना चाहिए।'

सुग्रीव सत्त्वगुण से सम्पन्न थे। वे हनुमान की बातों की गम्भीरता को समझ गये और राम का कार्य करने का निश्चय किया। उन्होंने तुरन्त नील को बुलाकर आदेश दिया, 'तुम सेना और सेनापतियों को शीघ्र इकट्ठा करने की व्यवस्था करो। राज्य की सीमा की रक्षा करने वालों को तुरन्त बुलाओ। जो कर्तव्य-कर्म है, उस पर तुम स्वयं ध्यान दो। सबको मेरी आज्ञा सुना, दो कि जो भी पन्द्रह दिन के बाद यहां पहुंचेगा, उसे प्राण-दण्ड दिया जायगा। यह सारी व्यवस्था करके तुम अंगद के साथ वानर जाति के बड़े-बूढों के पास जाओ।' सुग्रीव यह आज्ञा देकर अपने महल में चले गये।

श्रीराम ने जब शरद् का आगम देखा तो वे भी सीता के लिए चिन्तित हो उठे। और सुग्रीव के प्रमाद के लिए विचार करने लगे। राम को व्याकुल और चिन्तित देखकर लक्ष्मण ने कारण पूछ और उन्हें धीरज बंधाया। राम ने लक्ष्मण से कहा, 'भाई, लगता है, सुग्रीव अपना वचन भूल गया। सीता की खोज के लिए

जो समय निश्चित हुआ था उसकी भी उसे चिन्ता नहीं रही। लगता है, अपना कार्य सिद्ध हो जाने पर वह सब कुछ भूल गया और धन विलास में फंसा है। तुम शीघ्र उसके पास जाओ और मेरे क्रोध से परिचित कराते हुए उससे कहना कि बाली जिस मार्ग से गया है, वह अब भी बन्द नहीं हुआ है। बाली तो अकेला ही मारा गया है, लेकिन अगर तुम अपने वचनों पर दृढ़ न रहे तो तुम परिवार-सहित मारे जाओगे।'

लक्ष्मण ने राम के रोष को देखा और उनसे कहने लगे,'आर्य! मैं भी अपने क्रोध को रोक नहीं पा रहा हूं। मैं अभी जाकर सुग्रीव को मार डालता हूं। अंगद राजा होकर अपने साथियों के सहित सीता की खोज करेगा।'

ऐसा कहकर लक्ष्मण धनुष-बाण हाथ में लिये बड़े वेग से चल पड़े। चलते हुए राम ने लक्ष्मण को समझा दिया कि सुग्रीव की हत्या करना हमारा उद्देश्य नहीं है, उससे प्रीतिपूर्वक ही बात करना। मार्ग में तरह-तरह के संकल्प-विकल्प करते हुए लक्ष्मण किष्किन्धापुरी जा पहुंचे। दूतों ने जाकर सुग्रीव को उनके आने और क्रोध करने का समाचार दिया। उस समय सुग्रीव काम के अधीन हुए अन्त: पुर में तारा के साथ थे, इसलिए उन्होंने दूतों की बातों पर ध्यान नहीं दिया। आखिरकार किसी तरह अंगद डरता-डरता लक्ष्मण के पास गया। लक्ष्मण ने राम का संदेश देते हुए अंगद से कहा कि सुग्रीव को शीघ्र बुलाकर लाओ। अंगद ने भयभीत होते हुए समाचार दिया, किन्तु सुग्रीव पर कोई प्रभाव नहीं पड़ा। फिर सुग्रीव के मंत्रियों ने जाकर निवेदन किया, 'राजन्! लक्ष्मण द्वार पर खड़े हैं, उनके क्रोध से हमारी वानर जाति भय के मारे कांप रही है। आप शीघ्र परिवार सहित चलें और उनके चरणों में मस्तक नवाकर उनका क्रोध शान्त करें। आप राम को दिये वचनों का पालन कीजिए।'

मंत्रियों की बात सुनकर सुग्रीव सावधान हुए और कहने लगे, 'मैंने न तो कोई अनुचित बात मुंह से निकाली है, न कोई बुरा काम ही किया है। फिर लक्ष्मण के क्रोध का कारण मेरी समझ में नहीं आता। लक्ष्मण ने मेरा क्या दोष देखा है, मैं नहीं जानता। मैं राम से भी भयभीत नहीं हूं। मित्र बना लेना सरल है, पर उसे निभाना कठिन है। किसी के थोड़ी-सी चुगली कर देने पर मित्रता में अन्तर आ जाता है।'

सुग्रीव की बात सुनकर हनुमान ने उन्हें समझाया, 'राम आपसे नाराज नहीं हैं, अपने भाई लक्ष्मण को उन्होंने आपके पास भेजा है इससे आपके प्रति उनका

प्रेम ही प्रकट होता है। सच बात यह है कि सीता की खोज के लिए आपने राम को जो समय दिया था, प्रमाद के कारण आप उसे भूल गये हैं। उसे याद दिलाने के लिए ही लक्ष्मण यहां आये हैं । वचन का समय पर पालन न करना ही आपका अपराध है। राजन्! आपको राम और लक्ष्मण से अपनी भूल के लिए क्षमा मांगनी चाहिए और उनके आदेश की उपेक्षा नहीं करनी चाहिए।'

सुग्रीव से हनुमान ये बातें कर रहे थे, उधर लक्ष्मण क्रुद्ध होकर सुग्रीव के महल में चले आये। भयभीत सुग्रीव ने लक्ष्मण को समझाने के लिए तारा को भेजा। तारा लक्ष्मण को समझा-बुझाकर उन्हें अन्तः पुर में ले आई। सुग्रीव लक्ष्मण के निकट आये तो लक्ष्मण ने सुग्रीव को बहुत फटकारा। तारा ने लक्ष्मण का क्रोध शान्त करने के लिए उनसे निवेदन किया, 'कुमार लक्ष्मण! सुग्रीव राजा हैं, आपको इनसे अनुचित बातें नहीं करनी चाहिए। राम ने इन पर जो उपकार किया है, उसे ये भूले नहीं हैं। बहुत दिनों तक कष्ट उठाने के बाद जो राज्य-सुख मिला उसमें इनका सब कुछ भुलाकर लीन हो जाना स्वाभाविक था। इनकी ओर से मैं आपसे क्षमा मांगती हूं। मेरा विश्वास है कि राम का भला करने के लिए सुग्रीव अपनी पत्नी रूमा, अंगद, मुझे और सारे राज्य को भी छोड़ सकते हैं। सुग्रीव ने आपकी सहायता करने के लिए अनेक वीरों को बुला भेजा है। ये उनके आने की प्रतीक्षा में हैं।'

तारा की बातों से लक्ष्मण का समाधान हो गया और उन्होंने अपना क्रोध त्याग दिया। लक्ष्मण को प्रसन्न देख सुग्रीव का भय भी जाता रहा। उन्होंने अपने अपराध के लिए लक्ष्मण से क्षमा मांगी और राम की अनेक प्रकार से प्रशंसा की। लक्ष्मण ने सुग्रीव की सराहना की और अपने साथ चलने का आग्रह किया।

सुग्रीव ने हनुमान से कहा कि वे दूत भेजकर शीघ्र ही सेना एकत्र करें। राजाज्ञा पाकर सभी वानर-सेना किष्किन्धा के लिए चल पड़ी। सेना ने आकर सुग्रीव की सेवा में विविध प्रकार के उपहार प्रस्तुत किये, जिन्हें पाकर सुग्रीव सन्तुष्ट हुए और सेना का बल देखकर राम का कार्य हो जाने की आशा बंधी। सेना को अपने कार्य में लग जाने की आज्ञा देकर सुग्रीव लक्ष्मण के साथ राम की सेवा में पहुंचे। राम के पास जाकर सुग्रीव ने अपनी भूल के लिए क्षमा मांगी और अपनी सेना की तैयारी का वर्णन किया। राम इस सबसे बहुत प्रसन्न हुए और सुग्रीव के प्रति कृतज्ञता प्रकट की।

यथासमय सभी वानर-सेना तैयार होकर राम की सेवा में उपस्थित हो गई।

तारा के पिता, रूमा के पिता, हनुमान के पिता तथा अन्य अनेक सेनापति भी वहां पहुंचे, उनमें गवाक्ष, धूम्र, मनस, नल, नील, गवय, दरीमुख, मैन्द, द्विविद, गज, जाम्बवान्, रुमण्वान्, गन्धमादन, अंगद, तारा, हनुमान, दधिमुख आदि थे। सभी से स्वयं परिचित होने के बाद उनका सुग्रीव ने राम से परिचय कराया। सुग्रीव ने राम से कहा, 'यह विशाल सेना आपके वश में है, आज्ञा दीजिए कि इसे अब क्या करना है।'

राम ने कहा, 'पहले यह पता लगाओ कि सीता जीवित है अथवा नहीं, फिर यह जानकारी प्राप्त करो कि रावण कहां निवास करता है? इसके बाद आगे का कार्य निश्चित किया जाएगा। लक्ष्मण के बाद तुम्हीं मेरे सुहृद् ले और मेरे प्रयोजन को भी अच्छी तरह जानते हो। अतः तुम जो उपयुक्त समझते हो तत्काल वही करो।'

राम के वचन सुनकर सुग्रीव ने तत्काल दक्षिण दिशा के स्थानों का परिचय देते हुए प्रमुख वीरों को सीता और रावण के सम्बन्ध में जानकारी प्राप्त करने के लिए भेज दिया। इसी प्रकार उत्तर, पश्चिम दिशाओं के स्थानों का परिचय देकर अन्य सेनापति और सेना रवाना कर दी।

इसके बाद सुग्रीव ने हनुमान के सामने विशेष रूप से सीता की खोज का उद्देश्य रखा। उन्होंने हनुमान से कहा, 'कपि-श्रेष्ठ! अन्तरिक्ष, आकाश, पाताल, जल, थल, देवलोक सभी जगह तुम जाने की शक्ति और साधन समझते हो। सभी लोकों का तुम्हें पूरा ज्ञान है। तुम फुर्ती, अबाध गति, वेग और तेजस्विता से सम्पन्न हो, अत: जैसे भी हो, सीता की उपलब्धि का उपकार करो। तुम नीतिशास्त्र के भी पंडित हो और बल, बुद्धि,पराक्रम के भण्डार हो तथा तुम्हें देशकाल के अनुसार नीतिपूर्ण बातों का भी ज्ञान है, अत: तुम्हारे कन्धों पर सीता की खोज करने का भार सौंपते हुए मैं निश्चिन्त हूं।'

सुग्रीव की बातें सुनकर राम ने अनुभव किया कि हनुमान पर ही काम पूरा करने का सारा भार है, अतः उन्होंने प्रसन्न होकर अपनी अंगूठी हनुमान को दी, जिससे सीता भी उसे पहचान लें। हनुमान ने वह अंगूठी ली और राम के चरणों में मस्तक झुकाकर अपनी यात्रा के लिए चल दिए।

आशा-निराशा के बीच सीता की खोज: पूर्व आदि तीन दिशाओं में भेजे गए वीर सैनिक सरोवरों, नदियों, मैदानों, पर्वतों आदि को लांघते हुए सीता की खोज करने लगे। सभी स्थानों पर खोज कर थक गए पर कहीं सीता का पता नहीं

चला। आखिरकार निराश होकर एक मास समाप्त होने के दिन तक वापिस लौट आए। पूर्व, उत्तर और पश्चिम दिशा से निराश लौटे सैनिकों और सेनापतियों ने सुग्रीव से कहा, 'राजन्! हमने सारे पर्वत, घने जंगल, समुद्र पर्यन्त नदियां, सभी देश, आपकी बताई सारी गुफाएं अन मारीं, पर कहीं भी सीता की खोज नहीं मिली। परम शक्तिमान् हनुमान अब उसी दिशा की ओर गए हैं, जिधर सीता को ले जाया गया है।'

उधर हनुमान जी तार और अंगद के साथ मिलकर विन्ध्य पर्वत की गुफाओं और घने जंगलों में सीता को खोजने लगे। उनके पीछे और भी कई योद्धा गए थे। खोजते-खोजते उन्हें विन्ध्य पर्वत के पश्चिमी कोने से कुछ दूर एक गुफा दिखाई दी। उसमें प्रवेश करना बहुत कठिन था। वह गुफा ऋृक्षबिल नाम से प्रसिद्ध थी और एक दानव उसकी रक्षा करता था। भूखे-प्यासे सैनिक गुफा की ओर देखने लगे। इतने में ही गुफा के भीतर से अनेक पक्षी निकले। उन पक्षियों को देखकर वानर सेना को गुफा के भीतर पानी होने का सन्देह हुआ। आपस में सलाह करके वे गुफा के भीतर गये। बहुत दूर तक अंधेरे में जाने के बाद उन्हें प्रकाशमान स्थान के दर्शन हुए, वहां उन्होंने दिव्य सरोवर और दिव्य भवन देखा।

गुफा में उन्हें एक वृद्धा तपस्विनी के दर्शन हुए। उस तेजस्वी तपस्विनी को उन्होंने बड़े ध्यान से देखा और उसे देखकर सभी हैरान-से होकर खड़े रह गए। तब हनुमान ने हाथ जोड़कर उसे प्रणाम किया और उससे पूछा, 'तुम कौन हो? ये गुफा, भवन आदि किसके हैं, हमें बताओ।'

हनुमान के प्रश्नों का उत्तर देती हुई तपस्विनी ने कहा, 'माया रचने में कुशल मय दानव ने इस वन की रचना की है। यह सब कुछ भी उसी का बनाया हुआ है। कुछ समय बाद उसका हेमा नामक सुन्दरी से सम्पर्क हुआ। मय के मारे जाने पर हेमा ही इस जगह की स्वामिनी बनी। मेरा नाम स्वयंप्रभा है और मैं हेमा के साथ इस स्थान की रक्षा करती हूं। अब तुम लोग अपना परिचय देकर यहां आने का कारण बताओ।'

सारे समाचार सुनकर वह तपस्विनी सन्तुष्ट हुई। हनुमान ने उससे प्रार्थना की, वह उन्हें इस गुफा से बाहर निकाले जिससे वे अपने कर्तव्य का पालन करने में जुट जाएं। तपस्विनी ने उन्हें गुफा से बाहर निकाला और चारों ओर की स्थिति का ज्ञान कराया।

इस प्रकार जहां-तहां घूमते हुए एक मास की अवधि पूरी हो गई थी और

अभी तक कार्य सिद्ध नहीं हो पाया था। निराशा और असफलता से तो वानर-जाति परेशान थी ही, सुग्रीव से कठोर दण्ड मिलने के भय से भी आतंकित थी। सब लोग आपस में विचार करने लगे कि अब क्या करना चाहिए। अन्त में अंगद और तार की सहमति से निश्चय किया गया कि यदि हम सीता का समाचार लिए बिना सुग्रीव के पास गए तो प्राण-दंड निश्चित है, इससे अच्छा तो यही है कि हम स्वयंप्रभा की गुफा में जाकर उपवास करते हुए अपने प्राण त्याग दें। सब लोग इससे सहमत होकर उपवास के लिए उसी स्थान पर बैठ गए।

जब समस्त वानर योद्धा उपवास के लिए उस स्थान पर बैठे थे तो वहां जटायु के भाई सम्पाति आए। सम्पाति ने उन्हें देखकर अपने लिए आसानी से प्राप्त भोजन की सुविधा देखकर प्रसन्नता प्रकट की। इससे समस्त वानर जाति भयभीत हो उठी। अंगद ने हनुमान पर सभी के भय को प्रकट किया और प्रसंगवश जटायु के वध की बात भी उनके मुख से निकल गई। सम्पाति ने अपने भाई के वध की बात सुनी तो व्याकुल हो उठा और उनके समीप आकर पूरी बात जानने को आकुल हो उठा।

अंगद ने सम्पाति की जिज्ञासा शांत करते हुए आरम्भ से अनशन तक की नौबत आने की पूरी कथा सुना दी। पूरी बातें सुनकर सम्पाति की आंखों में आंसू आ गए और वह उन लोगों से कहने लगा, 'मैं बूढ़ा हो गया हूं और मेरे पंख भी जल गए हैं। शक्तिहीन होने के कारण मैं अपने भाई की हत्या का बदला नहीं ले सकता, लेकिन मैं राम की सहायता करना चाहता हूं। मैंने सीता को 'हा राम' कहते रोते-कलपते रावण के साथ जाते देखा था। मैं रावण का पता आपको बताता हूं। यहां से पूरे चार सौ कोस के अन्तर पर समुद्र में लंकापुरी है। यही लंका रावण की राजधानी है। सीता इसी लंकापुरी में राक्षसनियों के पहरे में नजरबन्द हैं। लंका चारों ओर से समुद्र के द्वारा सुरक्षित है। पूरे सौ योजन समुद्र को पार करके उसके दक्षिण तट पर पहुंचने पर तुम लोग रावण को देख सकोगे। अपने जातीय स्वभाव के अनुसार मैं बहुत दूर तक देखने की दव्यि दृष्टि रखता हूं, अतः मैं यहीं से रावण और सीता को देख सकता हूं। अब तुम्हें समुद्र पार कर लंका जाने का प्रयत्न करना चाहिए।'

सम्पाति को धन्यवाद देकर और उनकी भली प्रकार सेवा-सत्कार करके पराक्रमी वानर समुद्र के तट पर पहुंचे। दक्षिण समुद्र के उत्तर तट पर जाकर उन महाबली वानर वीरों ने डेरा डाला।

उस विशाल समुद्र को देखकर सभी विषाद में डूब गए। सारी रात वहां बैठे-बैठे चिन्ता में ही बीत गई। सुबह होने पर अंगद ने बारी-बारी से सभी से यह जानना चाहा कि समुद्र लांघने की किसमें कितनी शक्ति है। सभी ने अपनी-अपनी शक्ति का बखान किया। अंगद ने भी जाने का विचार प्रकट किया, परन्तु जाम्बवान् ने उन्हें जाने से रोक दिया और कहा कि तुम सबके स्वामी हो अत: संकट में जान डालना उचित नहीं। अन्त में जाम्बवान् हनुमान से कहने लगे, 'हनुमान! तुम एकान्त में चुपचाप क्यों बैठे हो? तुम सुग्रीव के समान पराक्रमी और तेज तथा बल में राम-लक्ष्मण के समान हो। मैं समझता हूं तुम्हें ही समुद्र पार जाने का संकल्प करना चाहिए।'

सभी वीरों ने जाम्बवान् की बात का समर्थन किया। हनुमान प्रसन्नता और उत्साह से भर गए। उनमें कई गुना शक्ति का संचार होने लगा। संकल्प-शक्ति में सुदृढ़ महावीर हनुमान उछलते-कूदते सीता की खोज में तत्पर होकर महेन्द्र पर्वत पर जा चढ़े।

सुन्दर कांड

लंका में हनुमान: महेन्द्र पर्वत पर चढ़कर हनुमान ने अपनी गर्दन और मस्तक ऊंचा किया। फिर ईश्वर का स्मरण करते हुए पूर्व की ओर मुंह कर अपने पिता पवनदेव को प्रणाम किया। तत्पश्चात् दक्षिण दिशा जाने के लिए अपना संकल्प दृढ़ किया। समुद्र लांघने की पूरी तैयारी की। उस समय विशालकाय हनुमान अग्नि के समान जान पड़ते थे। उन्होंने अपने शरीर को हिलाया, रोएं झाड़े तथा बादलों की तरह वातावरण को गुंजाते गर्जन करने लगे। आकाश-मार्ग से जाते हुए महावीर हनुमान मार्ग में विशाल शिखर वाले मैनाक पर्वत पर ठहरे। वहां पल-भर ठहर फिर आगे बढ़े।

कुछ दूर आगे जाने पर हनुमान को सुरसा नामक नागमाता के दर्शन हुए। हनुमान को देखकर अपना मुंह फाड़े उन्हें खाने के लिए वह आगे बढ़ी। हनुमान ने सीता-हरण की कथा सुनाकर उससे कहा कि तुम्हें मेरी सहायता करनी चाहिए। यदि नहीं कर सकती हो तो मुझे आगे जाने दो। जब मैं सीता की खोज कर राम से मिल लूंगा तो स्वयं तुम्हारे पास चला आऊंगा, तब तुम मुझे खा लेना।

सुरसा ने हनुमान की बात नहीं मानी और कहने लगी कि मुझे लांघकर कोई भी आगे नहीं जा सकता। यह कहकर उसने अपना विकराल मुंह खोल दिया। हनुमानजी कुशलता से अपने अंगों को समेटकर उसमें घुस गए। वह अपना मुंह बढ़ाती गई और हनुमान प्राणायाम से अपनी देह फुलाते गए। अन्त में जब सुरसा का मुंह बहुत चौड़ा हो गया तो अपने शरीर को ढीला करके हनुमान उससे बाहर निकल आए। हनुमान ने सुरसा से कहा, 'आपका मनोरथ पूरा हुआ, अब मुझे जाने की आज्ञा दें। सुरसा हनुमान की व्यवहार-कुशलता, बुद्धिमत्ता और शक्ति से बहुत प्रसन्न हुई। उसने उन्हें आशीर्वाद देकर जाने की अनुमति दे दी।

हनुमान तेजी के साथ अपने लक्ष्य की ओर बढ़े। आगे जाने पर उन्हें एक और संकट का सामना करना पड़ा। समुद्र में सिंहिका नाम की राक्षसी रहती थी, जो परछाईं देखकर समुद्र के ऊपर से जाते हुए जीवों को पकड़ लेती थी। उसने आकाश मार्ग से जाते हुए हनुमानजी की परछाईं देखकर उन्हें पकड़ लिया। हनुमान ने अपने तीखे नाखूनों से उस राक्षसी का पेट फाड़ डाला और फिर आगे की ओर बढ़े।

अब हनुमान समुद्र के दूसरे तट पर जा पहुंचे। वहां जाकर उन्होंने अपना रूप बदला। अब वे एक बौने के रूप में थे। अपना रूप बदलकर वे त्रिकूट या लम्प नामक पर्वत पर जा चढ़े। वहां से वे लंकापुरी की शोभा देखने लगे। उन्हें अनेक प्रकार के फलवाले वृक्षों से पूर्ण वन, उपवन, पर्वत, दिखाई दिए। अनेक प्रकार के पक्षियों से सुशोभित जलाशय दीखे। उन जलाशयों के चारों ओर सभी ऋतुओं में फल-फूल देनेवाले वृक्ष फैले हुए थे।

इस शोभा को देखते हुए हनुमान अपने मार्ग पर चलते हुए लंकापुरी पहुंच गए। लंका के चारों ओर खाइयां थीं, जिनमें कई प्रकार के कमल खिले थे। लंका की सुरक्षा का विशेष प्रबन्ध था। चारों ओर सशस्त्र सैनिक पहरा देते रहते थे। लंका सोने की बनी चहारदीवारी से घिरी थी। उसमें पर्वत के समान ऊंचे सफेद रंग के भवन बने हुए थे, जिनपर पताकाएं फहरा रही थीं। हनुमान को वह नगरी आकाश में तैरती-सी जान पड़ी।

लंका के उत्तरी द्वार पर पहुंचकर हनुमान चिन्ता में पड़ गए, यह द्वार इतना ऊंचा था कि आकाश में रेखा-सी खींचता जान पड़ता था। लंकापुरी भयानक राक्षसों से भरी थी। हनुमानजी को वह हर प्रकार से अजेय लगने लगी। साम, दाम, दण्ड, भेद किसी भी उपाय से जीतना कठिन जान पड़ने लगा। उन्हें लगा कि राम की भी यहां तक पहुंच सम्भव नहीं है। केवल अंगद, नील और सुग्रीव ही यहां आ सकते हैं। इस प्रकार दुविधा में पड़े हनुमान ने निश्चय किया कि पहले सीता का पता लगाना चाहिए। उसके बाद कुछ और सोचा जाएगा। उन्होंने फैसला किया कि रात के समय रूप बदलकर इसके भीतर प्रवेश करूंगा और घर-घर जाकर सीता का पता लगाऊंगा।

रात होने पर वे बिल्ली की तरह छिपते-छिपाते पुरी के निकट पहुंचकर उत्साह और प्रसन्नता के साथ उसके परकोटे पर जा चढ़े। वहां से लंकापुरी की शोभा देख उनके आश्चर्य का ठिकाना न रहा। सुवर्ण के बने हुए द्वार, उन द्वारों पर

नीलम के चबूतरे, द्वारों पर हीरे, पन्ने, मोती जड़े हुए, मणियों के बने फर्श, नीलम जड़ी सीढ़ियां, सोने के हाथी देखकर वे ठगे-से रह गए। लंका के द्वारों पर हंस, मोर और क्रौंच पक्षियों के स्वर गूंज रहे थे। वहां विभिन्न प्रकार के बाजे बज रहे थे और आभूषणों की मधुर ध्वनि हो रही थी।

हनुमान धीरे से लंका प्रवेश करने लगे। इतने में ही उस नगरी की रक्षिका लंकिनी विकराल रूप धारण किये हनुमान के सामने आ खड़ी हुई। उसने हनुमान को भय दिखाते हुए उस स्थान में आने का कारण तथा उनका परिचय जानना चाहा। हनुमान ने कहा कि मैं नगरी की शोभा देखने आया हूं। पर लंकिनी को सन्तोष नहीं हुआ और वह हनुमान से विवाद करने लगी। विवाद बढ़ जाने पर लंकिनी ने हनुमान के मुंह पर कसकर चपत जड़ दिया। इस पर हनुमान को क्रोध आ गया और उन्होंने लंकिनी को लात-घूँसों से मारना शुरू कर दिया। विवश होकर उसने हनुमानजी को लंका में जाने की आज्ञा दे दी।

रावण के अन्तःपुर में हनुमानः लंकिनी को परास्त करके हनुमान चहारदीवारी फांदकर पुरी में घुस गए। फिर उन्होंने एक के बाद एक घर का चक्कर लगाना शुरू किया। वे नृत्य, गान सुनते-देखते तथा गुप्तचरों और पहरेदारों से अपने-आपको बचाते-छिपाते रावण के अन्तः पुर में जा पहुंचे। उन्होंने वहां अनेक प्रकार के दृश्य और स्थितियां देखीं। कहीं कोई मदिरापान कर रहा था, कोई नृत्य कर रहा था, कोई गा रहा था और कोई हास-विलास में डूबा था। हनुमान ने आभूषणों और वस्त्रों से सुसज्जित अनेक स्त्रियां देखीं, जो अद्भुत रूप-सौन्दर्य वाली थीं।

रावण का भवन देखकर तो हनुमान को लगा कि यह लंका का आभूषण है। वहां अनेक स्त्रियों को देखते हुए वे मन्दोदरी की शय्या के पास भी पहुंचे जिसकी सुन्दरता देखकर उन्हें उसके सीता होने का भम्र हुआ। किन्तु राम की पत्नी इस प्रकर श्रृंगार करके इस अवस्था में पर-पुरुष के शयन-कक्ष में नहीं सो सकती थी, अतः हनुमान की शंका निर्मूल रही।

फिर हनुमान ने रावण की मधुशाला में प्रवेश किया। वहां उन्होंने अनेक विलासिनी स्त्रियों को देखा। तरह-तरह की मुद्राओं में स्त्रियों को देखते हुए हनुमान के मन में संकोच हुआ और वे अपने-आपको पर स्त्री-दर्शन से पापी मानने लगे। उन्होंने आत्मनिरीक्षण किया और अपने-आपसे कहने लगे—मेरे मन में न तो कोई विकार है और न ही मैं किसी को बुरी नजर से देख रहा हूं। मैं

एक पवित्र उद्देश्य से यहां घूम रहा हूं और मेरा हृदय भी शुद्ध है। जब तक मेरा अन्तः करण शुद्ध है, मुझे पराई स्त्री के दर्शन का पाप नहीं लग सकता। अगर मैं स्त्रियों को नहीं देखूंगा तो सीता की खोज कैसे सम्भव है? यही सोचकर वे पुनः घूमने लगे। उन्होंने रावण के भाइयों, परिवारवालों तथा दूसरे अनेक राक्षसों के घर छान मारे। पर कहीं भी सीता के दर्शन नहीं हुए।

निराश होकर हनुमान आगे बढ़े तो उन्हें एक स्थान पर स्वयंचालित विमान 'पुष्पक' के दर्शन हुए। यह विमान रावण ने कुबेर से छीना था। उसे देखकर हनुमान बाहर आकर उद्यानों, लता -मंडपों में सीता को खोजने लगे। नगरी का चप्पा-चप्पा छान मारा पर कहीं भी सीता के दर्शन नहीं हुए। हनुमान को बड़ी चिन्ता हुई, पर वे निराश नहीं हुए।

हनुमान पुन: परकोटे पर जा चढ़े। वहां से उन्होंने चारों ओर दृष्टि दौड़ाई। दूरी पर उन्हें तरह-तरह के वृक्षों से सुशोभित एक वाटिका दिखाई पड़ी। यही रावण की अशोक वाटिका थी, जहां उसने सीता को नजरबन्द कर रखा था।

अशोक वाटिका में हनुमानः हनुमान ने उस वाटिका में जाने का निश्चय किया और परकोटे से कूदकर अशोकवाटिका की चहारदीवारी पर जा चढ़े। उन्होंने देखा कि वाटिका बहुत मनोहर है। वहां तरह-तरह के वृक्ष-लताएं हैं, क्रीड़ा करने के लिए सरोवर हैं। बीच में एक बहुत बड़ा उद्यान-गृह है, उसके चबूतरे सोने के तथा सीढ़ियां मणियों की हैं। वे वहां से कूदकर एक अशोक वृक्ष पर जा चढ़े। और वहीं से इधर-उधर देखने लगे। वहां से उन्होंने विकट और भयानक आकृतियों वाली राक्षसनियां देखीं। उन्होंने देखा कि उन्हीं राक्षसनियों के बीच घिरी अग्नि-शिखा के समान किन्तु क्षीणकाय एक स्त्री बैठी है, जो बहुत ही मलिन वस्त्र पहने हुए, उदास है और आंखों से लगातार आंसू बहा रही है। उस स्त्री को देखकर हनुमान का मन शंका से भर गया, फिर उन्होंने तरह-तरह के तर्क-वितर्क देकर मन में विचार किया कि हो न हो यह स्त्री सीता ही है।

हनुमान ने देखा कि उस स्त्री के शरीर पर वे आभूषण हैं, जिनकी चर्चा राम ने की थी और वे आभूषण नहीं हैं जो उन्होंने मार्ग में गिरा दिए थे। इस बात से हनुमान को और भी विश्वास हो गया कि यह स्त्री और कोई नहीं सीता ही है। इस प्रकार सीता के दर्शन करते हुए उसकी संकटपूर्ण स्थिति को देखकर वे पुनः उदास और चिन्तित हो उठे। सीता से भेंट होने की युक्ति विचारते हुए वे उसी वृक्ष पर बैठे रहे।

रावण का सीता के पास आना: रात-भर हनुमान उसी पेड़ पर बैठे रहे। जब एक पहर रात शेष रह गई तो हनुमान को यज्ञ करते हुए ब्रह्म-राक्षसों के मुंह से निकले वेद-मन्त्र सुनाई देने लगे। तरह-तरह के मंगल वाद्य बजने लगे। यह सब रावण को नींद से जगाने के लिए हो रहा था। रावण सोकर उठा और सीता का चिन्तन करता हुआ सज-धजकर तैयार हो अनेक सुन्दरियों के साथ अशोकवाटिका में आया।

रावण को अशोकवाटिका में आया देख हनुमान सघन पत्तों में छिप गए। सीता ने जब रावण को अपनी ओर आते देखा तो वे भी भयभीत होकर थर-थर कांपने लगीं।

सीता के सामने आकर रावण ने उनके रूप-सौन्दर्य का बखान किया और उन्हें अनेक सम्बोधनों से पुकारता हुआ भांति-भांति के प्रलोभन देने लगा, 'सुन्दरी! मैं तुमसे प्रेम करता हूं, तुम भी मेरा आदर करो, मेरी प्रार्थना स्वीकार करो। मैं तुम्हें विश्वास दिलाता हूं कि जब तक तुम मुझे नहीं चाहोगी, मैं तुम्हारा स्पर्श नहीं करूंगा। तुम बहूमूल्य वस्त्राभूषण धारण करो और महलों में चलो, मैं तुम्हें पटरानी बनाऊंगा। तुम राम को भूल जाओ, वे किसी भी तरह मेरी समता नहीं कर सकते। तप, बल, पराक्रम, धन, ऐश्वर्य किसी में भी वे मुझसे बढ़कर नहीं हैं।'

रावण की बातों से सीता को बहुत पीड़ा हुई। उन्होंने तिनके की ओट करके दीनवाणी में बड़े दुः ख के साथ धीरे-धीरे कहना शुरू किया, 'पापाचारी रावण! मैं सती और पराई स्त्री हूं, तुम्हारे लिए यही उचित है कि तुम जिस प्रकार अपनी स्त्रियों की रक्षा करते हो, वैसे ही दूसरे की स्त्री की भी रक्षा करो। क्या तुम्हारी नगरी में भले लोग नहीं रहते? या तुम ही उनकी उपेक्षा कर बुद्धिहीन हो गये हो? तुम्हारे लिये यही उचित है कि तुम मुझे राम से मिला दो, क्योंकि मैं उनके सिवा किसी दूसरे की कल्पना भी नहीं कर सकती। यदि तुम जीवित रहना चाहते हो तो तुम्हें राम के साथ मित्रता ही करनी होगी। सीता ने इसी प्रकार रावण को बहुत बुरा-भला कहा, जिससे रावण क्रोध में भर उठा और उन्हें तरह-तरह से धमकाकर दो मास की अवधि देकर अपने महलों को लौट गया।

सीता द्वारा देह-त्याग का निश्चय: रावण राक्षसनियों को सीता को समझाने, डराने-धमकाने का आदेश देकर महलों को चला गया तो भयानक रूप वाली राक्षसनियां सीता के पास दौड़ी आईं और भांति-भांति से उन्हें

समझाने लगीं। जब सीताजी पर उसका कोई प्रभाव नहीं पड़ा तो वे उन्हें काटने-मारने की धमकी देने लगीं। सीता उनकी बात मानने से इंकार करके अपनी दशा का बखान करती और राम को याद करती हुई विलाप करने लगीं, 'अवश्य ही यह मेरा हृदय लोहे का बना हुआ है जो ऐसे कठोर अवसर पर भी फट नहीं रहा। मैं बड़ी ही अनार्या और असती हूं, जो राम से बिछुड़कर अभी तक जी रही हूं। क्या राम को मेरा समाचार नहीं मिला ? अथवा क्या वे मेरे वियोग में देह-त्याग कर देवलोक चले गये ? अब सब तरह से यही उचित है कि मैं अपने प्राणों का परित्याग कर दूं।'

सीताजी की बातें सुनकर कुछ राक्षसनियां रावण को संवाद देने चली गईं और कुछ सीताजी के पास आकर उन्हें डराने लगीं। उनमें एक बूढ़ी और कुछ दयावान् राक्षसी भी थी, जिसका नाम त्रिजटा था, वह तभी सोकर उठी थी। उसने एक सपना देखा था। वह कहने लगी, 'सीता का कोई कुछ नहीं बिगाड़ सकता। आज मैंने बड़ा भयंकर और रोमांचकारी सपना देखा है, जो राक्षसों के विनाश और राम के अभ्युदय की सूचना देने वाला है। भलाई इसी में है कि तुम लोग सावधान हो जाओ।'

उसी समय सीताजी को भी कुछ शुभ शकुन होते जान पड़े, जिससे वे आश्वस्त हुईं।

हनुमान-सीता संवादः हनुमान ने राक्षसनियों द्वारा सीता को सताना, त्रिजटा का स्वप्न और सीता का विलाप देख-सुन लिया तो वे चिन्तित हो उठे। उनके मन में तरह-तरह के तर्क-वितर्क उत्पन्न होने लगे—सीताजी की दयनीय दशा को देखते हुए इन्हें तुरन्त सान्त्वना देना जरूरी है। यदि मैं बिना धीरज दिये चला गया तो ये अवश्य ही प्राण त्याग देंगी, परन्तु राक्षसनियों के सामने ही बात करना उचित नहीं है। यदि मैं बिना मिले चला गया तो राम के पूछने पर क्या उत्तर दूंगा ? सीता से मिलूं भी तो किस रूप में ? किस भाषा में बात करूं, जिससे ये भयभीत भी न हों और इन्हें राम का दूत होने में सन्देह भी न हो।

हनुमान जब यह सोच रहे थे तो तभी सीताजी उस वृक्ष के नीचे आत्महत्या के विचार से आईं, जिस पर हनुमान बैठे थे। वे गले में दुपट्टा बांधकर पेड़ की डाल पर लटककर आत्महत्या का प्रयत्न करने लगीं। तभी अवसर देखकर हनुमान ने राम-कथा कहनी शुरू कर दी। वे क्रम-पूर्वक राम-विवाह, राम-बनवास, सीता-हरण, जटायु-मरण, राम-सुग्रीव-मित्रता, बाली का वध, सीता

अशोक वाटिका में हनुमान

की खोज आदि प्रसंग सुना गये। सीता ने यह सब सुना और आश्चर्य से वृक्ष के ऊपर देखने लगीं। उन्होंने वहां हनुमान को बैठे देखा और 'हा राम! हा लक्ष्मण!' कहकर विलाप करने लगीं। सीता को दु: खी देख हनुमान वृक्ष से नीचे उतर आए और प्रणाम कर उनसे उनका परिचय पूछने लगे।

हनुमान से मिलकर सीता को कुछ शांति मिली। उन्होंने संक्षेप में अपना परिचय दिया और लंका तक आने की दु: खद कथा सुनाई। फिर हनुमान से उसका परिचय जानना चाहा। हनुमान ने कहा, 'देवि! मैं किष्किन्धा के राजा सुग्रीव का सेवक हूं। मेरा नाम हनुमान है। मैं इच्छानुसार अपने अनेक रूप बना लेता हूं और चाहे जहां आ-जा सकता हूं। मैं राम का दूत हूं। उन्होंने मुझे आपका समाचार लाने के लिए भेजा है। राम के छोटे भाई लक्ष्मण ने आपको प्रणाम कहा है।'

हनुमान की बातें सुनकर सीता प्रसन्न तो हुईं, किन्तु उनके मन में सन्देह जगा कि कहीं धोखा ही न हो रहा हो, अत: उन्होंने हनुमान से कहा, 'प्रसन्नता की बात है कि तुम राम के दूत हो। मेरे विश्वास के लिए तुम राम के गुणों और उनके शारीरिक चिह्नों का वर्णन करो।'

हनुमान ने राम के गुणों और शारीरिक चिह्नों का विस्तार से वर्णन किया और मानव तथा वानर जाति की मित्रता का कारण तथा प्रसंग भी सुनाया। सारी बातें जानकर सीताजी को विश्वास हो गया। हनुमान ने उस विश्वास को और भी दृढ़ करने के लिए राम की मुद्रिका सीता को दे दी और कहा, 'देवि! आप यह राम की अंगूठी लें और इस पर उनका नाम देखें। उन्होंने चलते समय पहचान के लिए यह मुझे दी थी।'

प्रसन्न होकर सीता ने फिर प्रश्न किया, 'क्या कारण है कि राम मुझे यहां से ले जाने को स्वयं नहीं आये ?'

हनुमान ने कहा, 'उन्हें पता ही नहीं है कि आप यहां कैद हैं। मैं समाचार लेकर उनके पास जाऊंगा तब वे सेना-सहित आक्रमण कर राक्षसों का वध कर आपको ले जाएंगे।'

फिर सीता ने हनुमान से अयोध्या आदि के समाचार पूछे और उनसे राम को शीघ्र बुलाने का आग्रह करने लगीं। वे कहने लगीं, 'रावण ने मेरे जीवन के लिए जो अवधि निश्चित की है, उसमें केवल दो मास ही शेष रह गये हैं, अत: राम को तुरन्त आना चाहिए।' ऐसा कहकर वे रोने लगीं।

सीता को रोते हुए देख हनुमान ने कहा, 'देवी! यदि ऐसा है तो आप मेरे साथ ही चलें । मैं जिस तरह आया हूं, वैसे ही वापस जाऊंगा। आप मेरा पराक्रम देखेंगी?' ऐसा कहकर हनुमान ने अपनी शक्ति और विशाल रूप का प्रदर्शन किया। सीताजी को भरोसा तो हुआ, लेकिन उन्होंने अनेक कारणों से हनुमान के साथ जाना ठीक न समझ इंकार कर दिया।

हनुमान ने सीता को समझाते हुए कहा, 'देवि! यह सौभाग्य है कि आपके दर्शन हो गये। आप शोक का परित्याग करें और समझें कि अभी से आपके दुःखों का अंत हो गया। शीघ्र ही राम शत्रुओं का विनाश कर आपको ले जाएंगे। अब आप मुझे जाने की आज्ञा दें और राम, लक्ष्मण, सुग्रीव आदि को जो संदेश देना हो कहें।'

सीता ने कहा, 'वीरवर! राम और लक्ष्मण को मेरा प्रणाम कहना। दूसरों के प्रति भी आदर प्रकट करना। राम के चरणों में विशेष रूप से मेरा प्रणाम कहकर उनसे कहना, मेरे जीवन की अवधि के लिए जो समय नियत है, उतने समय तक ही मैं जीवित रहूंगी। सत्य की शपथ खाकर कहती हूं कि उस अवधि के बीत जाने पर मैं जीवित नहीं रहूंगी।' ऐसा कहकर सीता ने कपड़े में बंधी हुई चूड़ामणि निकाली और हनुमान को देते हुए कहा, 'यह मेरी पहचान है, इसे राम को दे देना।

हनुमान ने श्रद्धापूर्वक चुड़ामणि ली और सीता की परिक्रमा कर उनके सामने हाथ जोड़कर खड़े हो गये। उन्होंने सीता से विदा ली और जाने की आज्ञा मांगी। सीता ने कहा, 'तुम राम को इस प्रकार समझाना, जिससे वे शीघ्र ही मेरे उद्धार के लिए उपाय करने को आतुर हो उठें। जाओ, तुम्हारा मार्ग मंगलमय हो।'

वाटिका-विध्वंस और असुर-संहार: सीता से विदा लेकर हनुमान वहां से चल पड़े। थोड़ी ही दूरी पर जाकर सोचने लगे कि सीताजी की खोज तो कर ली, अब शत्रुओं की शक्ति की नाप-तौल भी कर लेनी चाहिए। उसके लिए यह उचित मार्ग होगा कि इन्हें कुछ हानि पहुंचाई जाए और कुछ राक्षसों को मार डाला जाय। यह विचार कर उन्होंने पहले क्रोध में भरकर अशोक-वाटिका को उजाड़ना शुरू किया। वृक्षों, लताओं, पर्वत-खण्डों और जलाशयों को नष्ट-भ्रष्ट कर डाला। देखते-देखते ही वह वाटिका उजाड़ हो गई। पशु-पक्षियों और राक्षसनियों का चारों ओर हाहाकार छा गया।

अशोक-वाटिका को उजड़ा हुआ देखकर राक्षसनियां सीता से पूछने लगीं,

'यह वानर रूप महाबली कौन है ? कहां से आया है ? क्यों आया है ? तुमसे क्या बातें कर रहा था ?' सीता ने उत्तर दिया, 'मैं तो स्वयं ही डर गई हूं। मैं नहीं जानती यह कौन है ? राक्षसों की माया का क्या ठिकाना ? मुझे नहीं मालूम कि यह कौन है ? मैं तो इसे इच्छानुसार रूप धारण करके आया हुआ कोई राक्षस ही समझती हूं।'

सीता की बात सुनकर वे रावण के पास भागी चली गईं और उसे सारा समाचार सुना दिया। सुनकर रावण आग-बबूला हो उठा और उसने अपने किंकर नामक राक्षसों को भेजा। हनुमान उस समय तक वाटिका के द्वार तक जा पहुंचे थे। उन्हें देखते ही राक्षस उन पर टूट पड़े। उन शूरवीर राक्षसों द्वारा सब ओर से घिर जाने पर हनुमान ने फाटक पर रखा हुआ भयंकर लोहे का बना परिघ(मूसल या छड़) उठा लिया और उन राक्षसों का नाश करना शुरू कर दिया। कुछ ही देर में उनका नाश कर वे पुनः उसी फाटक पर आ खड़े हुए।

रावण को जब उन राक्षसों के मारे जाने का समाचार मिला तो उसने अपने मंत्री प्रहस्त के पुत्र जम्बुमाली को भेजा। इधर हनुमान राक्षसों के कुल-देवता के स्थान पर चैत्य-प्रासाद का विध्वंस करते और उसके राक्षसों का वध करते हुए आगे चले। उनकी जब जम्बुमाली से भेंट हुई तो उन्होंने उसे भी मार डाला। उसके पश्चात् रावण के मंत्री के सात पुत्रों और पांच सेनापतियों को भी हनुमान ने मार डाला। अब रावण ने अपने बलशाली पुत्र अक्षयकुमार को हनुमान से लड़ने के लिए भेजा। उसने बड़ा पराक्रम दिखाया पर हनुमान पर पार न बसाई और वह भी लड़ता-लड़ता मारा गया।

रावण के दरबार में हनुमानः अक्षकुमार का मारा जाना सुनकर रावण क्रोध से जल उठा। उसने अपने ही समान पराक्रमी इन्द्रजित् मेघनाद को भेजा। मेघनाद ने हनुमान पर विभिन्न प्रकार के शस्त्रास्त्रों से अनेक आक्रमण किये, पर हनुमान ने सबको बेकार कर दिया। अन्त में मेघनाद ने हनुमान को कैद करने का विचार किया। उसने तुरन्त ही हनुमान पर ब्रह्म-पाश का प्रयोग किया। हनुमान ने ब्रह्म-पाश का सम्मान करते हुए उसमें बंध जाना स्वीकार किया। उन्होंने यह भी विचार किया कि इस प्रकार मुझे रावण के सामने जाने और उससे बातचीत करने का अवसर भी मिलेगा।

विकट आकार वाले राक्षस हनुमान को घसीटते हुए रावण के निकट ले आये। रावण राक्षसों से घिरा बैठा था। चारों ओर से आवाजें आने लगीं , 'यह

वानर कौन है? कहां से आया है? क्यों आया है? इसे जला डालो, मार डालो, खा जाओ।'

हनुमान को देखकर रावण की आंखें रोष से चंचल और लाल हो गईं। हनुमान रावण के प्रभावशाली रूप को देखकर प्रभावित हुए। वे मन-ही-मन कहने लगे, 'अहो! इस राक्षसराज का रूप कैसा अद्भुत है! इसमें कितना अनोखा धैर्य है! कैसी अनुपम शक्ति है! कैसा आश्चर्यजनक तेज है! यदि यह अधर्म के मार्ग पर न चलता तो समस्त देवलोक का संरक्षक हो सकता था। इसकी शक्ति अपार है, यह संसार में प्रलय मचा सकता है।'

रावण भी हनुमान के रूप-बल पर आश्चर्य कर उठा। उसने अपने मंत्रियों से कहा कि इससे इसका परिचय और यहां आने का कारण जानो। सबके पूछे जाने पर भी जब कोई उत्तर नहीं मिला तो रावण ने प्रहस्त से परिचय जानने के लिए कहा। प्रहस्त ने कहा, 'तुम्हें डरने की जरूरत नहीं। तुम सच-सच बताओ, तुम कौन हो ? तुम इन्द्र, वरुण, यम, कुबेर, विष्णु किसके दूत हो ? तुम यहां क्यों आये हो ?'

प्रहस्त की बातें सुनकर हनुमान ने रावण से कहा, 'मुझे इनमें से किसी ने भी नहीं भेजा है। मैं राम के कार्य के लिए तुम्हारे पास आया हूं, मैं उन्हीं का दूत हूं।' ऐसा कहकर हनुमान ने राम के प्रयत्न का, फिर लंका तक आने का पूरा विवरण दिया। फिर वे रावण से बोले, 'राजन् , मेरा नाम हनुमान है। आश्चर्य है कि तुम धर्म और अर्थ के तत्व को जानते हुए भी पराई स्त्री को हर लाये हो। तुमने यह घोर अधर्म किया है। तुम राम के रोष को नहीं जानते। न ही तुम उनके भाई लक्ष्मण के बल से परिचित हो। देवताओं और असुरों में भी कौन ऐसा वीर है, जो राम के क्रोध करने के पश्चात् लक्ष्मण के बाणों के सामने ठहर सके। तीनों लोकों में भी ऐसा कोई प्राणी नहीं है जो राम के प्रति अपराधी होकर सुख से रह सके। तुम मेरी बात मानो और सीताजी को राम के पास लौटा दो। सीता को तुम लंका के लिए काल-रात्रि के समान समझो, उन्हें यहां रखकर तुम क्यों काल-पाश में अपनी गर्दन फंसाते हो ?'

रावण को हनुमान की ये बातें बहुत ही बुरी लगीं। उसने क्रोध से लाल हुई आंखें तरेर कर अपने सेवकों को आज्ञा दी कि वे हनुमान का वध कर डालें। रावण के छोटे भाई विभीषण उस समय वहीं मौजूद थे। वे धर्मज्ञ और नीति को जानने वाले थे। उन्होंने रावण की बात का अनुमोदन नहीं किया। उन्होंने रावण को

समझाते हुए कहा, 'राजन्! दूत का वध करना नीति और धर्म के विरुद्ध है। आप इसे अन्य कोई दण्ड दे सकते हैं।'

रावण फिर भी हनुमान के वध की हठ करने लगा। विभीषण ने रावण को पुनः समझाया, 'राजन्! मैं फिर कहूंगा कि दूत का वध नहीं किया जाता। आप इसका अंग-भंग कर सकते हैं, कोड़े से पिटवा सकते हैं, सिर मुंडवा सकते हैं, शरीर में कोई चिह्न दाग सकते हैं, लेकिन दूत का वध मैंने कहीं नहीं सुना। इस वानर के मारने में मुझे कोई लाभ नहीं दिखाई देता। जिसने इसे भेजा है, उसे ही प्राणदंड दिया जाय।'

रावण यह बात सुनकर संतुष्ट हुआ और उसने आज्ञा दी, 'यह विचार ठीक है, इसका अंग-भंग करना ही उचित रहेगा। इसकी पूंछ में आग लगा दी जाय और इसे नगर की सड़कों तथा चौराहों पर घुमाया जाय।'

लंका-दहन कर हनुमान की वापसी: रावण की आज्ञा पाकर राक्षसों ने हनुमान की पूंछ में कपड़े बांधकर तेल डाला और उसमें आग लगा दी। इसके बाद वे उन्हें घसीटने लगे। इस पर हनुमान क्रोध से भर उठे और जली पूंछ से ही राक्षसों को पीटने लगे। राक्षसों का दल हनुमान को नगर में घुमाने ले जाने लगा। हनुमान तो बड़े कौतुक जानते थे। उन्होंने पूरी शक्ति से छलांग लगाई और राक्षसों के बंधन से मुक्त होकर महलों पर जा चढ़े। वहां उन्होंने घूम-घूमकर एक के बाद एक कर अनेक भवनों में आग लगाना शुरू कर दिया। हनुमान ने छोटे-बड़े सभी राक्षसों के महल जला डाले। हवा का सहारा पाकर आग भी चारों ओर फैलती चली गई। चारों ओर से राक्षसों और उनकी पत्नियों के हाहाकार गूंजने लगे। हाथी, घोड़ों, पशु-पक्षियों के भयानक स्वरों से वातावरण और भी भयानक हो उठा। कालाग्नि के समान घूमते हनुमान ने अंत में समुद्र में जाकर अपनी पूंछ की आग बुझाई।

सारी लंका को जलते देख हनुमान के मन में सीता के जल जाने की आशंका उभरी और वे अपने कर्म के लिए पछताने लगे। वे सोचने लगे, 'तपस्या, सत्यभाषण और पति में अनन्य भक्ति के कारण सीता ही अग्नि को जला सकती हैं, अग्नि सीता को नहीं जला सकती।' हनुमानजी ऐसा सोच ही रहे थे कि उनके कानों में बात करते हुए कुछ महात्मा चारणों के ये स्वर पड़े, 'अहो! देखो कितने आश्चर्य की बात है कि पर्वत की कन्दराओं, अटारियों, परकोटों और नगर के फटकों सहित सारी लंका नगरी जल गई, परंतु सीता पर आंच नहीं आई।' ये

लंका-दहन

वचन सुनते ही हनुमान प्रसन्न हो उठे और एक बार फिर सीताजी से मिलने को आकुल हो उठे।

सीता को भी लंकापुरी जलने का समाचार मिल चुका था और अपनी आंखों से भी उन्होंने बहुत कुछ देख लिया था। इससे वे चिन्तित और कुछ-कुछ प्रसन्न हुई बैठी थीं कि हनुमान ने जाकर उनके चरणों में प्रणाम किया। सीता हनुमान को देखकर प्रसन्न हुईं और बोलीं, 'यदि तुम उचित समझो तो एक दिन और यहां किसी गुप्त स्थान में छिप जाओ, आज विश्राम करके कल चले जाना। तुम्हारे यहां रहने से मुझ अभागिन का शोक भी कुछ कम हो जाता है और यदि तुम्हें जाना ही है तो मेरे मन में जो सन्देह है उसे दूर करो कि तुम तो इस समुद्र को पार करोगे परंतु सुग्रीव इसे कैसे लांघ पाएंगे, उनके सैनिक तथा राम-लक्ष्मण भी इसे कैसे पार कर पाएंगे ? क्योंकि तुम्हारे, गरूड़ और वायु के सिवा इसे कोई नहीं लांघ सकता।'

सीता को आश्वासन देकर, राम-लक्ष्मण तथा सुग्रीव आदि का बल समझाकर हनुमान वहां से चल पड़े।

राम के समक्ष हनुमान: हनुमान जिस मार्ग से लंका पहुंचे थे, उसी मार्ग से स्वदेश लौट पड़े। उनकी प्रतीक्षा में वानर-वीर पहले से ही समुद्र-तट पर बैठे थे। जैसे ही हनुमान को उन्होंने समुद्र पार कर अपनी ओर आते देखा, वे हर्ष से कोलाहल करने लगे। महेन्द्र पर्वत को लांघकर उनके निकट पहुंचे। वे सभी हनुमान को चारों ओर से घेरकर खड़े हो गये। सबके द्वारा स्वागत-सत्कार पाने के बाद हनुमान ने जाम्बवान् तथा अन्य वृद्ध जनों को प्रणाम किया। उसके बाद अंगद को प्रणाम किया। इन सबने भी हनुमान का यथोचित स्वागत-सत्कार किया। तदनन्तर हनुमान ने जाम्बवान्, अंगद को विस्तार से अपनी लंका-यात्रा का वृत्तान्त सुनाया।

हनुमान ने कहा, 'कपिवरो! जितना मुझसे संभव था मैंने राम और सुग्रीव का कार्य पूरा किया। अब जो कार्य शेष बचा है, उसे पूरा करने की तैयारी करो। वहां सीताजी के उत्तम शील-स्वभाव को देखकर मेरा मन बहुत प्रसन्न हुआ। किन्तु उनकी दयनीय दशा देखी नहीं जाती है। वे एक वस्त्र धारण किये भूमि पर सोती हैं। उनकी शरीर-कांति फीकी पड़ गई है। राक्षसनियों से घिरी हुई हैं, जो उन्हें रात-दिन तरह-तरह से पीड़ा पहुंचाती हैं। सीताजी ने प्राण-त्याग का निश्चय कर रखा है, अतः आप लोगों को शीघ्र ही उन्हें मुक्त करने का उपाय करना चाहिए।'

हनुमान की बात सुनकर अंगद उत्साह और क्षोभ से भर उठे। वे कहने

लगे कि हमें राम के पास उसी समय जाना चाहिए जब हम लंका से सीताजी को ले आएं। मैं अकेला भी राक्षसगणों सहित समस्त लंकापुरी का वेगपूर्वक विध्वंस करके महाबली रावण को मार डालने में समर्थ हूं। फिर भी यदि आप जैसे कुशल योद्धाओं का सहयोग मिल जाए तो क्या कहने ? इस पर जाम्बवान् ने कहा, 'तुम यद्यपि बड़े बुद्धिमान् हो, पर इस समय जो कुछ कह रहे हो, वह बुद्धिमानी की बात नहीं है। क्योंकि सुग्रीव तथा श्रीराम ने हमें केवल सीताजी की खोज का काम सौंपा है, उन्हें साथ लाने की आज्ञा नहीं दी है। राम ने स्वयं सीता को जीतकर लाने की प्रतिज्ञा की है, अत: हमें उनकी प्रतिज्ञा का ध्यान रखना चाहिए।' अगद, हनुमान आदि ने जाम्बवान् की बात स्वीकार की।

फिर वे सभी वहां से चल दिये। आगे-आगे हनुमान थे। उनके पीछे समस्त वानर-वीर। मार्ग में उन्हें मधुवन नामक स्थान मिला, जहां उन्होंने मधु तथा फलों का मनमाना उपभोग किया। अपने आनंद में बाधा डालने वाले वन-रक्षकों की मरम्मत की। जब वन के प्रधान रक्षक दधिमुख ने यह समाचार सुना तो वह युद्ध के लिए तैयार होकर वानर-वीरों से लड़ने आया। वानर-वीरों ने दधिमुख को भी मारा-पीटा और उसे बेहोश कर दिया।

दधिमुख होश में आने पर अपने साथियों सहित सुग्रीव की शरण गया और उनके चरणों में प्रणाम कर अपनी व्यथा सुनाई। सुग्रीव ने उसे आश्वासन दिया, किंतु मन में यह विश्वास जम गया कि हनुमान निश्चय ही सफलता पाकर लंका से लौटे हैं, तभी इस प्रकार निश्चित होकर वानर सेना के साथ मौज उड़ा रहे हैं।

सुग्रीव ने दधिमुख से कहा कि जाकर हनुमान आदि को हमारे पास भेज दो और निश्चिन्त होकर वन की रक्षा करो।

दधिमुख से सुग्रीव का आदेश सुनकर हनुमान आदि वीर प्रसवणगिरि की ओर चल पड़े। सुग्रीव ने जब उनको अपनी ओर आते देखा तो वे राम-लक्ष्मण से बोले, 'आर्य! सामने देखिए। मेरे विश्वासपात्र अपना काम पूरा करके प्रसन्न मुख इधर आ रहे हैं। यदि इन्हें अपने काम में सफलता न मिली होती तो निश्चित अवधि के बाद ये यहां आने का साहस न करते।'

ये लोग इस प्रकार की बातें कर ही रहे थे कि वानर वीरों का दल वहां पहुंच गया और हनुमान ने सुग्रीव तथा राम आदि के चरणों में प्रणाम कर कहा, 'मैंने देवी सीता का दर्शन किया है। वे पतिव्रत धर्म का पालन करती हुई शरीर से कुशलपूर्वक हैं।' राम सीता का समाचार सुनकर पुलकित हो उठे। फिर हनुमान

ने अपनी यात्रा और अपने कार्यों का पूरा वर्णन कर दिया। हनुमान ने राम को चूड़ामणि देते हुए सीता द्वारा दिया गया सन्देश भी कह सुनाया।

सीता द्वारा भेजी गई चूड़ामणि लेकर राम ने उसे हृदय से लगा लिया और आकुलता के कारण रो पड़े। लक्ष्मण भी अपने आंसू न रोक सके। राम ने हनुमान से कहा कि तुम शीघ्र ही मुझे लंका ले चलो, अब मैं एक क्षण भी सीता के बिना नहीं रह सकता। हनुमान ने राम को आश्वासन दिया। हनुमान की प्रशंसा कर राम भविष्य का विचार करने लगे।

युद्ध काण्ड

सेना द्वारा कूचः लंका से सफलतापूर्वक लौटे हनुमान से पूरा वृत्तान्त सुनकर राम ने कहा, 'हनुमान ने बड़ा भारी कार्य किया है। भूतल पर ऐसा कार्य होना कठिन है। इस भूमण्डल में दूसरा कोई तो ऐसा कार्य करने की बात मन के द्वारा सोच भी नहीं सकता। हनुमान के सिवा ऐसा कौन वीर है जो राक्षसराज रावण द्वारा सुरक्षित लंका को जलाकर भी वहां से सुरक्षित और जीवित लौट आये।' ऐसा कहकर राम ने हनुमान को गले से लगा लिया।

राम कहने लगे, 'अब समुद्र-पार जाने का क्या उपाय है ? सीता ने भी यही संदेह उठाया है। मैं भी इसी के लिए चिन्तित हूं।' राम को चिन्तित देख सुग्रीव ने उन्हें प्रोत्साहन देते हुए कहा, 'रघुनन्दन! जब सीता का समाचार मिल गया और शत्रु के निवास-स्थान का पता लग गया, तब मुझे आपके दुः ख और चिन्ता का कोई कारण नहीं दिखाई देता। हम इस विशाल तथा भयंकर समुद्र को पार कर लंका पर चढ़ाई करेंगे और आपके शत्रु को मार डालेंगे। आप अब ऐसा कार्य कीजिए जिससे समुद्र पर सेतु बंध सके और सेना समुद्र पर जा सके। वानर वीरों के रहते आपको किसी प्रकार की चिन्ता नहीं करनी चाहिए। वैसे भी मुझे तो तीनों लोकों में ऐसा कोई वीर नहीं दिखाई देता, जो रणभूमि में धनुष लेकर खड़े हुए आपके सामने ठहर सके।'

सुग्रीव की उत्साह-भरी बातें सुनने पर राम ने हनुमान से कहा, 'तुम मुझे यह बताओ कि उस दुर्गम लंकापुरी के कितने दुर्ग हैं। मैं देखे हुए के समान सारा विवरण स्पष्ट रूप से जानना चाहता हूं। तुमने रावण की सेना का परिमाण, पुरी के द्वारों को दुर्गम बनाने के साधन, लंका की रक्षा के उपाय तथा राक्षसों के भवन— इन सबको अपनी आंखों से भली भांति देखा है। इसलिए इन सबका ठीक-ठीक

ज्ञान मुझे भी कराओ।'

राम की आज्ञा पाकर हनुमान ने लंका के दुर्ग, फाटक, सेनाविमान और आक्रमण की रीति आदि का राम को पूरा विवरण दिया। फिर उन्होंने राम से सेना के कूच की आज्ञा मांगी।

राम ने सुग्रीव से कहा, 'आज उत्तरा फाल्गुनी नक्षत्र है और इस समय विजय नामक मुहूर्त भी है, इसलिए तुम इसी मुहूर्त में सेना के कूच की तैयारी करो।'

तुरन्त ही सारी व्यवस्था कर दी गई और सेना ने राम-लक्ष्मण के साथ कूच का डंका बजा दिया। हनुमान ने राम को और अंगद ने लक्ष्मण को अपने कन्धों पर बिठाया। विभिन्न सेनापतियों द्वारा संचालित अपार सेना युद्ध के बाजे बजाती हुई दक्षिण दिशा की ओर बढ़ चली।

महाबली नील अपनी सेना सहित आगे थे, उनके पीछे दूसरे सेनापति अपनी-अपनी सेनाओं सहित चल रहे थे। सुग्रीव और जाम्बवान् की सेना पृष्ठभाग की रक्षा कर रही थी।

राम के नेतृत्व में सेना चल रही थी और नील मार्ग का परिचय देते तथा सैनिकों को ग्रामों में अत्याचार करने से रोकते आगे जा रहे थे। राम उस समय बहुत ही प्रसन्न थे और उन्हें विजयसूचक शुभ शकुन होते अनुमान हो रहे थे।

चलते-चलते सेना महेन्द्र पर्वत पर जा पहुंची। नल ने समुद्र के उत्तर तट पर सेना के ठहरने की व्यवस्था की। मैन्द और द्विविद दो प्रमुख वानर वीर सेना की रक्षा के लिए चारों ओर चक्कर लगा रहे थे।

राम को इस समय सीता की याद परेशान करने लगी और वे लक्ष्मण से बातें करते हुए सीता के लिए रोने लगे । लक्ष्मण ने उन्हें धीरज दिया। राम ने सीता का चिन्तन करते हुए सन्ध्योपासना की।

लंका में चिंता: हनुमान ने लंका में जो कर्म किया था, उसे देखकर रावण चिन्तित हो उठा। सभासदों को एकत्र कर उसने उनसे कहा, 'हनुमान ने जो कुछ किया वह आप लोगों ने देख ही लिया। यह बात भी अच्छी तरह स्पष्ट हो चुकी है कि राम और लक्ष्मण अपनी विशाल सेना के साथ समुद्र को आसानी से पार कर लेंगे। ऐसी दशा में अपनी रक्षा और उनका सामना करने के लिए जो भी उचित सलाह हो वह मुझे दें।' सभासदों ने रावण और मेघनाद के बल-पराक्रम का वर्णन करते हुए रावण को राम पर विजय का विश्वास दिलाया।

प्रहस्त, दुर्मुख, वज्रदंष्ट्र, निकुम्भ और वज्रहनु नामक राक्षसों ने शत्रु सेना को

मार गिराने का साहस दिखाया, लेकिन रावण के भाई विभीषण ने रावण से राम की अजेयता बताकर उससे सीता को लौटा देने के लिए अनुरोध किया। विभीषण की बात सुनकर रावण को बड़ा क्रोध आया और वह सभासदों को विदा कर अपने महल में चला गया।

दूसरे दिन सवेरा होने पर विभीषण फिर अपने बड़े भाई के पास गया और उसे तरह-तरह से समझाया। रावण ने कहा, 'विभीषण! मुझे तो कहीं भी कोई भय नहीं दिखाई देता। सीता को ले जाने की राम में हिम्मत नहीं है। युद्ध में इन्द्र सहित देवताओं की सहायता पा लेने पर भी राम मेरे सामने नहीं टिक सकेंगे।' यह कहकर रावण ने विभीषण को विदा कर दिया।

रावण ने सभा भवन में सभासदों को इकट्ठा किया और नगर की सुरक्षा के लिए सैनिकों की नियुक्ति कर दी। उसने सीता के प्रति अपनी असक्ति बताकर उनके हरण का प्रसंग बताया और भविष्य के लिए क्या करना चाहिए इस सम्बन्ध में सभासदों से सम्मति मांगी। उस समय रावण के भाई कुम्भकरण ने रावण को फटकारा, 'तुमने छलपूर्वक पराई स्त्री का हरण करके घोर पाप किया है। इस पाप कर्म को करने से पहले ही तुम्हें चाहिए था कि हमसे परामर्श करते। परिणाम का विचार किए बिना ही तुमने जो दुष्कर्म किया है उसमें तुम्हारी सहायता कौन कर सकता है। राम ने अब तक तुम्हें मार नहीं डाला इसे तुम अपना सौभाग्य ही समझो।' कुम्भकरण की फटकार से रावण क्षुब्ध हुआ। इस पर कुम्भकरण ने शत्रुओं का वध करने का भार अपने कंधों पर लेकर रावण को निश्चिंत किया। कुम्भकरण की बात सुनकर विभीषण ने एक बार फिर सीता को लौटा देने की सम्मति दी। विभीषण ने कहा, 'मैं लंका, राक्षसों तथा रावण के हित में ही यह कह रहा हूं कि सीता को लौटा देने में ही सबकी भलाई है। मेरी दृष्टि में मंत्री वही है जो अपने और शत्रुपक्ष के बल-पराक्रम को समझकर तथा दोनों पक्षों की स्थिति, हानि और वृद्धि का अपनी बुद्धि के द्वारा विचार करके जो स्वामी के लिए हितकर और उचित हो, वही बात कहे।' विभीषण की बात सुनकर मेघनाद ने उसका बहुत उपहास उड़ाया। विभीषण ने मेघनाद को बुरी तरह फटकारा और रावण को राम से सन्धि करने की सलाह दी।

रावण के सिर पर काल मंडरा रहा था इसलिए उसे विभीषण की हितकर बात भी बुरी लगी। रावण ने कठोर वाणी में विभीषण से कहा, 'मैं जाति भाइयों के स्वभाव को जानता हूं। वे अपनी जाति भाई पर संकट आने पर हर्ष मनाते हैं।

तुम भी उनमें से एक हो।' इस पर विभीषण ने रावण को बुरी तरह फटकारा। रावण ने विभीषण का बहुत अपमान किया, फलतः विभीषण तत्काल वहां से चला आया।

राम की शरण में विभीषणः रावण से अपमानित होकर विभीषण अपने विश्वासपात्र अनुचरों के साथ राम से मिलने के लिए चल पड़ा। आकाशमार्ग से होता हुआ विभीषण अनुचरों के साथ राम के शिविर के पास जा पहुंचा। हनुमान और सुग्रीव ने इन लोगों को आते देखा तो वे चिन्तित हो उठे, किन्तु जब विभीषण ने अपना पूरा परिचय दिया और अपने आने का कारण बताया तो वे कुछ आश्वस्त हुए। विभीषण ने राम की शरण में जाने की प्रार्थना की। हनुमान ने तत्काल राम के पास जाकर विभीषण का समाचार दिया। हनुमान के मुख से विभीषण की सरलता और निष्कपटता सुनकर राम ने शरणागत की कथा के महत्त्व पर प्रकाश डाला और विभीषण से मिलने का निश्चय किया।

राम विभीषण से मिलने के लिए आगे बढ़े और विभीषण राम से मिलने के लिए आतुर हो आगे चला। राम से भेंट होने पर विभीषण उनके चरणों में गिर पड़ा और अपना परिचय देकर अपने साथ हुए रावण के व्यवहार की बात बताई। विभीषण ने राम से रावण तथा उसके सगे-सम्बन्धियों के बल का विस्तार से वर्णन किया। राम ने विभीषण से कहा, 'विभीषण! तुमने जो कुछ कहा है उसे मैं भली प्रकार जानता हूं, परन्तु सुनो, मैं सच कहता हूं, कि प्रहस्त और पुत्रों के सहित रावण का वध करके मैं तुम्हें लंका का राजा बनाऊंगा। मैं अपने तीनों भाइयों की सौगन्ध खाकर कहता हूं कि परिवार सहित रावण का वध किए बिना मैं अयोध्यापुरी में प्रवेश नहीं करूंगा।' विभीषण ने मस्तक नवाकर राम से कहा, 'प्रभु, राक्षसों के संहार में लंकापुरी पर आक्रमण करके उसे जीतने में मैं आपकी यथाशक्ति सहायता करूंगा तथा प्राणों की बाजी लगाकर युद्ध के लिए रावण की सेना में भी प्रवेश करूंगा।'

विभीषण के ऐसा कहने पर राम ने लक्ष्मण द्वारा समुद्र का जल मंगवा कर विभीषण का राक्षसों के राजा के पद पर अभिषेक कर दिया। अपने लिए एक उपयोगी साथी पाकर सब लोग बहुत प्रसन्न हुए और समुद्र पार जाने की तैयारी करने लगे।

समुद्र पर सेतुः राम तथा वानर सेना के सामने समुद्र को पार करने की कठिन समस्या थी। राम तीन दिन तक समुद्र के किनारे कुशा बिछाकर बैठे रहे परन्तु बहुत चिन्ता करने पर भी उन्हें कोई उपाय न सूझ पड़ा। अन्त में उन्होंने

समुद्र पर सेतु

समुद्र को सुखाने का निश्चय किया। इसलिए राम ने धनुष पर अमोघ बाण चढ़ाया। उनके ऐसा करते ही समुद्र में भीषण उथल-पुथल होने लगी। दसों दिशाएं भय से कांप उठीं। पृथ्वी फट गई। देखते-देखते ही समुद्र का जल शांत और उथला दिखाई देने लगा। उस समय ऐसा लगने लगा जैसे समुद्र स्वयं साकार हो कर पार जाने का कोई उपाय बता रहा हो। तभी नल को यह अनुभव हुआ कि समुद्र पर पुल का निर्माण किया जा सकता है। उसने हाथ जोड़कर राम से प्रार्थना की, 'यदि आपकी आज्ञा हो तो मैं समुद्र पर पुल बांधने का कार्य शुरू करूं। मैं हाशिल्पी विश्वकर्मा का औरस पुत्र हूं और उन्हीं के समान शिल्प कर्म में निपुण हूं।' राम ने तुरन्त नल को पुल बनाने की अनुमति दे दी। नल का संकेत पाकर वानर सेना बड़े-बड़े वृक्ष और शिलाखण्ड देने लगे।

वृक्षों और शिलाखंडों की सहायता से पहले दिन चौदह योजन लंबा पुल बांधा गया। दूसरे दिन बीस योजन लंबा, तीसरे दिन इक्कीस योजन लंबा, चौथे दिन बाईस योजन और पांचवें दिन सुवेल पर्वत के निकट तक तेईस योजन लंबा पुल तैयार कर दिया गया।

पुल तैयार हो जाने पर अपने सचिवों के साथ विभीषण हाथ में गदा लेकर समुद्र के दूसरे तट पर खड़े हो गए, जिससे यदि शत्रुपक्ष पुल तोड़ने के लिए आवे तो उसे रोका जा सके।

लंका पर आक्रमण: पुल बन जाने पर धीरे-धीरे वानरों की सारी सेना समुद्र के उस पार पहुंच गई। राम ने लक्ष्मण से कहा कि तुम सारी सेना को कई भागों में बांट दो और व्यूह रचना करके इसकी रक्षा के लिए सदा सावधान रहो। लक्ष्मण को आदेश देकर हाथ में धनुष लिए राम सबसे आगे लंकापुरी की ओर चले। फिर विभीषण और सुग्रीव श्रेष्ठ वानर सेना के साथ आगे बढ़े।

रावण को जब पता चला कि राम सेना सहित लंका की सीमा पर आ गए हैं तो समुद्र पर पुल बंधने और सेना के इस पार आने से उसे बहुत हैरानी हुई। उसने शुक और सारज नामक अपने दो विश्वासपात्र मंत्री, राम की सैनिक शक्ति का पता लगाने के लिए भेजे। वे वानर रूप बनाकर राम की सेना के शिविर में पहुंचे और सावधानी से जांच-पड़ताल करने लगे। किन्तु विभीषण ने उन्हें पहचान लिया और पकड़ लिया। दोनों राम के सामने लाए गए। वहां उन्होंने अपने आने का उद्देश्य बता दिया। उनकी बातें सुनकर राम ने मुस्कराकर कहा, 'यदि तुमने हमारी सैनिक शक्ति का पता लगा लिया हो और रावण के कथनानुसार सब

काम पूरा कर लिया हो तो तुम दोनों जा सकते हो। यदि अभी कुछ देखना बाकी रह गया हो तो विभीषण तुम्हें दिखा देंगे। तुम्हें किसी प्रकार का भय नहीं होना चाहिए, क्योंकि तुम दूत हो और दूत का वध नीति विरुद्ध है। हां, जब तुम दोनों लंका पहुंचो तो राक्षसराज रावण को मेरी ओर से यह संदेश सुना देना कि जिस बल के भरोसे तुमने सीता का हरण किया है उसे अब सेना और बंधुजनों सहित आकर इच्छानुसार दिखाओ। कल प्रात: काल ही तुम लंकापुरी तथा अपनी सेना को मेरे बाणों से नष्ट हुआ देखोगे।'

वे दोनों दूत लंकापुरी लौट आए और उन्होंने रावण से राम की विशाल सेना का परिचय दिया और राम का संदेश कह सुनाया। रावण ने परकोटे पर चढ़कर सुग्रीव, हनुमान, राम, लक्ष्मण, विभीषण आदि को सेना सहित युद्ध के लिए तैयार खड़े हुए देखा तो वह क्रोध और बेचैनी से पागल हो उठा। उसने शुक और सारज को फटकारकर अपने दरबार से निकाल दिया। उसके बाद रावण ने अपने गुप्तचर भेजे। गुप्तचरों ने भी लौटकर राम की विशाल सेना और मुख्य-मुख्य वीरों का परिचय दिया। दूतों ने यह भी कहा कि राम की सेना पर विजय पाना संभव नहीं है। आपके भाई विभीषण भी राम से जा मिले हैं। इसलिए आपका कोई भेद उनसे नहीं छिपा है।

गुप्तचरों की बात सुनकर रावण ने गुप्त मंत्रण के लिए माया रचने में कुशल राक्षसों को इकट्ठा किया। विचार-विमर्श करके मायावी राक्षसों के साथ सीता के सामने पहुंचा। वहां उसने अपना माया जाल फैलाकर सीता से कहा कि राम समरभूमि में मारे गये हैं। तुम पर महान् संकट आया है। अत: इस संकट से ही विवश होकर तुम मेरी पत्नी बन जाओ। रावण ने यह भी बताया कि राम के मुख्य-मुख्य वीर सैनिक मारे गये हैं। तुम्हें यदि राम के मारे जाने का विश्वास नहीं है तो राम का कटा हुआ सिर देखो। साथ ही राम का यह धनुष भी देखो। रावण के आदेश पर सीता के सामने राम का कटा हुआ सिर और धनुष-बाण रख दिए गए। सीता ने जब यह देखा तो वे राम के मारे जाने का विश्वास करके विलाप करने लगीं।

सीता को रोता छोड़ रावण अपनी सभा में जाकर मंत्रियों से सलाह करने लगा। रावण के चले जाने पर सीता को दुखी देखकर सरमा नाम की राक्षसी ने रावण की माया का सारा भेद खोल दिया और बताया कि वह सिर और धनुष-बाण माया के द्वारा रचे गए थे। तुम्हें कोई चिन्ता नहीं करनी चाहिए। अब तुम्हारे

शोक के दिन बीत गए हैं। राम सकुशल हैं और सेना सहित समुद्र को लांघकर इस पार आ गए हैं। उन्होंने समुद्र के दक्षिण तट पर पड़ाव डाला है। मैंने स्वयं अपनी आंखों से उनके दर्शन किए हैं। राम रावण का वध करके शीघ्र ही तुम्हें अपने साथ ले जाएंगे। मुझमें यह साहस और उत्साह है कि मैं राम के पास जाकर तुम्हारा संदेश कह दूं और फिर चुपचाप वहां से लौट आऊं।

सरमा की बात सुनकर सीता ने उससे कहा कि यदि तुम मेरा भला चाहती हो तो यह बताओ,रावण यहां से जाकर क्या कर रहा है। यदि मंत्रियों के साथ उसकी बातचीत चल रही है तो वहां जो कुछ निश्चय हो वह सब मुझे बताती रहो।

सरमा अशोक वाटिका से जाकर चुपचाप रावण और मंत्रियों के बीच हुई बात सुनकर लौट आई। उसने सीता से कहा कि रावण को सबने समझाया है पर वह किसी की नहीं सुनता। युद्ध में मरे बिना वह तुम्हें नहीं छोड़ेगा। रावण के सिर पर काल नाच रहा है। इसलिए वह किसी की नहीं सुनता।

सीता को सरमा यह समाचार दे रही थी कि तभी शंख और भेरियों की आवाज के साथ सैनिकों का कोलाहल सुनाई दिया। यह राम की सेना का कोलाहाल था। इसे सुनकर सारे राक्षस घबरा गए। माल्यवान् ने रावण को समझाया और कहा कि राम से सन्धि कर लेनी चाहिए इसी में आपका कल्याण है। रावण को माल्यवान् का यह सुझाव पसंद नहीं आया और उसने माल्यवान् को फटकारते हुए कहा, 'मुझे शंका है कि या तो तुम मुझसे जलते हो या शत्रु से मिले हुए हो।' माल्यवान् ने कुछ नहीं कहा और आज्ञा लेकर वहां से चला गया। रावण ने मंत्रियों सहित विचार-विमर्श करके तत्काल लंका की रक्षा का प्रबंध किया। सब प्रकार का प्रबन्ध कर वह अन्तः पुर को चला गया।

उधर विभीषण ने राम से रावण द्वारा किए गए लंका की रक्षा के प्रबन्धों का वर्णन किया जिसे सुनकर राम ने लंका के विभिन्न द्वारों पर आक्रमण करने के लिए अपने सेनापतियों की नियुक्ति की। राम ने कहा, 'बहुसंख्यक वानरों से घिरे हुए नील, पूर्व द्वार पर जाकर प्रहस्त का सामना करें। अंगद दक्षिण द्वार पर महापाश्र्व और महोदर को रोकें। हनुमान अपने वीरों के साथ पश्चिम द्वार में प्रवेश करें। मैं स्वयं लक्ष्मण सहित नगर के उत्तरी द्वार पर आक्रमण करके उसके भीतर प्रवेश करूंगा, जहां सेना सहित रावण मौजूद है। सुग्रीव, जाम्बवान् और विभीषण नगर के बीच के मोर्चे पर आक्रमण करें। ध्यान रहे,समस्त सेना वानरों के रूप में ही रहेगी। मनुष्य का रूप धारण नहीं करेगी। यही हमारी सेना

का संकेत होगा। केवल मैं, लक्ष्मण, विभीषण और उनके चार मंत्री मनुष्य रूप में रहेंगे।'

सेना को यह आदेश देकर राम प्रमुख वानरों के साथ सुवेल पर्वत पर जा चढ़े और उन्होंने वहीं रात बिताई। इसी पर्वत से राम ने लंकापुरी और रावण की सेना का निरीक्षण किया।

युद्ध का आरम्भः सुवेल पर्वत से सुग्रीव ने जब रावण को देखा तो वे क्रोध से भर उठे और पर्वत के शिखर से उठकर गोपुर की छत पर कूद पड़े। वहां जाकर उन्होंने रावण को ललकारा। अपना और राम का परिचय देते हुए सुग्रीव अकस्मात् उछलकर रावण के ऊपर जा कुदे। उन्होंने रावण के विचित्र मुकुटों को खींचकर पृथ्वी पर गिरा दिया। रावण ने भी सुग्रीव को ललकारा और उन्हें उठाकर छत के फर्श पर पटक दिया। फिर तो दोनों में मल्लयुद्ध होने लगा। बहुत देर तक दोनों में संग्राम होता रहा। सुग्रीव पर विजय पाते न देख रावण ने माया शक्ति से काम लेने का विचार किया। सुग्रीव उसकी इस बात को ताड़ गए और रावण को चकमा देकर वापस निकल भागे। रावण खड़ा-खड़ा देखता ही रह गया। सुग्रीव ने राम को जाकर अपनी वीरता बताई। राम ने सुग्रीव से दुस्साहस न करने के लिए कहा और फैसला किया कि अंगद को दूत बनाकर रावण के दरबार में भेजा जाए।

राम का आदेश पाकर अंगद परकोटा लांघते हुए रावण के राजभवन में जा पहुंचे। वहां उन्होंने अपना परिचय दिया और राम का संकेत देते हुए रावण से कहा, 'अत्याचारी रावण, मर्द बनो और घर से निकलकर मेरा सामना करो। तुम सारे विश्व के शत्रु हो। मैं तुम्हारा परिवार सहित वध करूंगा। या तो तुम मेरे चरणों में गिरकर आदरपूर्वक सीता को लौटा दो नहीं तो तुम मेरे हाथ से मारे जाओगे। तुम्हारे मारे जाने पर लंका का सारा ऐश्वर्य विभीषण को मिलेगा।

अंगद की बात सुनकर क्रोध में भरे रावण ने उन्हें पकड़ने की आज्ञा दी। राक्षसों को अपना बल दिखाने के लिए स्वयं ही अपने-आपको पकड़वा दिया। उनकी कैद में होते ही अंगद ने तरह-तरह से राक्षसों को पीड़ा पहुंचाई और सबको मारते, पराक्रम दिखाते उनकी कैद से छूटकर राम के पास लौट आए। राक्षसों सहित रावण हाथ मलता ही रह गया।

राम की सेना ने लंका का घेरा डाल दिया। दूतों ने रावण को समाचार दिया कि वानर सेना सहित राम ने लंकापुरी को चारों ओर से घेर लिया है। लंका के घेरे

जाने की बात सुनकर रावण को बड़ा क्रोध आया और वह नगर की रक्षा का पहले से भी दोगुना प्रबन्ध करके महल की अटारी पर जा चढ़ा। वहां से उसने राम की सेना को देखा और चिन्तित हो उठा।

उधर रावण के देखते-देखते विभिन्न भागों में बंटे हुए वानर सैनिक बिना वक्त गंवाए लंका के परकोटों पर चढ़ गए। उन्होंने वृक्षों से खाई को पाट दिया और अपने पराक्रम से विध्वंस मचाने लगे। राक्षसों के साथ वानर सेना का घोर युद्ध हुआ। उस युद्ध में भारी संख्या में राक्षस मारे गए।

वानर वीरों और राक्षसों में युद्ध चल ही रहा था कि रात हो गई। दोनों ओर से भयानक शत्रुता थी, अत: रात में भी युद्ध बन्द नहीं हुआ। बलवान् वानर वीरों ने राक्षस सेना के भीतर हलचल मचा दी। राक्षसों के पास हाथी-घोड़े और रथ थे, जबकि वानर सेना के पास पर्याप्त शस्त्र भी नहीं थे। फिर भी राक्षसों को उन्होंने खूब छकाया। अंगद ने युद्ध में मेघनाद को बहुत परेशान किया। उसे घायल कर दिया और उसके सारथी तथा घोड़ों को यमलोक भेज दिया।

मेघनाद से युद्ध और राम-लक्ष्मण की मूर्च्छा : अंगद से परास्त होकर मेघनाद ने अपनी माया फैलाई और वह अदृश्य हो गया। राम-लक्ष्मण बाणों की वर्षा कर राक्षसों को घायल कर रहे थे। मेघनाद ने अदृश्य रूप से ही राम-लक्ष्मण पर सर्प-बाण चलाने शुरू कर दिये, जिससे दोनों भाई घायल हो गये। उन्हें घायल हुआ देख मेघनाद ने दोनों को माया के वश में कर सर्पाकार बाणों के बंधन में बांध लिया। नाग-पाश में बंधे दोनों भाइयों पर भी वह प्रहार करता रहा, जिससे राम-लक्ष्मण अचेत हो गये। उन्हें उस अवस्था में देख वानर-वीर बहुत दुःखी हुए और रोते हुए आर्त्तनाद करने लगे।

विभीषण तो असुरों की माया जानता था, अत: उसने सुग्रीव आदि को समझा-बुझाकर शांत किया। उधर मेघनाद ने जाकर रावण से अपनी वीरता का बखान करते हुए राम-लक्ष्मण की दुर्दशा का समाचार दिया। रावण ने अपने पुत्र का अभिनंदन किया। उसके बाद रावण ने राक्षसनियों को बुलाकर आज्ञा दी कि वे सीता को जाकर राम-लक्ष्मण के मारे जाने का समाचार दें और सीता को पुष्पक विमान में बिठाकर रणभूमि में ले जाएं। वहां राम-लक्ष्मण की मृत देह को दिखाएं।

आज्ञानुसार सीता को रणभूमि में ले जाया गया। वहां राम-लक्ष्मण को अचेत पड़ा देख सीता बहुत दुः खी हुईं। राम-लक्ष्मण की वीरता तथा अपने प्रति उनका स्नेह याद करके बुरी तरह विलाप करने लगीं। सीता को विलाप करते देख

त्रिजटा ने उन्हें भांति-भांति से समझाया और आश्वासन दिया कि राम अजेय हैं, उनको कोई नहीं मार सकता। वे घायल होकर अचेत पड़े हैं। शीघ्र ही स्वस्थ होकर शत्रु से बदला लेंगे। त्रिजटा की बात से सीता आश्वस्त हुईं। फिर सीता को विमान द्वारा ही अशोक वाटिका में पहुंचा दिया गया।

युद्धभूमि में घायल पड़े राम तो कुछ समय बाद होश में आ गये, परन्तु लक्ष्मण की मूर्च्छा भंग नहीं हुई। उनकी दशा देख उदास चेहरा लिये राम विलाप करने लगे, 'हाय! भाई लक्ष्मण के बिना मैं सीता को लेकर भी क्या करूंगा ? मर्त्यलोक में कहीं ढूंढ़ने पर भी लक्ष्मण जैसा भाई नहीं मिल सकता। यदि लक्ष्मण जीवित नहीं रहे तो मैं भी अपने प्राणों का त्याग कर दूंगा। लक्ष्मण के बिना अयोध्या जाकर मैं कैसे मुंह दिखाऊंगा और किसी को क्या उत्तर दूंगा ?'

विलाप करते हुए राम ने सुग्रीव से कहा कि तुम अपने वीरों और सेना सहित यहीं से वापिस लौट जाओ। अब युद्ध का कोई लाभ नहीं। तभी विभीषण वहां आ पहुंचे और स्वयं भी रोने लगे। सुग्रीव और जाम्बवान् ने विभीषण को समझा-बुझाकर चुप कराया।

उन वीरों के बीच सुषेण वैद्य भी वहां मौजूद थे। उन्होंने सुग्रीव से कहा कि क्षीरसागर के तट पर भेजकर दिव्य ओषधियां मंगवाओ, उन्हें मंत्र से पवित्र कर लक्ष्मण की चिकित्सा कर उन्हें चेतना दिलायी जायेगी। सम्पाति और पनस नामक वीर इन ओषधियों को जानते हैं, अतः इन्हें ही भेज दो। इन ओषधियों के नाम हैं—संजीवकरणी और विशल्यकरणी। यदि हनुमान जाएं तो और भी ठीक हैं ।

ये लोग विचार कर ही रहे थे कि सहसा वहां बड़े वेग से गरूड़जी पधारे। गरुड़ ने आते ही राम-लक्ष्मण को नाग-पाश से मुक्त किया। स्वस्थ होकर दोनों भाई खड़े हो गये। गरूड़ अपना परिचय देकर और राम-लक्ष्मण को सावधान रहने के लिए कहकर अपने स्थान को लौट गये। वानर सेना में फिर उल्लास छा गया।

युद्ध की भयानकता: राम-लक्ष्मण के बन्धन-मुक्त होकर पुनः युद्ध के लिए तैयार होने का समाचार पाकर रावण चिन्तित हुआ। उसने तत्काल धूम्राक्ष । को युद्ध के लिए भेजा। धूम्राक्ष सेना सहित नगर से बाहर आया।

भयंकर पराक्रमी धूमाक्ष को निकलते देख वानर वीर उत्साह में भरे सिंहनाद करने लगे। दोनों ओर के योद्धाओं में भयानक युद्ध हुआ। दोनों ओर के अनेक वीर मारे गये। अपनी सेना की हानि देखकर महावीर हनुमान धूम्राक्ष से भिड़ गये

और बहुत शीघ्र ही उन्होंने उसका वध कर डाला।

धूमाक्ष के बाद सेना सहित वज्रदंष्ट्र मैदान में उतरा। घोर संग्राम हुआ। अंगद और वजदंष्ट्र दोनों एक-दूसरे की सेना का संहार करने लगे। अन्त में ये दोनों आपस में भिड़ गये। अन्ततः अंगद ने वज्रदंष्ट्र को मार गिराया।

वजदंष्ट्र के मारे जाने तक युद्ध को तीन दिन बीत चुके थे। रावण घबरा उठा। उसने अनेक वीर योद्धाओं को युद्ध के लिए तैयार किया। चौथे दिन अकंपन विशाल सेना लेकर वानर वीरों पर टूट पड़ा। रोमांचकारी युद्ध के बाद वह भी महावीर हनुमान के हाथों मारा गया।

पांचवें दिन महाकाल के समान विकराल राक्षस प्रहस्त अपार सेना लेकर युद्ध में गरजता हुआ आया। उसने अपने प्रहारों से वानर सेना को भारी हानि पहुंचाई। अनेक वानर सैनिकों को मारे जाते देख नल को क्रोध आ गया और उसने अपार वीरता का प्रदर्शन किया। प्रहस्त से लड़ते हुए वह घायल तो हुआ पर अंत में उसने प्रहस्त का वध कर डाला।

प्रहस्त के मारे जाने से रावण बहुत दुःखी हुआ। छठे दिन स्वयं युद्धभूमि में जाने का निश्चय किया। सुबह होते ही वह अपार सेना के साथ बड़ी धूमधाम से रथ में बैठकर युद्धभूमि में पहुंच गया। रावण के साथ मेघनाद, अतिकाम, सहोदर, त्रिशिरा आदि वीर भी युद्धभूमि में आये थे। राम ने जब उन वीरों को आते देखा तो विभीषण से उनके बारे में जानकारी चाही। विभीषण ने संकेत से सबका परिचय दिया। सूर्य-से कांतिमान, हिमालय-से विशालकाय, छत्रमुकुटधारी महातेजस्वी रावण को दिव्य रथ पर बैठा देख राम ने उसके ऐश्वर्य की प्रशंसा की। उन्होंने विभीषण से कहा कि सचमुच त्रिलोक में भी कोई ऐसा वीर नहीं है जो रावण को जीत सके। मेरा सौभाग्य है कि यह आज मेरे सामने आया।

राम और लक्ष्मण धनुष-बाण लेकर युद्ध में डट गये। रावण ने मोर्चा-बन्दी की और स्वयं वानर-सेना पर टूट पड़ा। अपनी सेना की क्षति देख सुग्रीव ने रावण पर प्रहार करने आरंभ कर दिये। रावण उन प्रहारों को रोकता रहा, अन्त में बहुत पीड़ित होने पर रावण ने सुग्रीव को मारने के लिए बहुत शक्तिशाली बाण छोड़ा। उस बाण की चोट से सुग्रीव अचेत होकर भूमि पर गिर पड़े और आर्तनाद करने लगे। सुग्रीव की दशा देखकर गवाक्ष, गवय, सुषेण, ऋषभ, ज्योतिर्मुख और नल जैसे वानर-योद्धा पर्वत शिखरों को उखाड़कर रावण पर टूट पड़े। बहुत प्रलयंकारी संग्राम हुआ। किन्तु रावण ने सभी को घायल कर विवश कर दिया।

घायल वानर-वीर राम की शरण आये तो राम धनुष-बाण लेकर आगे बढ़े। तभी लक्ष्मण ने उनसे प्रार्थना की कि मैं स्वयं रावण से युद्ध करूंगा। राम ने लक्ष्मण की विनय स्वीकार कर ली। लक्ष्मण युद्ध में कूद पड़े। उनके साथ हनुमान और नील भी रावण से युद्ध करने लगे। हनुमान और रावण के बीच भयानक लड़ाई हुई। नील को रावण ने मार-मारकर बेहोश कर दिया। हनुमान भी रावण की मार से कुछ क्षणों के लिए अचेत हो गये।

नील और हनुमान को इस अवस्था में देख शेष सेना को रोकता हुआ रावण लक्ष्मण की ओर आया। उसने लक्ष्मण को ललकारा। लक्ष्मण भी तैयार थे। रावण ने उन पर सात बाण एक साथ छोड़ दिये। लक्ष्मण ने उनको काट डाला। रावण बार-बार बाण मारता और लक्ष्मण उन्हें काट डालते। आखिरकार रावण ने ब्रह्मास्त्र का प्रयोग किया। अग्नि के समान दहकती हुई वह ब्रह्मशक्ति लक्ष्मण के वक्षस्थल में जा घुसी। उसके लगने पर लक्ष्मण पृथ्वी पर गिर पड़े और ऐसा लगा जैसे वे जलने लगे हों।

लक्ष्मण को इस अवस्था में देख सावधान होकर हनुमान रावण पर टूट पड़े और अपने मुक्कों की मार से रावण को भूमि पर गिरा दिया। तब हनुमानजी लक्ष्मण को उठाकर राम के पास ले आये।

उधर रावण भी होश में आ गया और पुनः आक्रमण करने लगा। रावण ने अनेक वानरों का संहार किया।

उपचार के पश्चात् लक्ष्मण को भी होश आ गया। हनुमान ने राम के निकट जाकर उनसे कहा कि आप मेरे कन्धों पर चढ़कर रावण पर प्रहार करें। राम ने हनुमान का आधार लिया और रावण पर प्रहार करने लगे। रावण ने अपने बाणों से हनुमान को घायल कर दिया। राम ने जब यह देखा तो वे क्रुद्ध होकर रावण पर तीखे वार करने लगे। राम ने आक्रमण करके रावण का रथ और सारथी नष्ट कर डाले। फिर वे रावण पर झपटे। उन्होंने बाणों से उसे घायल कर दिया। रावण के हाथ से धनुष टूट गया और वह व्याकुल हो उठा। फिर राम ने अर्द्धचन्द्राकार बाण हाथ में लिया और रावण के चमचमाते मुकुट काट डाले। अब तो रावण बहुत ही निराश हो गया।

रावण को परेशान देख राम ने कहा, 'तुमने हमारे अनेक वीरों को मार डाला है। फिर भी मैं तुम्हें थका हुआ देखकर जान से नहीं मारता हूं। जाओ और जाकर राजभवनों में विश्राम करो। विश्राम करने के बाद रथ पर सवार होकर आना और

फिर मेरा पकाक्रम देखना।'

राम की यह बात सुनकर परास्त हुआ रावण लज्जा से मुंह छिपाता हुआ लंका में जा घुसा।

कुंभकर्ण मैदान में : अपनी पराजय से दु: खी रावण ने अनुमान लगा लिया कि राम से जीतना आसान नहीं है, तब उसने महापराक्रमी अपने भाई कुंभकर्ण की सहायता लेना जरूरी समझा। उसने अपने सहयोगियों से कहा कि वे जाकर कुंभकर्ण को सोते से जगायें। उसकी नींद बहुत लम्बी है और वह निश्चिन्त होकर सोता है। रावण की आज्ञा पाकर वे कुंभकर्ण को जगाने चल दिये।

कुंभकर्ण एक गुफा में गहरी नींद में सोया हुआ था। महाकाय निशाचरों ने अनेक प्रयत्न करके कुंभकर्ण को जगाया। कोलाहल सुनकर कुंभकर्ण जमुहाई लेता हुआ उठ बैठा। सोकर उठने पर पहले उसने भरपेट भोजन किया। फिर रावण का आदेश सुनकर निशाचरों को आश्वासन देता हुआ वह रावण के पास आया। रावण की बातें सुनकर कुंभकर्ण पूरी तैयारी के साथ युद्धभूमि में जा पहुंचा।

कुंभकर्ण को आते देख वानर-सेना भयभीत होकर इधर-उधर भागने लगी। अपने वीरों को भागते देख राम ने विभीषण से पूछा कि महान् बलशाली पर्वताकार विशालकाय यह वीर कौन है ? विभीषण ने राम से कहा, 'भगवन्! जिसने युद्ध में वैवस्वत यम और देवराज इन्द्र को भी पराजित किया था, यह वही विश्रवा पुत्र और रावण का भाई कुंभकर्ण है। इसे जीतना आसान नहीं है।'

विभीषण की बात सुनकर राम ने नील से कहा, 'जाओ और सभी वीरों की मोर्चाबंदी कर लंका के द्वारों और राजमार्गों पर उन्हें डटे रहने के लिए कहो।' नील ने गवाक्ष, शरभ, हनुमान, और अंगद को यथास्थान नियुक्त कर दिया।

युद्ध में आने से पूर्व कुंभकर्ण ने रावण को बहुत समझाया और उसे उसके दुष्कर्म के लिए भी फटकारा, परन्तु रावण ने उसकी कोई बात नहीं सुनी और कुंभकर्ण से कहा कि लगता है तुम राम से डर गये हो। कायर मत बनो और जाकर युद्धभूमि में अपनी शूरता दिखाओ।

कुंभकर्ण विवश हो गया और युद्ध-संबंधी तैयारी करके युद्धभूमि में आ पहुंचा। कुंभकर्ण ने पहले तो अपनी माया से वानर सेना को भयभीत किया। भयभीत होकर वानर सेना इधर-उधर भागने लगी तो अंगद ने उन्हें समझा-बुझाकर युद्ध के लिए उनका आवाहन किया। वानर सेना युद्ध में आ डटी।

भयानक संग्राम हुआ। कुंभकर्ण ने अपने वीरों से वानर सेना का संहार करना शुरू कर दिया। पराजित वानर सेना युद्धभूमि से पुनः भागने लगी। भागती हुई सेना को अंगद ने फिर संभाला और समझा-बुझाकर लड़ने के लिए ललकारा।

वानर सेना और कुंभकर्ण में डटकर युद्ध हुआ। कुंभकर्ण ने अनगिन वीरों को धराशायी कर दिया। वानर वीर द्विविद अपने सैनिकों के साथ कुंभकर्ण पर टूट पड़ा। इससे क्षुब्ध होकर कुंभकर्ण ने अपना घोर पराक्रम दिखाया और गर्जन करते हुए वानर वीरों के सिर काटने लगा। फिर तो हनुमान, ऋषभ, शरभ, नील, गवाक्ष और गंधमादन मिलकर कुंभकर्ण पर झपटे। उन्होंने चारों तरफ से उस पर प्रहार किये, पर वह किसी से भी घबराया नहीं। अपने सैनिकों की दुर्दशा देख वानर वीर राम के पास गये। वानर-वीरों को भागते देख अंगद भी कुंभकर्ण की ओर झपटा। फिर सुग्रीव ने भी उस पर आक्रमण किया।

परन्तु कुंभकर्ण उन्मत्त होकर लड़ रहा था। वह लक्ष्मण के प्रहारों की भी परवाह न करता हुआ दोनों ही ओर के वीरों को नष्ट करने लगा। उसे अपने पागलपन में कुछ भी होश न रहा। तब लक्ष्मण ने राम से विनय की कि इसे शीघ्र ही मार डालना चाहिए, अन्यथा बुरा परिणाम निकलेगा। तब राम उसकी ओर धनुष तानकर दौड़े।वह भी राम की ओर लपका।

राम ने अनेक बाणों से कुंभकर्ण पर प्रहार किये, पर वे उसे विशेष हानि नहीं पहुंचा सके। कुंभकर्ण अपनी विशाल गदा लेकर वानरों का संहार करने लगा। तब राम ने वायव्य बाण से उसकी भुजा काट डाली। गदा सहित भुजा भूमि पर गिरी। कुंभकर्ण दूसरी भुजा से ताड़ का वृक्ष उखाड़ता हुआ राम पर झपटा। राम ने ऐन्द्रास्त्र से उसकी दूसरी भुजा भी काट डाली। तदनन्तर उन्होंने ब्रह्मदण्ड नामक बाण से कुंभकर्ण का मस्तक धड़ से अलग कर दिया।

इस बलशाली भयानक राक्षस कुंभकर्ण के मारे जाने से वानर सेना सहित राम-लक्ष्मण को परम प्रसन्नता हुई।

रावण को जब कुंभकर्ण के मारे जाने का समाचार मिला तो वह विलाप करने लगा। इस प्रकार सातवें दिन का युद्ध समाप्त हुआ।

आठवें दिन रावण ने त्रिशिरा, अतिकाय, नरान्तक, देवान्तक, महोदर आदि के साथ विशाल सेना युद्धभूमि में भेजी। राम की सेना पहले से ही तैयार थी। दोनों ओर की सेनाओं के बीच घमासान युद्ध हुआ। अंगद ने महाबली नरान्तक का और हनुमान ने वीर देवान्तक का वध कर डाला। त्रिशिरा तलवार लेकर हनुमान पर

झपटा, हनुमान ने उसकी तलवार छीनकर उसी से उसका वध कर डाला। फिर नील ने महोदर को और ॠषभ ने महापाश्र्व को मार डाला।

अपने वीरों को मरा देखकर अतिकाय ने बड़ी वीरता दिखाई। वह वानर सेना को ललकारता और उनका संहार करता आगे बढ़ने लगा। किन्तु अतिकाय ने किसी भी ऐसे योद्धा को नहीं मारा, जो उसके साथ युद्ध न कर रहा हो। अतिकाय राम के सामने जाकर कहने लगा, 'किसी साधारण प्राणी से युद्ध करने का मेरा विचार नहीं है। जिसके अंदर शक्ति हो, साहस और उत्साह हो, वह शीघ्र आकर मुझसे युद्ध करे।'

अतिकाय की अहंकार से भरी बात सुनकर लक्ष्मण को बड़ा क्रोध आया। वे धनुष-बाण लेकर उसके सामने आ डटे। दोनों एक-दूसरे पर पूरी शक्ति से बाण चलाने लगे। अतिकाय ने लक्ष्मण को घायल कर दिया। तब लक्ष्मण ने अग्निबाण से अतिकाय पर आक्रमण किया। इससे उसका मस्तक धड़ से अलग हो गया। अतिकाय के मरते ही वानर सेना में उल्लास छा गया।

रावण अपने वीरों की मृत्यु से विचलित हो उठा। मेघनाद ने जब अपने पिता को परेशान देखा तो नौवें दिन मेघनाद विधिवत् हवन-पूजन तथा शस्त्रास्त्रों का पूजन कर रावण से आशीर्वाद लेकर रथ में सवार हो विशाल राक्षस सेना के साथ युद्धभूमि में पहुंचा।

दोनों ओर से शंख, तुरही और रण के बाजे बजने लगे। उत्साह में भरे वीर एक-दूसरे पर टूट पड़े। मेघनाद ने अपने तीखे बाणों से वानर सेना की आगे की टुकड़ी को नष्ट कर डाला। उसके बाद वह आगे बढ़ता गया और शत्रुओं को मारता गया।

मेघनाद ने अठारह तीखे बाणों से गंधमादन को, नौ बाणों से नल को, सात वाणों से मैन्द को, पांच बाणों से गज को बींध डाला। तद्नन्तर उसने जाम्बवान्, नील, सुग्रीव, ॠषभ, अंगद और द्विविद को अपने बाणों की मार से निर्जीव-सा कर दिया।

मेघनाद के प्रहारों से वानर सेना रक्त में नहा गई। फिर उसने मंत्रों से अभिमंत्रित बाण छोड़े और वानर योद्धाओं को मूर्च्छित कर दिया। तदनन्तर मेघनाद ने माया से अदृश्य होकर वार करना आरंभ किया और अपने भीषण प्रहार से राम-लक्ष्मण को भी मूर्च्छित कर दिया। वानर-सेना और राम-लक्ष्मण की मूर्च्छा का समाचार उसने रावण को जा सुनाया। इससे रावण बहुत प्रसन्न हुआ।

लक्ष्मण-मूर्च्छा और मेघनाद-वधः उस दिन वानर सेना की बहुत बुरी दशा थी। जहां-तहां मृतकों के ढेर लगे थे। कुछ अधमरे थे, कुछ अचेत पड़े थे। चारों ओर घायलों का चीत्कार फैला हुआ था। धीरे-धरे रात घिर आई। विभीषण और हनुमान मशाल लेकर घायलों की सुधि लेने लगे। उन्होंने घायल अवस्था में पड़े जाम्बवान को कहराते हुए सुना। आवाज पहचानकर वे पास पहुंचे और विभीषण ने उन्हें प्रणाम किया। जाम्बवान् ने कहा, 'राक्षसराज! मैं आपका स्वर पहचानता हूं, कृपया बताइए कि हनुमान तो कुशलपूर्वक हैं ?'

विभीषण ने प्रश्न किया, 'आर्य! आपको राम-लक्ष्मण तथा दूसरे वीरों की चिन्ता नहीं है और हनुमान के बारे में ही पूछ रहे हैं, ऐसा क्यों ?'

जाम्बवान् ने कहा, 'हनुमान जीवित हैं तो सारी सेना जीवित है, इसीलिए उनके बारे में पूछ रहा हूं।' यह सुनकर हनुमान ने जाम्बवान् को प्रणाम किया। जाम्बवान् ने आशीर्वाद देते हुए हनुमान से कहा, 'वानरराज! तुम्हीं सेना के प्राणों के आधार हो। तुम्हारे सिवा हमारे प्राणों को बचाने की किसी में शक्ति नहीं है। तुम शीघ्र ही वायु-वेग से हिमालय पर्वत पर जाओ। वहां द्रोणाचल नामक ओषधि-पर्वत है, जिस पर तरह-तरह की चमत्कारपूर्ण जड़ी-बूटी मिलती है। वे रात को चमकती रहती हैं। तुम वहां जाकर मुर्दे को भी जिलाने वाली मृत संजीवनी, घावों को भरने वाली विशल्यकरणी, शरीर को कांति देने वाली सावर्णकरणी और टूटी हड्डियों को जोड़ने वाली सन्धानकरणी बूटियां ले आओ।'

हनुमान तुरन्त आकाशमार्ग से हिमालय गये और द्रोणाचल पर जाकर बूटियों की पहचान करने लगे। अनेक जगमगाती बूटियों को देख वे भ्रम में पड़ गये। कोई चारा न देख उन्होंने एक पर्वत-खण्ड ही उखाड़ लिया और अत्यन्त शीघ्रता के साथ उसे लेकर युद्धभूमि में जा उतरे। उन विलक्षण बूटियों के प्रभाव से वानर सेना और राम-लक्ष्मण की मूर्च्छा भंग हो गई। सेनापतियों ने सेना का पुनर्गठन किया।

सुग्रीव ने रात में ही सेना को लंका पर धावा बोलने की आज्ञा दी। मशालें लिये वानर बीर खाइयों-परकोटों को लांघते हुए भीतर घुस गये। सेना ने भीतर पहुंचकर भवनों, द्वारों और छज्जों में आग लगा दी। लंका में धू-धूकर मानो होली जलने लगी। चारों ओर भगदड़ मच गई, राम-लक्ष्मण ने अपने बाणों से लंकादुर्ग के मुख्य द्वार को ढहा दिया।

रावण तो निश्चिन्त हो गया था, अतः उसके सेनापति और सैनिक सुख की

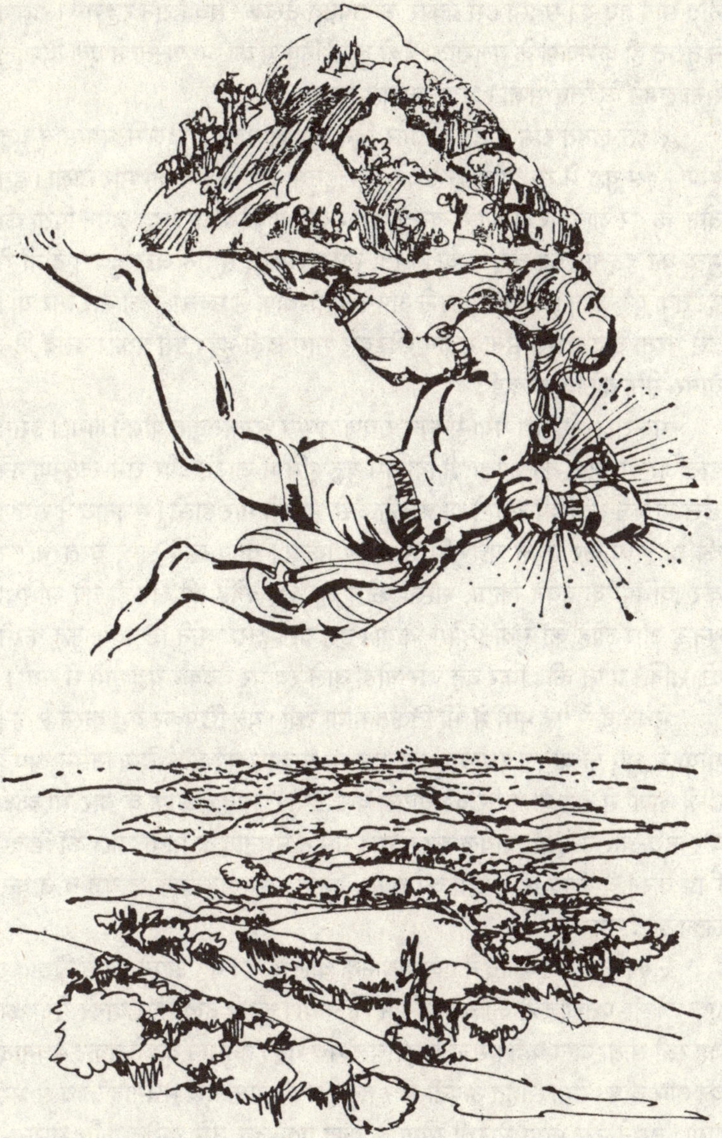

संजीवनी बूटी लाते हनुमान

नींद सोये हुए थे। सहसा इस प्रकार का उपद्रव देखकर सब हैरान रह गये। रावण ने तुरन्त ही कुंभकर्ण के बलशाली पुत्रों कुंभ-निकुंभ की अध्यक्षता में एक विशाल सेना लड़ने के लिए भेजी। भयानक युद्ध हुआ।

लड़ते-लड़ते राम बीत गई और दिन निकल आया। दिन में घमासान युद्ध हुआ। इस युद्ध में सुग्रीव ने कुंभ को और हनुमान ने निकुंभ को मार डाला। इन दोनों के मर जाने पर रावण ने खर के पुत्र मकराक्ष को भेजा। वह अपने पिता की मृत्यु का बदला लेना चाहता था। अतः सीधा राम के सामने जा पहुंचा। दोनों में देर तक युद्ध हुआ। अन्त में राम ने अपने अग्नि-बाण से मकराक्ष को मार गिराया। उसे मरता देख राक्षस सेना मैदान छोड़कर भाग खड़ी हुई। इस प्रकार दसवें दिन वानर-सेना की विजय हुई।

मकराक्ष को मारा गया सुनकर रावण रोष से भरकर दांत पीसने लगा। उसने इन्द्रजित् मेघनाद को आज्ञा दी कि तुम युद्धभूमि में जाओ और राम-लक्ष्मण को छल या बल से, छिपे रूप में या प्रत्यक्ष जैसे भी बने मार डालो। मेघनाद ने रावण की आज्ञा पाकर पहले यज्ञभूमि में प्रवेश किया। वहां उसने लाल वस्त्र धारण कर विधिपूर्वक हवन किया, शस्त्रों की पूजा की, बहेड़े की लकड़ी की समिधा बनाई और लोहे का सुवा प्रयोग किया। इस यज्ञ-द्वारा उसने छिपकर युद्ध करने की शक्ति प्राप्त की। फिर वह चार घोड़ों वाले रथ पर बैठकर युद्धभूमि में गया।

मेघनाद ने युद्धभूमि में भी विकट माया रची। वह छिपकर युद्ध करने लगा। माया से धुएं के बादल रचकर अन्धकार से आकाश को ढक दिया।उसने अपने तीखे बाणों से राम के शरीर को घायल कर दिया। उसने लक्ष्मण के वार भी व्यर्थ कर दिये और उन्हें भी घायल कर दिया। राम ने मेघनाद के माया जाल को छिन्न-भिन्न करने के लिए दिव्यास्त्रों का प्रयोग किया। मेघनाद तत्काल युद्ध बन्द कर लंका लौट गया।

लंका जाकर मेघनाद ने एक भयानक चाल चली। वह अपने रथ में बिठाकर एक दुबली-पतली स्त्री को युद्धभूमि में ले आया। दूर से देखने पर वानर सेना को वह स्त्री सीता जान पड़ी। सेना में हलचल मच गई। हनुमान यह देखकर मेघनाद की ओर दौड़े। सेना सहित अपनी ओर हनुमान को आते देख मेघनाद क्रोध से भर गया। उसने उस माया से रची सीता के केश पकड़कर उसे घसीटा और मारना-पीटना शुरू कर दिया। वह सीता 'हा राम-हा राम!' चिल्लाकर रोने लगी। हनुमान शिला के शस्त्र लेकर मेघनाद पर टूट पड़े।

मेघनाद ने तभी उस सीता का सिर काट डाला और उसके टुकड़ों को दिखाते हुए हनुमान से बोला, 'देख लो, मैंने सीता के टुकड़े-टुकड़े कर दिये हैं। अब तुम्हारा परिश्रम व्यर्थ है।' यह कहकर मेघनाद रथ पर बैठा-बैठा अट्टहास करने लगा।

मेघनाद के भयानक अट्टहास को सुनकर और सीता के वध को प्रत्यक्ष देखकर इधर-उधर भागती वानर सेना को हनुमान ने ललकारा। इन्द्रजित् मेघनाद के साथ घोर संग्राम छिड़ गया। दोनों ओर अपार क्षति हुई। अन्त में हनुमान जी सेना को यह कहकर युद्धभूमि से ले चले कि सीताजी का वध हो चुका है, ऐसी दशा में युद्ध व्यर्थ है। वे सीधे राम के पास गये।

हनुमान को जाते देख मेघनाद भी निकुंभिला देवी के मन्दिर में चला गया। वहां जाकर उसने विजय की कामना करते हुए हवन करना आरंभ किया।

हनुमानजी ने जब राम को सीता के वध का समाचार दिया तो वे मर्माहत होकर शोक के कारण मूर्च्छित हो गये। लक्ष्मण ने राम को सचेत होने के प्रयत्न किये। राम के होश में आने पर लक्ष्मण ने धर्म-अधर्म की व्याख्या करते हुए राम को पुरुषार्थ करने के लिए तत्पर किया। तभी विभीषण भी वहां आ पहुंचे। उन्होंने मेघनाद की माया का रहस्य बताकर राम को सीता के जीवित रहने का विश्वास दिलाया और राम से अनुरोध किया कि वे लक्ष्मण को सेना-सहित निकुंभिला देवी के मन्दिर में भेजें, वहां मेघनाद हवन कर रहा है। उसे हवन करने से रोकना चाहिए।

विभीषण की सलाह मानकर राम ने लक्ष्मण को सेना सहित मेघनाद का वध करने के लिए मन्दिर की ओर रवाना कर दिया। उस समय लक्ष्मण के साथ विभीषण, अंगद और हनुमान भी थे। मन्दिर में जाते ही विभीषण के संकेत पर वानर वीरों ने राक्षस सेना पर धावा बोल दिया। भयानक मार-काट मची। अपनी सेना को परेशानी में पड़ी देख मेघनाद अनुष्ठान समाप्त होने के पहले ही उठ खड़ा हुआ। युद्ध के लिए तैयार हनुमान ने उसे द्वन्द्व युद्ध के लिए ललकारा। हनुमान पर चारों ओर से प्रहार होने लगे। उन्हें परास्त होता देख हनुमान स्वयं उनकी ओर लपका। विभीषण ने लक्ष्मण को संकेत किया कि तत्काल मेघनाद का वध होना चाहिए। मेघनाद ने विभीषण को देखा तो उसे बुरी तरह फटकारा। विभीषण ने भी मेघनाद को अनेक प्रकार से बुरा-भला कहा और बताया कि अब तुम सहित राक्षसों का अन्त निकट आ पहुंचा है।

विभीषण से वाद-विवाद करने के बाद मेघनाद लक्ष्मण की ओर उन्मुख

हुआ। लक्ष्मण और मेघनाद में बड़ी देर तक पहले तो वाक्-युद्ध होता रहा, फिर दोनों एक-दूसरे पर भांति-भांति के अस्त्र-शस्त्रों से प्रहार करने लगे। दोनों ही महावीर ये और अस्त्र-शस्त्रों के ज्ञाता थे। दोनों में संग्राम होता रहा। जब विभीषण ने लक्ष्मण को थका हुआ देखा तो वह उनकी रक्षा के लिए उनके निकट जा पहुंचा।

विभीषण ने अपने तीखे बाणों से राक्षस सेना का संहार शुरू कर दिया। वानर सेनापतियों को प्रोत्साहन देता वह युद्धभूमि में आगे बढ़ता रहा। लक्ष्मण ने अपने तीखे वार से मेघनाद के सारथी को मार डाला और वानरों ने उसके घोड़ों को मार डाला। इस दुर्दशा से मेघनाद और भी क्रुद्ध हो उठा। उसने पूरी शक्ति से लक्ष्मण पर प्रहार करने आरंभ कर दिये। शस्त्रों की मार से आकाश में अंधकार-सा छ। गया। मेघनाद समय से लाभ उठाकर राक्षस सेना को डटे रहने का आदेश देकर लंकापुरी गया और नया रथ सजाकर पुन: युद्धभूमि में आ गया। उसने आते ही लक्ष्मण और विभीषण पर धावा बोल दिया। उसे नये रथ में बैठा देख दोनों बड़े हैरान हुए।

लक्ष्मण और मेघनाद के बीच भयानक युद्ध होने लगा। दोनों शस्त्रास्त्रों से एक-दूसरे को चोट पहुंचाने लगे। मेघनाद का सारथी मारा गया और विभीषण ने उसके घोड़ों को भी मार गिराया। अब मेघनाद रथ से उतरकर विभीषण की ओर झपटा। लक्ष्मण विभीषण की रक्षा करते हुए आगे बढ़े और उन्होंने वरुणास्त्र उठाया। मेघनाद ने रौद्रास्त्र से उसका निवारण किया। तदनन्तर उसने आग्नेयास्त्र छोड़ा जिसे लक्ष्मण ने सूर्यास्त्र से शांत कर दिया। इस पर मेघनाद ने आसुरास्त्र का प्रयोग किया, जिससे चमकते हुए कूट, मुद्गर, शूल, भुशुंडी, गदा, खड्ग, फरसे निकलने लगे। उनका निवारण करने के लिए लक्ष्मण ने माहेश्वरास्त्र का प्रयोग किया। मेघनाद ने उसका भो दृढ़ता से सामना किया। अब लक्ष्मण ने दूसरा उत्तम बाण अपने धनुष पर चढ़ाया। यह ऐन्द्रास्त्र था। इस बाण पर पंख लगे थे और सारा अंग गोल एवं सुडौल था। यह बहुत ही भयंकर और अमोघ था। लक्ष्मण ने इस बाण को कान तक धनुष खींचकर मेघनाद पर छोड़ दिया।

धनुष से छूटते ही लक्ष्मण के ऐन्द्रास्त्र ने जगमगाते हुए कुंडलों से युक्त इन्द्रजित् मेघनाद के शिरस्त्राण सहित दीप्तिमान् मस्तक को धड़ से काट कर पृथ्वी पर गिरा दिया। मेघनाद को मरा हुआ देख वानर सेना विभीषण सहित प्रसन्न होकर सिंहनाद करने लगी।

घनाद वध

वानर सेना की मार से घबराकर राक्षस सेना अपने पट्टिश, खड्ग और फरसे फेंककर युद्धभूमि से भाग खड़ी हुई। विभीषण, हनुमान, जाम्बवान् तथा अन्य वानर-यूथपतियों ने लक्ष्मण का अभिनन्दन किया।

राम को शुभ समाचार की सूचना: लक्ष्मण और मेघनाद के बीच यह युद्ध तीन दिन तक होता रहा था। मेघनाद ने अपने बाणों से लक्ष्मण के शरीर को जर्जर कर दिया था। वे थककर चूर हो चुके थे। अब उन्होंने मेघनाद-वध के शुभ समाचार की सूचना राम को देने का विचार किया। सब लोग उस ओर चले जहां सुग्रीव और राम विराजमान थे। घायल लक्ष्मण विभीषण और हनुमान का सहारा लेकर चल रहे थे।

लक्ष्मण ने राम के चरणों में प्रणाम किया। विभीषण ने समाचार दिया कि महात्मा लक्ष्मण ने मेघनाद का मस्तक काटकर पराक्रम का परिचय दिया है। शुभ समाचार सुनते ही राम हर्ष से भर उठे और उन्होंने लक्ष्मण को अपनी भुजाओं में भर कर हृदय से लगा लिया।

लक्ष्मण के शरीर में बाण भरे हुए थे। उनके घावों से उन्हें सांस लेने में भी कठिनाई हो रही थी। राम ने उनके शरीर पर प्यार से हाथ फेरते हुए उन्हें आश्वासन दिया और सुषेण को बुलाकर लक्ष्मण तथा अन्य घायलों की चिकित्सा कराई।

उधर रावण ने जब मेघनाद के मारे जाने का समाचार सुना तो वह आघात सहन नहीं कर सका और मूर्च्छित हो गया। काफी देर बाद जब उसे होश आया तो वह अपने पुत्र मेघनाद की याद कर विलाप करने लगा। उसने रोते-रोते ही क्रोध में भरकर सीता को मार डालने का निश्चय किया। वह तलवार हाथ में लेकर सीता के निकट जा पहुंचा। उन्हें मारने के लिए वह उनकी ओर दौड़ा तो सीता अकुला उठीं। वे परिवार-जनों तथा राम-लक्ष्मण आदि का स्मरण करती हुई रोने लगीं । तपस्विनी सीता को इस तरह रोती हुई देखकर रावण के सुशील एवं सदाचारी मंत्री सुपार्श्व ने रावण को समझाया, 'महाराज! धर्मात्मा होकर स्त्री-वध का कुकर्म क्यों करने जा रहे हो! आप तो विधिपूर्वक ब्रह्मचर्य का पालन करते हुए वेद-विद्या का अध्ययन पूरा करके गुरुकुल से स्नातक होकर निकले थे और तब से सदा अपने कर्त्तव्य के पालन में लगे रहे हो। फिर आज एक स्त्री का अपने हाथ से वध करना कैसे ठीक समझ रहे हो ? हम लोगों के साथ युद्धभूमि में चलकर राम पर क्रोध उतारना ही उचित उचित है। आज कृष्णपक्ष की चर्तुदशी

है। अतः आज ही यूद्ध की तैयारी करके कल अमावस्या के दिन सेना के साथ विजय के लिए प्रस्थान करो ।'

रावण अपने मंत्री की सलाह मानकर अपने महल में लौट आया। फिर वहां से चलकर अपने सुहृदों के साथ राज सभा में प्रवेश किया।

रावण द्वारा तैयारी और आक्रमणः सभा में पहुंचकर राक्षसराज रावण पुत्रशोक से पीड़ित होकर अपनी सेना के प्रधान-प्रधान योद्धाओं से हाथ जोड़कर कहने लगा, 'वीरो! तुम लोग शस्त्रास्त्रों से लैस होकर राम को घेरे में लेकर मार डालो। अथवा कल सवेरा होते ही मैं स्वयं उस पर हमला करके उसे मार डालूंगा।'

रावण की आज्ञा पाकर योद्धा रथों और सेना को सजाकर लंका से निकले। वे राक्षस रात में ही वानर सेना पर परिघ, पट्टिश, बाण, तलवार और फरसों से आक्रमण करने लगे। वानर-सेना भी डटकर मुकाबला करने लगी। युद्ध होते-होते भोर हो गया।

सूर्योदय के समय राक्षसों और वानरों के उस भयानक युद्ध ने बहुत ही भयंकर रूप धारण कर लिया। रणभूमि में खून की नदियां बहने लगीं। इस युद्ध में वानर सेना के अनेक वीर मारे गये। राम को जब यह समाचार दिया तो वे स्वयं युद्धभूमि में आकर शत्रुसेना का संहार करने लगे। राम ने अनेक महान् योद्धाओं को सेना सहित मार गिराया।

योद्धाओं को मरा जानकर उनकी पत्नियां तथा अन्य राक्षसियां विलाप करती हुई रावण को कोसने और विभीषण की सराहना करने लगीं कि वह समझदार निकला जो पराक्रमी राम की शरण में जा पहुंचा। जब रावण ने राक्षसियों का करुण-क्रन्दन सुना तो वह सोच-विचार में पड़ गया। उसने तत्काल अपने मंत्रियों को बुलाया और अपनी वीरता का बखान करता हुआ शत्रु-वध के बारे में उत्साह प्रकट करने लगा। उसने कहा कि तुम लोग महोदर, महापार्श्व और विरूपाक्ष से मेरीआज्ञा सुना दो कि सेना सहित कूच करें। मंत्रियों ने जा कर आज्ञा सुनाई तो तुरंत वे सेनापति रावण के पास दौडे आये।

रावण की आज्ञा पाकर राक्षस-सेनापति सेनाएं सजाकर युद्धभूमि में जा पहुंचे। सभी राक्षस तलवार, पट्टिश, शूल, गदा, मूसल, हल, तीखी धार वाली शक्ति, बड़े-बड़े मुद्गर, डंडे, भांति-भांति के चक्र, तीखे फरसे, भिन्दिपाल, शतघ्नी तथा अन्य प्रकार के उत्तमोत्तम शस्त्रास्त्रों से सुसज्जित थे। रावण की आज्ञा

से चार सेनापति रथ, हाथी-घोड़े, ऊंट, गदहे और पैदल लेकर युद्ध में कूद पड़े।

सेना से घिरा हुआ रावण भी युद्धभूमि में आया। सब ओर से मृदंग, पटह, शंख की ध्वनि और राक्षसों का कोहलाहल गूंजने लगा। उस गंभीर घोष और कोलाहल को सुनकर वानर-सेना भी सामने आ डटी। रावण ने अपने भीषण प्रहारों से वानर-सेना का संहार करना शुरू कर दिया। वानर इधर-उधर भयभीत होकर भागने लगे।

यह दशा देखकर सुग्रीव ने सुषेण से सेना संभालने के लिए कहा और स्वयं सेना की टुकड़ी लेकर राक्षसों का संहार करने लगा। उसने सेना का संहार करते हुए राक्षस विरूपाक्ष पर प्रहार किये और उसे युद्ध में मार डाला। फिर सुग्रीव महोदर से जा भिड़ा और उसे भी मार गिराया। अंगद ने भी अपनी वीरता का अनूठा प्रदर्शन किया और महापार्श्व को मार डाला।

राम-रावण का युद्धः युद्ध होते हुए तेरह दिन बीत गये थे। यह चौंदहवां दिन था। जब रावण ने विरूपाक्ष, महोदर और महापार्श्व की भी हत्या देखी तो वह बौखला उठा और सारथी को रथ आगे बढ़ाने की आज्ञा देकर बोला, 'मेरे मंत्री मारे थे। लंकापुरी पर चारों ओर से घेरा डाल दिया गया है, इसके लिए मुझे बड़ा दुः ख है। आज राम-लक्ष्मण का वध करके ही मैं इस दुःख को दूर करूंगा।'

ऐसा कहकर रावण अपने रथ की घरघराहट से दसों दिशाओं को गुंजाता हुआ बड़ी तेजी से राम की ओर बढ़ा। उस समय रावण ने तामस नामक अस्त्र का प्रयोग कर वानरों को भस्म करना शुरू किया। इससे उनके पांव उखड़ गए और वे इधर-उधर भागने लगे।

जब राम ने रावण को अपनी ओर आते देखा तो उन्होंने और लक्ष्मण ने अपने धनुष-बाण सम्भाल लिए। लक्ष्मण ने आगे बढ़कर रावण पर बाण छोड़े। रावण ने उन बाणों को काट गिराया। लक्ष्मण के बाणों को काटता हुआ रावण राम के पास जाकर बाणों की वर्षा करने लगा। राम भी उसका उत्तर देने लगे। राम और रावण दोनों मेघों की भांति आपस में टकराने लगे। राम ने ऐसा पराक्रम दिखाया कि रावण घबरा उठा और उसने कई बाण मारकर राम के गले में बाणों की माला-सी पहना दी। राम ने उनका निवारण किया और रावण पर रौद्रास्त्र का प्रयोग किया। राम के बाण विभिन्न प्रकार के हिंसक जन्तुओं के आकार के थे। रावण ने भी इसी प्रकार के बाण छोड़े। अन्त में राम ने आग्नेय अस्त्र का प्रयोग किया जिससे रावण के सभी वार व्यर्थ हो गए। यह देखकर रावण ने मायासुर के

बनाए अस्त्र को छोड़ने का निश्चय किया। राम ने अपने गान्धर्व अस्त्र से उसे रोक दिया। रावण ने फिर सूर्यास्त्र का प्रयोग किया, जिससे बड़े-बड़े तेजस्वी चक्र प्रकट होने लगे। राम ने उनके भी टुकड़े-टुकड़ेकर डाले। उस अस्त्र को नष्ट हुआ देख रावण ने एक साथ दस बाण मारकर राम के मर्म स्थानों में गहरी चोट पहुंचाई। राम ने भी रावण के सारे अंगों को घायल कर दिया। अब लक्ष्मण ने रावण पर आक्रमण किया। उन्होंने रावण के सारथी का मस्तक काट डाला और रावण के धनुष को भी नष्ट कर दिया। उधर विभीषण ने भी रावण के रथ के घोड़ों को मार गिराया।

लक्ष्मण-मूर्च्छा और राम का विलाप: रावण अपनी क्षति देखकर रथ से कूद पड़ा और विभीषण को मारने के लिए उस पर वज्र के समान शक्ति चलाई। लक्ष्मण ने बीच में ही उस शक्ति को काट दिया। तदनन्तर रावण ने विभीषण को मारने के लिए अमोघ शक्ति का प्रयोग किया। विभीषण के प्राणों पर संकट देख लक्ष्मण आगे बढे और विभीषण को पीछे करके वह स्वयं शक्ति के आगे खड़े हो गये और रावण पर बाणों की वर्षा शुरू कर दी। क्रोध में भरे हुए रावण की वह शक्ति लक्ष्मण को जा लगी। शक्ति के लगते ही लक्ष्मण भूमि पर गिर पड़े। लक्ष्मण को मूर्च्छित अवस्था में देखकर राम विषाद में डूब गए। फिर शीघ्र ही संभलकर और यह सोचकर कि यह विषाद का समय नहीं है, भयंकर युद्ध करने लगे।

वानरों ने लक्ष्मण की छाती से शक्ति को निकालने की बहुत कोशिश की पर वे सफल नहीं हुए। तब महाबली राम ने उस भयंकर शक्ति को अपने दोनों हाथों से पकड़कर लक्ष्मण के शरीर से निकाला और उसे तोड़कर फेंक दिया। इस बीच रावण राम पर बराबर प्रहार करता रहा। शक्ति निकालने के पश्चात् राम अपने बाणों से रावण को घायल करने लगे। राम के बाणों से घायल होकर रावण वहां से भाग गया।

रावण के भाग जाने पर राम ने अचेत पड़े अपने भाई लक्ष्मण की ओर देखा और विलाप करते हुए सुषेण वैद्य से कहने लगे, 'लक्ष्मण को देखकर मेरा हृदय शोक से फटा जा रहा है। इसे रक्त-रंजित देखकर मुझ में भी युद्ध की शक्ति नहीं रही है। मेरे भाई लक्ष्मण यदि न रहे तो मैं अपने प्राण रखकर क्या करूंगा। इस समय मेरा पराक्रम लज्जित है। हाथ से धनुष खिसक रहा है और मेरे बाण शिथिल हो रहे हैं। अब अगर मुझे युद्ध में विजय भी मिल जाए तो मुझे कोई प्रसन्नता नहीं होगी। वन में आते समय जैसे लक्ष्मण मेरे पीछे-पीछे चले आए थे,

उसी तरह यमलोक में जाते समय मैं भी इनके पीछे-पीछे जाऊंगा। संसार में सब कुछ मिल सकता है लेकिन सहोदर भाई नहीं मिल सकता। लक्ष्मण के बिना मैं राज्य लेकर क्या करूंगा। अयोध्या जाने पर जब माताएं और भाई पूछेंगे तो उन्हें क्या उत्तर दूंगा। अब मेरे लिए यहीं मर जाना अच्छा है। हा लक्ष्मण! हा प्रिय बंधु! तुम मुझसे बोलते क्यों नहीं हो। उठों! आंख खोलकर देखो, ऐसी गहरी नींद क्यों सो रहे हो? पर्वतों और वनों में जब मैं शोक से पीड़ित हो पागलों की तरह घूमा करता था, तो तुम ही मुझे धीरज बंधाया करते थे। अब तुम मुझे छोड़कर अकेले ही क्यों परलोक जा रहे हो ?'

राम के इस विलाप को सुनकर सुषेण ने धीरज बंधाते हुए उनसे कहा, 'आप के भाई लक्ष्मण मरे नहीं हैं। इनके मुख की आकृति अभी बिगड़ी नहीं है। और न उनके चेहरे पर कालापन ही आया है। मुख प्रसन्न और कान्तिमान दिखाई दे रहा है। हथेलियां कमल के समान कोमल और आंखें भी बहुतं साफ हैं। इनके शरीर में प्राण हैं; सांस चल रही है और हृदय की गति भी बंद नहीं हुई है। यह सब लक्षण जीवित होने की सूचना दे रहे हैं।'

राम को इस प्रकार धीरज बंधाकर सुषेण ने हनुमान को जाम्बवान् द्वारा बताई गई और पहले लाई गई ओषधियां लाने के लिए भेज दिया। हनुमान तुरंत वहां से चले और पहले की भांति ओषधियां ले आए। सुषेण ने उन ओषधियों द्वारा लक्ष्मण का उपचार किया। उपचार से लक्ष्मण के शरीर से बाण निकल गए और वे स्वस्थ होकर उठ बैठे। लक्ष्मण के स्वस्थ होते ही चारों ओर प्रसन्नता छा गई। राम ने लक्ष्मण को दोनों भुजाओं में भर कर हृदय से लगा लिया।

पुनः युद्धः अब स्थिति बदल गई थी। राम-लक्ष्मण से प्रेरणा पाकर धनुषबाण लेकर फिर युद्ध में जुट गए। रावण भी दूसरा रथ लेकर युद्ध में आ गया था। राम-रावण का सामना हुआ और दोनों एक-दूसरे पर बाणों की वर्षा करने लगे। रावण अपने रथ पर सवार था और राम पैदल ही थे। जब इन्द्र को इस बात का ज्ञान हुआ तो उसने अपने सारथी मातलि को रथ लेकर संग्राम भूमि में भेजा। रथ लेकर मातलि राम के पास आया और उनसे बोला, 'महाराज! आप इस रथ पर सवार हों और इन्द्र के भेजे हुए इस विशाल धनुष, अग्नि के समान तेजस्वी कवच, सूर्य के समान प्रकाशित बाण और कल्याणमयी शक्ति को ग्रहण करें।' राम ने रथ की परिक्रमा की और उसे प्रणाम करके वे उस पर सवार हो गए। राम और रावण के बीच रोंगटे खड़ेकर देने वाला युद्ध आरम्भ हो

गया। दोनों ओर से तरह-तरह के बाणों का प्रयोग होने लगा। किसी प्रकार से भी राम पर विजय पाते न देख रावण ने राम पर भयानक शूल से प्रहार किया, परंतु राम ने उसे भी व्यर्थ कर दिया। राम ने इन्द्र द्वारा भेजी शक्ति अपने हाथ में ली और उस शूल के टुकड़े-टुकड़े कर दिए। राम ने अपने बाणों के प्रहार से रावण को लहूलुहान कर दिया। क्रोध में भरकर रावण ने राम पर अनेक बाण चलाए। युद्ध में व्यर्थ का अभिमान प्रदर्शित करते हुए रावण को राम ने बुरी तरह फटकारा और बाणों की वर्षा कर उसे बुरी तरह घायल कर दिया। जब रावण के सारथी ने रथ पर पड़े घायल रावण को देखा तो रथ को लेकर युद्धभूमि से बाहर निकल आया। जब रावण को होश आया तो उसने सारथी को फटकारा और कहा कि मुझे लगता है तू शत्रु से मिला हुआ है। अगर तू मेरा हितैषी है और मेरी वीरता को जानता है तो शीघ्र ही रथ को युद्धभूमि में ले चल। सारथी ने रावण से कहा, 'मैंने कोई गलत काम नहीं किया है। सारथी को देश-काल का, शुभाशुभ लक्षणों का, रथी की चेष्टाओं का और उसके बलाबल का ज्ञान रखना चाहिए। उसे शत्रु के पास आने, दूर हटने आदि का भी ज्ञान होना चाहिए। आपको तथा रथ के घोड़ों को थोड़ा विश्राम देने के लिए ही मैंने ऐसा किया है।' रावण सारथी की बातों से संतुष्ट हुआ और उसे युद्धभूमि में चलने की आज्ञा दी।

रावण का वध और दाह-संस्कार: शस्त्रास्त्रों से सुसज्जित रावण का रथ सारथी राम के सामने ले आया। अब राम के बायीं ओर रावण का रथ था। राम-रावण सिंहनाद करके द्वैरथ-युद्ध में प्रवृत्त हो गये। दोनों योद्धाओं को अपनी जीत का विश्वास था, अतः उनके महान् भयंकर शस्त्रास्त्र एक-दूसरे से टकराने लगे। भयानक विस्फोट और नाद से दिशाएं कांप उठीं, बाणों की वर्षा से आकाश के नीचे एक दूसरा ही आकाश बन गया।

दो घड़ी तक उन दोनों में ऐसा भयानक युद्ध हुआ कि जिसे देखकर समस्त प्राणियों के रोंगटे खड़े हो गये। रावण ने अपने तीखे प्रहारों से राम को घायल कर दिया, पर राम के चेहरे पर शिकन तक नहीं आई। रावण ने राम के सारथी मातलि पर प्रहार किया, जिससे राम को बहुत ही क्रोध उपजा। राम ने बाणों का जाल-सा बिछाकर शत्रु को युद्ध से विमुख कर दिया। राम ने अनन्त बाणों की वर्षा की तो बदले में रावण भी गदा और मूसलों की वर्षा से रणभूमि को पाटने लगा।

रावण के पराक्रम को देखकर राम ने अपने धनुष पर एक विषधर सर्प के समान बाण का संधान किया और उसके द्वारा जगमगाते कुण्डलों से युक्त रावण

रावण वध

का एक सुंदर मस्तक काट डाला। अब तो रावण ने अपनी माया का विस्तार किया। एक सिर कटता तो वहां नया सिर दिखने लगता। उसकी इस माया से रावण का वध कठिन दिखाई देने लगा। राम ने रावण की छाती पर बाणों की झड़ी लगा दी।

रात-भर राम-रावण का संग्राम चलता रहा। युद्ध में राम की विजय होती न देख सारथी ने राम से कहा, 'प्रभो! आप रावण के वध के लिए ब्रह्मास्त्र का प्रयोग कीजिए। देर मत कीजिए, राक्षस का अन्त समय आ पहुंचा है। मातलि की बात सुनकर राम ने सावधान होकर ब्रह्मास्त्र संभाला। इससे त्रिलोक कांप उठे। राम ने बड़े यत्न के साथ धनुष को पूर्ण रूप से खींचकर उस मर्मभेदी बाण को रावण पर चला दिया। वह बाण तेजी के साथ रावण की छाती में जा लगा। इससे दुरात्मा रावण का हृदय टुकड़े-टुकड़े हो गया।

रावण का वध देखकर निशाचर सेना के पैर उखड़ गये और वह युद्धभूमि से भागने लगी। राम की सेना में विजय का उल्लास छा गया।

लंका में जैसे ही रावण के मारे जाने का समाचार पहुंचा, चारों ओर हाहाकार छा गया। अन्तः पुर की रानियां विकल होकर रोने लगीं। रावण की सबसे प्रिय और बड़ी रानी मन्दोदरी विलाप करने लगी। उसका विलाप बहुत ही हृदयविदारक था। रोती हुई मन्दोदरी रावण की वीरता का बखान करती जाती और दुहराती जाती कि नाथ! मैंने बार-बार आपको समझाया था कि सीता को लौटा दें। और राम से बैर न करें, पर आपने मेरी एक नहीं मानी। उसीका आज यह फल मिला है। सीता के प्रति आपकी जो कुदृष्टि थी उसका यही परिणाम निकलना था।

रोती हुई मन्दोदरी रावण के शव के निकट जा पहुँची और कहने लगी, 'राजन्! आज आप जिस अत्यन्त दुर्गम एवं विशाल मार्ग पर गये हैं, वहीं मुझ दुखिया को भी ले चलिए। मैं आपके बिना जीवित नहीं रह सकूंगी। प्रभो! आज मेरे मुंह पर घूंघट नहीं है। मैं नगर-द्वार से पैदल ही चलकर यहां आई हूं। इस दशा में मुझे देखकर आप क्रोध क्यों नहीं करते हैं ?'

यह करुण दृश्य देखकर विभीषण का भ्रातृ-स्नेह भी उमड़ पड़ा। वह भी विषाद से भरपूर वेगपूर्वक विलाप करने लगा। राम ने उसे समझा-बुझाकर रावण की अन्त्येष्टि का आदेश दिया। उन्होंने विभीषण से कहा कि सगे-सम्बन्धियों और रानियों को धीरज बंधाओ और भाई का दाह-संस्कार करो।

बहुत विचार-विमर्श के पश्चात विभीषण रावण के दाह-संस्कार के लिए तैयार हो गया। वहां से वह लंकापुरी में आया और रावण के दाह-संस्कार की सभी तैयारियां की गईं। अंत में पूरी राजकीय विधि और सम्मान के साथ रावण की शव-यात्रा निकली और फिर उसका एक पवित्र स्थान में दाह-संस्कार कर दिया गया। सभी रानियां और नगरवासी विभीषण के साथ लंकापुरी लौट आये। तदनन्तर विभीषण आज्ञा लेकर राम के निकट पहुंचे।

विभीषण का राज्याभिषेक और राम-सीता का मिलन: सब लोग रावण के मारे जाने पर प्रसन्न होकर राम-लक्ष्मण के साथ सैनिक शिविर में बैठे हुए थे। विभीषण के आने पर उसका यथोचित आदर-सत्कार करके राम ने लक्ष्मण से कहा, 'भाई, जिनकी सहायता से हमें विजय प्राप्त हुई है, उन विभीषण का राज्याभिषेक देखने की मेरी बड़ी इच्छा है। तुम लंका में जाकर विधिपूर्वक इनका राज्याभिषेक करो।'

लंका पहुंचने पर विभीषण का पूरे विधि-विधान के साथ राज्याभिषेक हुआ। तदनन्तर विभीषण राम के पास आए। राम ने प्रसन्नता प्रकट की और सीता से मिलने की इच्छा जताते हुए हनुमान से कहा कि तुम सीता को जाकर विजय का समाचार सुनाओ। रावण के वध और लक्ष्मण सहित मेरे कुशल-मंगल का समाचार भी उनसे कहो। सीता जो कुछ संदेश दें, उसे लेकर लौट आओ। हनुमान वहां से चले और विभीषण से आज्ञा लेकर अशोक वाटिका में जा पहुंचे। हनुमान ने सीता को विनीत भाव से प्रणाम किया और सब समाचार सुनाकर राम का संदेश कहा। सब कुछ सुनकर सीता का गला भर आया। सीता ने हनुमान से कहा,'मैं इस समय अधिक कुछ न कहकर इतना ही कहना चाहती हूं कि मैं अपने भक्तवत्सल स्वामी का दर्शन करना चाहती हूं। सीता का संदेश लेकर हनुमान राम के पास आये और उनके सामने सीता का संदेश कह सुनाया। राम ने आंसुओं से भीगी आंखों से विभीषण की ओर देखा और कहा कि तुम सीता को मस्तक से स्नान कराकर दिव्य अंगराग तथा दिव्य आभूषणों से विभूषित करके शीघ्र मेरे पास ले आओ। राम का आदेश पाकर विभीषण ने सीता को राम का संदेश सुनाया। सीता राम के कथनानुसार तैयार हुईं । विभीषण सीता को शिविका में बैठाकर राम के पास ले आया।

राम को देखकर वह परम प्रसन्न हुईं। उनकी सारी पीड़ा दूर हो गई और मुख प्रसन्नता से खिल उठा। राम ने सीता को विनयपूर्वक अपने समीप खड़ी देखकर

कहा, 'देवि! हनुमान, सुग्रीव, विभीषण, लक्ष्मण आदि के सहयोग से मैंने पुरुषार्थ पूर्वक तुम्हें प्राप्त कर लिया। यह सब केवल तुम्हें पाने के लिए ही नहीं किया गया, बल्कि सदाचार की रक्षा, सब ओर फैले हुए अपवाद का निवारण तथा अपने सुविख्यात वंश पर लगे हुए कलंक को धोने के लिए भी सब कार्य किया गया है। अब तुम्हारे चरित्र में संदेह का अवसर उपस्थित है। दूसरे के घर में लंबे समय तक रही हुई स्त्री को किसी भी कारण से स्वीकार नहीं किया जा सकता। रावण तुम्हें अपनी गोद में उठाकर ले गया, तुम पर अपनी दूषित दृष्टि डाली और दीर्घ काल तक तुम्हें अपनी कैद में रखा। ऐसी दशा में मैं तुम्हें कैसे ग्रहण कर सकता हूं? तुम अपनी इच्छा से जहां चाहो रह सकती हो। भरत, शत्रुघ्न, लक्ष्मण, सुग्रीव, विभीषण किसी के भी संरक्षण में रह सकती हो।'

राम की मर्मभेदी बातें सुनकर सीता आहत होकर रोने लगीं। उन्होंने साहस कर राम को उपालम्भपूर्वक उत्तर देते हुए कहा, 'वीर! आप ऐसी कठोर, अनुचित, कर्णकटु और रूखी बात मुझे क्यों सुना रहे हैं। जैसे कोई निम्नश्रेणी का पुरुष, निम्न कोटि की ही स्त्री से न कहने योग्य बातें भी कह डालता है उसी तरह आप भी मुझसे कह रहे हैं। आप मुझे जैसी समझते हैं, मैं वैसी नहीं हूं। मैं अपने सदाचार की शपथ खाकर कहती हूं कि मैं संदेह के योग्य नहीं हूं। यदि आपको किसी प्रकार भी विश्वास नहीं होता है और विवाह से लेकर आज तक आपके प्रति जो श्रद्धा और प्रेम रहा है उसे भी आप भुला चुके हैं तो मेरे लिए चिता तैयार कर दो। अपने ऊपर मिथ्या कलंक लेकर मैं जीवित रहना नहीं चाहती।'

सीता की स्थिति देख-समझकर लक्ष्मण को बहुत क्षोभ हुआ। उन्होंने क्रोध से राम की ओर देखा। राम ने संकेतपूर्वक लक्ष्मण को समझाया और चिता तैयार करने की आज्ञा दी। लक्ष्मण ने आज्ञानुसार चिता तैयार की। राम सिर झुकाए खड़े रहे। चिता में अग्नि प्रज्वलित हुई। सीता ने उसकी परिक्रमा की और कहा, 'यदि मैं सर्वथा निष्कलंक हूं और मैंने मन, वचन, कर्म से भी राम के अतिरिक्त किसी और का चिन्तन न किया, तो अग्निदेव मेरी रक्षा करें।' ऐसा कहकर सीता सबके देखते-देखते जलती आग में कूद पड़ीं। उनके अग्नि में प्रवेश करते ही वहां उपस्थित राक्षस और वानर हाहाकार करने लगे।

तभी सबने आश्चर्य से देखा कि वह अग्नि सीता का कुछ नहीं बिगाड़ पाई। सबको ऐसा लगा जैसे स्वयं अग्निदेव ने देह धारण करके सीता को बचा लिया है। इस प्रकार अग्निदेव ने सीता की पवित्रता प्रमाणित की और राम सीता को पाकर

परम प्रसन्न हुए।

राम की अयोध्या को वापसी: अगले दिन राम ने अयोध्या जाने की तैयारी की और विभीषण से अपनी इच्छा प्रकट की। विभीषण ने पूरी तैयारी के साथ पुष्पक विमान को मंगवाया। विभीषण ने वानरों का विशेष सत्कार किया, राम का पूजन किया। तत्पश्चात् राम सुग्रीव, विभीषण, लक्ष्मण, सीता तथा अन्य वानरों के साथ पुष्पक विमान पर सवार हुए। विमान अयोध्या की ओर चल पड़ा। अयोध्या की यात्रा करते समय राम ने सीता को सभी मार्ग और स्थान दिखाए तथा उनसे संबन्धित कथाओं और घटनाओं का वर्णन किया।

राम चौदहवां वर्ष पूरा होने पर पंचमी तिथि को भरद्वाज मुनि के आश्रम पर पहुंचे। मुनि के चरणों में प्रणाम कर उनसे आशीर्वाद तथा वरदान प्राप्त किया। आगे चलने से पूर्व राम ने हनुमान को अयोध्या जाने का आदेश दिया। हनुमान ने आज्ञा शिरोधार्य कर यात्रा आरम्भ की। वे राम के निर्देशानुसार पहले शृंगवेरपुर में निषादराज गुह से मिले और अब तक की सारी घटनाएं सुनाकर उन्हें प्रसन्न किया। निषादराज से अयोध्या का मार्ग और भरत का समाचार लेकर वे आगे बढ़े। निश्चित समय पर पहुंचकर हनुमान ने भरत को राम के आगमन की सूचना दी। उन्होंने कहा, 'राम रावण को मारकर सीता को वापस ले अपने महाबली मित्रों के साथ अयोध्या आ रहे हैं। उनके साथ लक्ष्मण, विभीषण, सुग्रीव आदि भी हैं।' भरत राम के आने का समाचार सुनकर आनन्द-विभोर होकर पृथ्वी पर गिर पड़े और हर्ष से मूर्च्छित हो गए। दो घड़ी बाद जब उन्हें होश आया तो उन्होंने हनुमान का बहुत आदर-सत्कार किया और उन्हें अनेक प्रकार के उपहार देने की घोषणा की।

प्रसन्न चित्त भरत ने राम-लक्ष्मण-सीता का कुशल-क्षेम बार-बार पूछा। हनुमान ने उन्हें धैर्यपूर्वक राम-लक्ष्मण और सीता से सम्बन्धित आज तक की सारी घटनाएं विस्तारपूर्वक सुनाईं। परमानन्दमय समाचार को पाकर भरत ने शत्रुघ्न से कहा, 'भाई! इस हर्ष के शुभावसर पर शुद्धाचारी पुरुष कुलदेवताओं तथा नगर के सभी देवस्थानों का गाजे-बाजे के साथ सुगंधित पुष्पों द्वारा पूजन करें। सभी वर्गों और वर्गों के स्त्री-पुरुषों से कह दो कि वे राम के स्वागत के लिए नगर से बाहर चलें। मार्गों के दोनों ओर-छोर पताकाओं से सजा दो। कल सूर्योदय तक सारे स्थान सुसज्जित हो जाने चाहिए।'

शत्रुघ्न ने नन्दिग्राम से अयोध्या तक का मार्ग सुसज्जित करा दिया। सुरक्षा

के सारे प्रबंध हो गए तब धृष्टि, जयन्त, विजय, सिद्धार्थ, अर्थसाधक, अशोक, मंत्रपाल, सुमंत्र—ये आठ मंत्री ध्वजा और आभूषणों से विभूषित मतवाले हाथियों पर चढ़कर चले। दूसरे महारथी हाथियों, घोड़ों, रथों आदि पर सवार होकर चले। ध्वजा-पताकाओं से विभूषित हज़ारों अच्छे-अच्छे घोड़ों और घुड़सवारों तथा हाथों में शक्ति, ऋष्टि और पाश धारण करने वाले सहस्रों पैदल योद्धाओं से घिरे हुए वीर पुरुष राम की अगवानी के लिए चले। दशरथ की तीनों रानियां अन्य रानियों के साथ नन्दिग्राम पहुंचीं।

भरत मुख्य-मुख्य ब्राह्मणों, व्यवसायी वर्ग के प्रधानों, वैश्यों तथा हाथों में माला और मिठाई लिए मंत्रियों से घिरे अपने बड़े भाई राम की चरण-पादुकाओं को सिर पर धारण किये शंखों और भेरियों की गंभीर ध्वनि के साथ चले। श्वेत मालाओं से सुशोभित सफेद रंग का छत्र तथा सोने से मढे हुए दो श्वेत चंवर भी उन्होंने अपने साथ ले रखे थे।

उपवास के कारण दीन-दुर्बल हुए चीर वस्त्र तथा काले रंग का मृग चर्म धारण किये भरत राम के स्वागत के लिए आगे बढ़े। जन-समूह के कोलाहल से दिशाएं गूंज रही थीं। भरत ने हनुमान से पूछा, 'क्या कारण है वानर सेना के महावीर नहीं दिखाई दे रहे ?' तभी हनुमान को वानरों का कोलाहल सुन पड़ा। उन्होंने भरत से कहा, 'वह देखिए, पुष्पक विमान चला आ रहा है और वानर भी गोमती पार कर इधर ही आ रहे हैं।'

पुष्पक विमान को देखकर भरत के सहित सारा जन-समूह कोलाहल कर उठा—'अहो! राम आ रहे हैं।' भरत राम की ओर दृष्टि लगाये हाथ जोड़कर खड़े हो गये। उनका शरीर हर्ष से पुलकित हो रहा था। उन्होंने दूर से अर्ध्य-पाद्य आदि के द्वार राम का विधिवत् पूजन किया।

निकट आने पर राम के आदेशानुसार विमान नीचे उतरा। राम ने भरत को विमान पर चढ़ा लिया। भरत ने राम के चरणों में साष्टांग प्रणाम किया। राम ने भरत को भुजाओं में भरा और हृदय से लगा लिया। फिर भरत लक्ष्मण से मिले, उनका प्रणाम स्वीकार कर सीता को प्रणाम किया। इसके बाद भरत एक-एक कर सभी वानर-सेनापतियों से मिले। इस समय सभी वानर-वीर मानव रूप में थे। विभीषण को भरत ने प्रीतिपूर्वक गले से लगा लिया। शत्रुघ्न ने भी सभी से विमान में ही भेंट की।

भेंट-वार्ता आदि के पश्चात् भरत ने सुग्रीव का विशेष आदर किया और

उन्हें अपना पांचवां भाई कहकर सम्मान दिया। तदनन्तर सब विमान से उतरे। राम-लक्ष्मण सीता ने गुरुजनों और माताओं के चरणों में शीश झुकाकर प्रणाम किया। जन-समूह बार-बार राम का जय-जयकार कर रहा था।

राम के आदेशानुसार विमान को अपने वास्तविक स्वामी कुबेर के पास जाना पड़ा। विमान के चले जाने पर राम ने वशिष्ठजी के पुत्र अपने सखा पुरोहित सुयश के चरण छुए और उन्हें एक सुंदर आसन पर बिठाकर स्वयं दूसरे आसन पर बैठ गये।

राम का राज्याभिषेकः राम जब आसन पर बैठ गये तो भरत ने मस्तक पर अंजलि बांधकर राम से निवेदन किया, 'आपने मेरी माता का सम्मान किया और यह राज्य मुझे दे दिया। जैसे आपने मुझे दिया, उसी तरह मैं अब यह राज्य आपको वापस दे रहा हूं। मैं अब इस भारी बोझ को उठाने में असमर्थ हूं। अब हम सबकी यही इच्छा है कि आपका राज्याभिषेक देखें।' राम ने भरत का आग्रह मानते हुए 'तथास्तु' कहा और उपयुक्त कार्यवाही का आदेश दिया।

तदनन्तर क्षौर-कर्म आदि के पश्चात् सबने क्रमशः स्नान किया, नये वस्त्र धारण किये। राम ने जटा का शोधन करके स्नानादि से निवृत्त होकर वस्त्रालंकार धारण किये और सिंहासन पर विराजमान हो गये।

सभी रानियों ने अपने हाथों से सीता का श्रृंगार किया। जब सब लोग तैयार हो गये तो सुमंत्र एक सुसज्जित रथ ले आये, जिसपर सवार होकर राम अयोध्या की ओर चले। दूसरे रथों पर अन्य लोग सवार थे। राम के सारथी का काम भरत कर रहे थे, शत्रुघ्न ने राम को छत्र लगा रखा था, लक्ष्मण चंवर डुला रहे थे, दुसरी ओर विभीषण चंवर डुला रहे थे। शंख और दुन्दुभियों के महान् शब्द के साथ राम नगर की ओर बढ़ चले।

अयोध्या में आते ही राम का स्वागत-सत्कार हुआ। सबने आगे बढ़कर राम को बधाई दी और राम ने भी उनका अभिनन्दन किया। राम अपने पिता के भवन में पहुंचे और अपनी माताओं के चरणों में प्रणाम किया। सुग्रीव-विभीषण आदि राज-अतिथियों को सम्मान के साथ उनके उपयुक्त राजभवनों में ठहराया गया।

अगले दिन राज्याभिषेक की तैयारियां हुईं। नदियों और समुद्रों का जल स्वर्णकलशों में लाया गया। अन्य सभी सामग्री आ जाने पर वशिष्ठजी ने राम तथा सीता को रत्न-जड़ित चौकी पर बिठाया। तदनन्तर सम्पूर्ण ओषधियों के रसों और कलशों में भरे जल से क्रमशः ब्राह्मणों, सोलह कन्याओं, मंत्रियों द्वारा सीता सहित

राम का अभिषेक कराया गया। राम के शरीर पर रत्नजटित मुकुट सजा दिया गया, यह मुकुट परम्परा से चला आ रहा था।

राज्याभिषेक हो जाने पर नृत्य-गान का समारोहपूर्वक आयोजन हुआ। इस अवसर पर राजा रामचन्द्र ने विभिन्न वर्गों के लोगों को अनेक प्रकार के बहुमूल्य दानादि से सन्तुष्ट किया। सुग्रीव, विभीषण, अंगद, हनुमान, जामवन्त आदि को अमूल्य स्मृति-चिह्न भेंट किये गए। सीता ने भी दिव्य वस्त्राभूषणों से हनुमान का सम्मान किया। इतने पर भी उनका मन सन्तुष्ट न हुआ तो वे अपना सुंदर कंठहार हाथ में लेकर राम की ओर जिज्ञासा से देखने लगीं। राम सीता के अभिप्राय को ताड़ गये और बोले, 'जिस पर तुम सबसे अधिक प्रसन्न हो, यह कंठहार उसी को दे दो।' सीता ने प्रसन्न होकर वह मणि-रत्न से जड़ा मुक्ताहार सर्वगुणसम्पन्न हनुमान को दे दिया। हनुमान ने उसे लिया और आदरपूर्वक सिर से लगाकर गले में पहन लिया। हनुमान, जांबवान्, सुग्रीव, विभीषण आदि कुछ समय तक अयोध्या में रहे। अधिक समय जानकर वे राम से विदा लेकर अपने-अपने देशों को लौट गये।

रामचन्द्र बड़ी कुशलता और आनन्द के साथ राज्य-शासन देखने लगे। उन्होंने लक्ष्मण से युवराज पद लेने का आग्रह किया पर लक्ष्मण तैयार नहीं हुए। तब राम ने भरत को युवराज पद पर अभिषिक्त किया। राम का राज्य अपनी कुशलता के लिए विख्यात हुआ। राम के शासनकाल में कभी विधवाओं का विलाप नहीं सुन पड़ा, न रोगों का किसी को भय था, न सर्प आदि जन्तुओं का। चोरों-लुटेरों का कहीं नाम तक नहीं था। कोई भी मनुष्य अनर्थकारी कार्यों में हाथ नहीं डालता था। किसी की अकाल मृत्यु नहीं होती थी, सब ऋतुओं के वृक्ष खूब फल-फूल देते थे। सभी वर्गों के लोग लोभरहित थे।

राम ने अनेकानेक वर्षों तक राज्य किया। इस अवधि में उन्होंने अनेक प्रकार के यज्ञों का अनुष्ठान किया। उन यज्ञों में उत्तम अश्व छोड़े गये थे और अपार दान-दक्षिणा से सुपात्रों को संतुष्ट किया गया था।

उत्तर काण्ड

लोकापवादः शासन की देख-रेख करते हुए राम अनेक सभासदों और सखाओं से घिरे रहते थे। जब कभी अवसर मिलता तो अनेक प्रकार की कथाएं कहने में कुशल हास्य-विनोद करने वाले सखा राम के पास आ जुटते। एक दिन किसी प्रसंग में राम ने सभासदों से पूछा, 'आजकल नगर और राज्य में किस बात की चर्चा विशेष रूप से होती है ? नगर और जनपद के लोग मेरे, सीता के, भरत, लक्ष्मण और शत्रुघ्न के अथवा माता कैकेयी के विषय में क्या-क्या बातें करते हैं ? आचार-विचार की चिन्ता करने वाले राजा को सभी शुभाशुभ बातों का. ज्ञान होना चाहिए।'

राम के पूछने पर भद्र नामक सभासद् ने डरते-डरते निवेदन करना चाहा तो राम ने उससे कहा कि निर्भय होकर कहो, मैं शुभाशुभ सब सुनने को तैयार हूं। शुभ का आचरण करूंगा और अशुभ से दूर रहने की चेष्टा करूंगा। इस पर भद्र ने कहा, 'महाराज! आपके यश और पराक्रम की तो सभी प्रशंसा करते हैं, परन्तु कुछ लोगों का कहना है कि राम सीता को घर ले आये, रावण के द्वारा उनका अपहरण हुआ, रावण ने उनका स्पर्श किया और लम्बे समय तक अपने पास रखा, ऐसी दशा में श्रीराम को सीता के चरित्र के प्रति कोई क्षोभ नहीं होता है। राम उनसे घृणा क्यों नहीं करते हैं? राजा के अनुसार ही प्रजा बरतती है, अब हमें भी अपनी स्त्रियों के ऐसे व्यवहार को सहना पड़ेगा।' भद्र की बात सुनकर राम ने सभासदों से इस बात के बारे में जानना चाहा तो सभी ने कहा कि हां, सुना तो हमने भी है। सभासदों के ऐसा कहने पर राम ने उन्हें विदा किया और बहुत सोच-विचार के बाद द्वारपाल से अपने भाइयों को बुलवाया। तीनों भाइयों ने आकर राम के चरणों में प्रणाम किया। राम ने उन्हें आसन पर बिठाया। उस समय राम का मुख विषादग्रस्त था और उनकी आंखों

में आंसू भरे थे।

सीता का परित्यागः राम ने अपने भाइयों से कहा कि तुम मेरे सर्वस्व हो। इस समय जो कार्य में तुम्हारे सामने प्रस्तुत करने जा रहा हूं, आशा है तुम उसका निस्संकोच भाव से सम्पादन करोगे। राम की बात सुनकर सभी भाई दुविधा में पड़ गये। राम ने भारी मन से भद्र द्वारा बताया गया सीता-सम्बन्धी लोकापवाद कह सुनाया। सुनकर सभी बहुत क्षुब्ध हुए। राम ने लक्ष्मण को आदेश दिया, 'भाई! लोकापवाद सहना मेरी सामर्थ्य से बाहर है। तुम्हें कठिन कार्य सौंप रहा हूं। तुम सुमंत्र के साथ रथ पर सवार होकर सीता को कल सवेरे गंगा के उस पार तमसा नदी के तट पर वाल्मीकि मुनि के आश्रम के निकट निर्जन वन में छोड़ आओ। मैं तुम्हें अपने चरणों और जीवन की शपथ दिलाता हूं, मेरे निर्णय के विरूद्ध कुछ भी न कहना। सीता ने मुझसे कल ही कहा भी था कि मैं गंगा-तट पर ऋषियों के आश्रम देखना चाहती हूं, अत: उनकी यह इच्छा भी पूर्ण की जाय। ऐसा कहते-कहते राम की आंखों में आंसू भर आए। वे लम्बी सांसें भरते व्यथित होते भाइयों के साथ राजमहल में चले गये।

सवेरा होने पर लक्ष्मण ने दुःखी मन से सुमंत्र द्वारा रथ मंगवाया और सीता से कहा कि आपने महाराज से ऋषियों के आश्रम देखने की इच्छा प्रकट की थी, उन्होंने उसे स्वीकार किया था। आज उन्हीं की आज्ञा से मैं आपको ऋषियों के आश्रम तक पहुंचाने के लिए रथ ले आया हूं। सीता वन जाने के लिए तैयार हो गईं, पर उनका हृदय अनजाने भय से व्यग्र हो उठा, उन्होंने लक्ष्मण से सबका कुशल-क्षेम पूछा। लक्ष्मण ने उन्हें आश्वासन दिया।

सीता लक्ष्मण के साथ रथ पर सवार होकर गंगा के तट पर जा पहुंची। सुमंत्र ने रथ का संचालन किया था। दोपहर के समय गंगा की जलधारा तक पहुंचकर लक्ष्मण उसकी ओर देखते हुए उच्च स्वर से फूट-फूटकर रोने लगे। सीता ने उनसे रोने का कारण पूछा और कहा कि क्या तुम राम से कुछ समय तक भी अलग नहीं रह सकते ? क्या इसी कारण रो रहे हो ? मुझे गंगा के उस पार ले चले। मैं वहां जाकर तपस्वी मुनियों के दर्शन करूंगी और उन्हें वस्त्राभूषण दूंगी। लक्ष्मण ने आंखे पोंछीं और साहस बटोरकर नाव मंगाई तथा सीता को गंगा पार ले गये।

गंगा के उस पार पहुंचकर लक्ष्मण ने बड़े दु: ख से उन्हें राम द्वारा त्याग देने का कारण बताया। सुनकर सीता को बहुत दुःख हुआ और वे मूर्च्छित होकर पृथ्वी

पर गिर पड़ीं। दो घड़ी बाद होश में आने पर सीता ने लक्ष्मण को विदा किया और कहा, 'माताओं और राम के चरणों में मेरा प्रणाम कहना। राम को मेरा संदेश देना, सीता ने कहा है कि मेरे कारण जो लोकापवाद फैला है और आपकी निन्दा हो रही है, उसे दूर करना मेरा भी कर्त्तव्य है। वे भाइयों के समान ही प्रजा का पालन करें।'

सीता ने लक्ष्मण से अपने गर्भवती होने का समाचार भी दिया। लक्ष्मण सब कुछ जान-समझकर बहुत दुः खी हुए। अन्त में वे सीता की परिक्रमा कर उनके चरणों में मस्तक नवाकर लौट आये। सीता से अलग होकर लक्ष्मण की दशा, दयनीय थी, उधर सीता भी बार-बार मूर्च्छित होती और विलाप करती रहीं।

वाल्मीकि-आश्रम में सीता: वन में अकेली पड़ी सीता जहां रो रही थीं, उससे थोड़ी ही दूर पर कुछ ऋऋषि-कुमार खेल रहे थे। सीता को रोती देख वे ऋषिकुमार वाल्मीकि ऋषि के पास पहुंचे और उनसे एक स्त्री के निर्जन वन में रोने का समाचार कहा। तुरंत ही वाल्मीकि जी उन बालकों के साथ सीता के पास आये और उन्हें सान्त्वना देते हुए अपने आश्रम में ले गये। वाल्मीकि ने सीता को बताया कि उन्होंने तपस्या के बल से सारी स्थिति का ज्ञान कर लिया है। उन्होंने कहा कि बेटी, तुम निष्पाप हो, इस समय तुम मेरे आश्रम में हो, तुम्हें किसी प्रकार की चिन्ता नहीं करनी चाहिए।

अपने आश्रम में लाकर महर्षि ने सीता को ऋषिपत्नियों की देख-रेख में रख दिया। सीता तपस्विनी मुनि-पत्नियों के साथ उन्हीं की भांति तपस्यापूर्ण जीवन बिताने लगीं। वाल्मीकि सीता पर पुत्री की भांति स्नेह रखते थे। समय बीतता, गया। कुछ मास बाद सीता के गर्भ से दो पुत्रों का जन्म हुआ। महर्षि वाल्मीकि ने उनका धार्मिक संस्कार कर बालकों का नामकरण किया। एक का नाम लव और दूसरे का कुश रखा गया। ऋषि आश्रम में बालकों का लालन-पालन होने लगा। वे बड़े होते गये और समयानुसार उनकी शिक्षा-दीक्षा होती रही।

राम का अश्वमेध यज्ञ: सीता को वाल्मीकि आश्रम के निकट निर्जन वन में राम ने भेज तो दिया पर वे उन्हें अपने हृदय से दूर नहीं कर पाये। उनकी याद में रात-दिन व्यथित रहने लगे। उसी मनोदशा में राज-काज करते, ऋषि-मुनियों से मिलते, प्रजाजनों के दुः ख दूर करते। एक बार ऋषियों ने आकर बताया कि यद्यपि राक्षसों का अन्त हो चुका है, पर लवणासुर अभी तक उपद्रव कर रहा है। राम ने भरत से परामर्श करके लवणासुर का वध करने के लिए शत्रुघ्न को

नियुक्त किया। उनका विधिवत् अभिषेक किया गया। शत्रुघ्न ने पहले अपनी सेना भेजी, फिर एक मास बाद स्वयं भी प्रस्थान किया।

मधुवन के रास्ते से होते हुए शत्रुघ्न वाल्मीकि के आश्रम पहुंचे। ऋषि ने उन्हें आशीर्वाद दिया। संयोग की बात है कि जिस रात शत्रुघ्न आश्रम पहुंचे थे, उसी रात सीता ने दो पुत्रों को जन्म दिया था। शत्रुघ्न ने भी सीता और दो शिशुओं का दर्शन किया। वाल्मीकि से विदा लेकर महर्षि च्यवन से मिलते हुए शत्रुघ्न लवणासुर के वध के लिए आगे बढ़े।

लवणासुर की पुरी में पहुंचकर शत्रुघ्न ने उसे ललकारा। दोनों में परस्पर रोषपूर्ण वार्तालाप हुआ और फिर दोनों एक-दूसरे पर प्रहार करने लगे। अंततः शत्रुघ्न ने लवणासुर को मार डाला। उसका वध करने के पश्चात् शत्रुघ्न ने उसकी नगरी मधुरापुरी को नये सिरे से बसाया। वे स्वयं वहां बारह वर्ष तक रहे। इसके पश्चात् उन्होंने कुछ सैनिक लेकर अयोध्या को जाने का निश्चय किया। मार्ग में वे पुनः वाल्मीकि के आश्रम पहुंचे। वाल्मीकि ने उनका हर्ष के साथ स्वागत-सत्कार किया और उन्हें भांति-भांति की कथाएं सुनाई।

भोजन के समय शत्रुघ्न ने अपने सैनिकों सहित राम-कथा का गायन सुना। यह काव्य-गान वीणा की लय के साथ हो रहा था। हृदय, कंठ और मूर्धा इन तीन स्थानों में मन्द्र, मध्यम और तार स्वर के भेद से उच्चारित हो रहा था। संस्कृत भाषा में निर्मित होकर व्याकरण, छन्द, काव्य और संगीत-शास्त्र के लक्षणों से सम्पन्न था। इस काव्य-गान को सुनकर सभी आश्चर्यचकित और आत्म-विभोर हो उठे। वे परस्पर कहने लगे कि जिन बातों को हम पहले देख चुके हैं, उन्हीं को इस आश्रम पर ज्यों-का-त्यों सुन रहे हैं। सभी ने आश्चर्यप्रकट किया पर शिष्टता और संकोचवश वाल्मीकि से इस सम्बन्ध में कुछ पूछा नहीं।

वाल्मीकि से विदा लेकर शत्रुघ्न अयोध्या आये। वहां सात दिन रहकर फिर मधुरापुरी को लौट गये। राम, भरत और लक्ष्मण ने उन्हें आदर तथा स्नेहपूर्वक विदाई दी।

इस बीच और इसके पश्चात् राम ने नगर में तथा आस-पास घूम-घूमकर अनेक दुष्कर्मों का विनाश किया। अनुशासन की स्थापना की। ऋषि-मुनियों से अनेक कथाएं सुनीं और शासन की शांति के लिए यज्ञ करने का निश्चय किया। लक्ष्मण ने अनेक कथाएं सुनाकर राम को अश्वमेध यज्ञ का महत्व बताया।

राम ने अश्वमेध यज्ञ करने का निश्चय किया। ब्राह्मणों को बुलाकर यज्ञ की

तैयारी की जाने लगी। राम ने लक्ष्मण को आदेश दिया कि सुग्रीव, विभीषण आदि के साथ अन्य राजाओं को तथा ऋषि-मुनियों को परिवार सहित यज्ञ में शामिल होने का निमंत्रण भेज दो।

यज्ञ की सभी तैयारियां हो जाने पर राम ने उत्तम लक्षणों से सम्पन्न तथा काले हरिण के समान काले रंग का घोड़ा अभिषेक करके छोड़ दिया। लक्ष्मण को उस घोड़े की रक्षा के लिए नियुक्त किया गया। राम स्वयं सेना के साथ नैमिषारण्य को गये। यहां सभी अतिथि भांति-भांति के उपहार लेकर उपस्थित हुए। राम ने सबके निवास, भोजन-पान आदि की व्यवस्था करा दी।

राम का अश्वमेध यज्ञ लगभग एक वर्ष तक चला। इस अवसर पर याचकों को भरपूर दान दिया गया। कहीं भी किसी प्रकार की कोई कमी नहीं हुई।

पत्नी के बिना कोई भी यज्ञ या धर्मकार्य पूरा नहीं होता है, इसलिए उस यज्ञ में राम ने सीता की स्वर्ण-प्रतिमा तैयार कराई और इस प्रकार पत्नी-सहित सब कार्य पूरे किये। उधर सारे भूमण्ड का भमण करके घोड़ा भी लौट आया।

इस यज्ञ में महर्षि वाल्मीकि भी अपनी शिष्य-मंडली के साथ पधारे थे। जहां ऋषियों के निवास की व्यवस्था थी वहीं वाल्मीकि ने भी पर्णशाला बनाई। महर्षि ने लव-कुश से कहा कि तुम दोनों भाई एकाग्र-चित्त हो सब ओर घूम-फिरकर बड़े आनन्द के साथ सम्पूर्ण रामायण-काव्य का गान करो। महर्षि ने यह भी कहा कि यदि राम या अन्य ऋषि-मुनि तुमसे गायन सुनाने को कहें तो आदरपूर्वक व्यवहार करना। यदि राम पूछें कि तुम किसके पुत्र हो तो कहना कि हम दोनों भाई महर्षि वाल्मीकि के शिष्य हैं।

अगले दिन दोनों भाई नित्यक्रिया से निवृत्त हो स्नान-ध्यान करके रामायणकाव्य का गायन करने लगे। सभी उन बालकों को देखते कि आकृति से ये दोनों बालक राम से मिलते-जुलते हैं। राम ने भी यह गायन सुना। उन्हें आश्चर्य, प्रसन्नता और दुःख की मिली-जुली अनुभूति हुई। उन्होंने बालकों से इसके रचयिता आदि का परिचय पूछा। बालकों ने बता दिया।

सब उपस्थित अतिथियों के साथ राम इस काव्य-गायन को कई दिनों तक सुनते रहे। तभी उन्हें पता चला कि इसको गाने वाले लव-कुश नामक बालक सीता के ही पुत्र हैं। राम को जब यह पता चला तो उन्होंने दूतों को बुलाकर उनसे कहा, 'तुम लोग महर्षि वाल्मीकि के पास जाओ और उनसे मेरा सन्देश कहो कि यदि सीता का चरित्र शुद्ध है और यदि उनमें किसी तरह का पाप नहीं है तो वे आप

महामुनि की अनुमति ले यहां आकर जन-समुदाय में अपनी शुद्धता प्रमाणित करें।' दूतों ने जाकर महर्षि से निवेदन किया। महर्षि ने राम का प्रस्ताव स्वीकार कर लिया।

सीता की शुद्धि क प्रमाणः रात बीती, सवेरा हुआ और राम यज्ञशाला में पधारे। ऋषि, महर्षि, मुनि, राजा, राक्षस, वानर आदि सभी अतिथियों के दल वहां उपस्थित हुए। सभी वर्गों और वर्षों के ज्ञाननिष्ठ, कर्मनिष्ठ और योगनिष्ठ लोग सीता का शपथ-ग्रहण समारोह देखने के लिए एकत्र हुए। महर्षि वाल्मीकि स्वयं सीता को साथ लेकर वहां पधारे। सीता महर्षि के पीछे हाथ जोड़े, सिर झुकाए, आंसू बहाती राम का स्मरण करती आ रही थीं। सीता को देखकर सभी 'धन्य-धन्य' कह उठे।

वाल्मीकि ने राम से कहा, 'श्रीराम! सीता का तुमने लोकापवाद के भय से परित्याग कर दिया था। मैं शपथपूर्वक कहता हूं कि यह पति-परायणा और परम शुद्ध है। लव-कुश तुम्हारे ही पुत्र हैं। यदि सीता में कोई दोष हो तो मुझे मेरी तपस्या का फल न मिले। सीता आपके सामने है, अब यह आपको अपने निष्पाप होने का विश्वास दिलाएगी।'

राम ने कहा, 'यद्यपि मुझे महर्षि वाल्मीकि के निर्दोष वचनों से ही पूरा विश्वास हो गया है, फिर भी जन-समाज के बीच विदेहकुमारी की विशुद्धता प्रमाणित हो जाने पर मुझे अधिक प्रसन्नता होगी।'

उस समय सीता तपस्विनियों के अनुरूप गेरुआ वस्त्र धारण किये हुए थीं। सब लोगों की उपस्थिति में सीता ने आगे बढ़कर हाथ जोड़े और कहा, 'मैं श्री रघुनाथ के सिवा दूसरे किसी पुरुष का मन से चिन्तन भी नहीं करती। मैं मन, वचन और कर्म से केवल राम का ही चिन्तन करती हूं। यदि यह बात सत्य है तो भगवती पृथ्वी देवी मुझे अपनी गोद में स्थान दें।'

सभी लोगों ने आश्चर्य से देखा कि सीता के ऐसा कहते ही पृथ्वी ने उन्हें अपनी गोद में समेट लिया और सीता रसातल को चली गईं। सारा जन-समुदाय यह देखकर मोहाच्छन्न हो गया। चारों ओर सीता का जय-जयकार होने लगा। राम की स्थिति बड़ी विचित्र थी। वे शोक, क्षोभ, खेद से भरे आंसू बहा रहे थे। वे बार-बार पृथ्वी से कह रहे थे कि या तो मेरी सीता को लौटा दो या मुझे अपनी गोद में स्थान दो। सीता के बिना जीवित रहकर मैं क्या करूंगा।

उपस्थित जन-समुदाय ने राम को भांति-भांति से समझा-बुझाकर धीरज

बंधाया। राम ने ढांढस रखकर सबको विदा किया और फिर अपने पुत्रों के साथ पर्णशाला में लौट आए। वहां सीता का चिन्तन करते-करते उन्होंने बड़े ही कष्ट से रात बिताई। सवेरा होने पर राम ने शेष कथा का गायन सुना। तत्पश्चात वे लव-कुश के साथ राजभवन लौट आये।

राम का स्वार्गरोहण: अयोध्या में राज-कार्य देखते हुए राम ने अनेक यज्ञादि धर्मकार्य किये। जब भी आवश्यकता पड़ी, सीता की स्वर्ण प्रतिमा से काम लिया। यज्ञों-अनुष्ठानों और अनुशासन द्वारा राजकार्य करने के कारण राम का राजनैतिक प्रभाव चारों दिशाओं में फैल गया। भरत, शत्रुघ्न और लक्ष्मण के पुत्रों ने भी अपने प्रभाव से राम की प्रभुता बढ़ाई॥

काल-क्रमानुसार तीनों रानियां स्वर्ग सिधार गईं। दुर्वासा ऋषि के प्रति अपराध के कारण राम लक्ष्मण से क्षुब्ध हुए और लक्ष्मण को त्याग देना पड़ा। फलत: लक्ष्मण ने सरयू के किनारे जाकर योग-समाधि ले ली। धीरे-धीरे समय बीतता गया। समयानुसार राम ने उत्तर कोसल के राज्य पर लव का और दक्षिण कोसल के राज्य पर कुश का राज्याभिषेक कर दिया। उन दोनों के अपने-अपने राज्य संभाल लेने पर राम ने परमधाम जाने की तैयारी की।

सब ओर से निश्चिन्त होकर राम सरयू नदी के किनारे जा पहुंचे। उस समय उनके साथ प्रजाजन, अनुचर, परम प्रिय सुग्रीव, हनुमान, भरत, शत्रुघ्न आदि भी थे। राम ने सरयू को देखकर प्रणाम किया। धीरे-धीरे आगे बड़े और सरयू के जल में प्रविष्ट होकर उन्होंने जल-समाधि ले ली।

□□